U0107449

楼王之谜

矫健 著

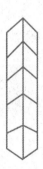
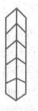

作家出版社

图书在版编目（CIP）数据

楼王之谜 / 矫健著 .—北京：作家出版社，2020.8
（矫健天局三部曲）
ISBN 978-7-5212-0775-0

Ⅰ.①楼…　Ⅱ.①矫…　Ⅲ.①长篇小说－中国－当
代　Ⅳ.① I247.5

中国版本图书馆 CIP 数据核字（2019）第 254773 号

楼王之谜

作　　者：矫　健
责任编辑：省登宇　周李立
装帧设计：琥珀视觉
出版发行：作家出版社有限公司
社　　址：北京农展馆南里 10 号　　　邮　　编：100125
电话传真：86-10-65067186（发行中心及邮购部）
　　　　　86-10-65004079（总编室）
E-mail:zuojia @ zuojia.net.cn
http://www.zuojiachubanshe.com
印　　刷：北京盛通印刷股份有限公司
成品尺寸：145×210
字　　数：220 千
印　　张：9.5
版　　次：2020 年 8 月第 1 版
印　　次：2020 年 8 月第 1 次印刷
ISBN 978-7-5212-0775-0
定　　价：45.00 元

目　录

一　星星的眼睛

我妻子岳静水的前夫是一位诗人，对我的生活造成很大困扰。这话说起来有些别扭，却是不争的事实。你想想，一个女人与诗人同床共枕三年半，什么毛病还学不会？她失眠、头疼、神经质，经常通宵达旦地折腾我。更要命的是，她以诗的方式思考问题，整个世界被她搞得扭曲破碎，像一根摔在地上的大麻花！我没办法，只能处处依顺她，哄小孩一样哄她。她对着月亮流泪，我就朝着落花叹息，整个儿一个东施效颦……

最叫我受不了的是小男孩伊克，他是岳静水与那位诗人的爱情结晶。他总是在众多客人面前，指着我的鼻子嚷嚷：他不是我的爸爸，绝对不是！我很狼狈，只得赔着笑脸说：嘿，小孩子净说实话……这小子还爱翻白眼，凡他不喜欢的人，比如对我以及对外公，动不动就翻出偌大一双眼白，怪吓人的。古代有一位狂徒（也是诗人）看人有青眼白眼之分，小伊克居然无师自通，可见是一位天才。幸亏我的岳父——他的外公岳泰大人，无法忍受白眼，将他送到英国上贵族学校去了。我仿佛从一个幽灵的缠绕中得到解脱。

说实话，我对诗人并没有偏见。在大学里，我学的是营销，但对现代诗很感兴趣，一度还加入了学生诗社。但是，现在面对一个诗人的存在，面对一份我不得不继承的遗产，我真是无比烦恼，痛苦不堪！我不愿说出这位诗人的名字，因为他在诗坛颇有些小名气，我没必要去得罪他。

他是被我岳父（当然也是他的岳父）赶走的。此前，他们翁婿之间经历了一场长达三年的战争。最后的胜利者是老泰山，静水不得不流着眼泪在离婚协议书上签字。那位诗人傲骨铮铮，仰天大笑，一甩衣袖扬长而去。这就为我的到来腾出了位置。据说，他现在混得很落魄，靠诗坛朋友的接济生活。他的诗魂经常遭受饥饿的折磨。我有些同情他，人家毕竟是诗人，是天才。可是没办法，谁都知道，如今是一个饿死诗人的时代！

顺便说一下，赶走诗人的老泰山，可不是一般人物。他是我们这个城市数一数二的房地产大亨，业内人士都恭维地称他为"楼王"。随着楼市的火爆，他的名字也变得妇孺皆知。最近，他推出的新楼盘百慕大城，红得发紫，引起抢购热潮。你想想，诗人与这样一位重量级岳父交战，岂不是蚍蜉撼树，不自量力吗？退败是必然的，他那芦柴棍一般瘦弱的身躯，经不住老泰山的一拳重击！

应该说，没有我的出现，岳静水难以泯灭一腔痴情。她很可能空守闺房，凄凄惨惨戚戚，独身到老。她其实没有多少文化，在她父亲发迹之前，她只在南方一个小镇读完了小学。也许正因为如此，她才格外热爱文化，热爱诗，或者说热爱诗人。她无法抗拒父亲的旨意，在这个富豪之家，父亲就是帝王。当然，那位诗人也没有过分珍惜她，说走就走，挥挥手道一声拜拜，从此黄鹤一去无消息。这就使岳静水沉湎于无尽的痛苦之中。她天天泡吧，用各种各样的洋酒消磨时光。就在这时，我与她邂逅。她眼前一亮，生活从此改变了！

我看见你眼睛的一瞬间，就仿佛读到一首诗。那诗是欧阳写的，小伊克刚出生三天，他立在床前对我们母子朗诵，不，应该说低吟，这首诗的题目就叫《星星的眼睛》……静水一边说，一边轻轻地吻我的眼睛。她浑身赤裸，肢体缠绕，吻着吻着就来了强烈的爱情。真的，她每次都要看我的眼睛。我真不明白，她究竟是爱我的眼睛，还是爱星星的眼睛？她比我大六岁，是个非常成熟的女人。因此，她的性欲像母兽一样，狂野持续，真够我喝一壶的！每次做爱，我都有点羞涩恐惧，好像一个小姑娘要被野男人强奸……

我的眼睛很美，清澈、明亮。女人只要与我一对眼神，就会春心荡漾。这都是别人告诉我的，我却毫无感觉。关于眼睛的话题，总是从我的名字开始谈起。我姓童，名瞳，可以简单地译为"小孩的眼睛"。女人们与我打交道，总是念着我的名字，望着我的眼睛，渐渐痴迷。

其实，我并不喜欢这样。让女人着迷的眼睛，往往没有多少实际价值。我更重视男人世界的评价。说实话，我喜欢老泰山的眼睛。别看他眼小得像席篾在脸上划了一道缝似的，却睿智、老辣，偶尔扫你一眼，你脊梁骨都会感到凉飕飕的。我常想，要是我们翁婿二人的眼睛换一换，我肯定会十分乐意！

我双子座，六月十六日出生，今年二十八岁。我相信关于星象的学说，特别是性格与星座的关系，最令我折服。据说，双子座的人都有两重性格，里外绝然不同。我得承认，就我的性格而言，这种说法很有道理。仿佛有两个小人，一个藏在我里面，一个显现在外面，连我都很难分出他们哪个更真实。这两个小人十分调皮，经常跳进跳出，互换位置。我被他们搞迷惑了，甚至不知道哪一个代表真正的我。

就拿我与静水的爱情来说吧，我有十分纯真的一面。我同情她的不幸，又被她身上那种女人成熟的美所吸引，所以我心甘情愿地娶了这个比我大六岁的女人。可是，躲在我里面的另一个小人却哧哧鬼笑，不时地发问：是这样吗？你恐怕还有其他目的吧？

我脸上总挂着天真无邪的表情，对任何事情满不在乎，像一个永远长不大的孩子。许多人为我的外表所迷惑。其实，我颇有心计，善于把自己的目的隐藏得很深。里面那个小人责问得对，我和静水结婚不是没有私心，很大程度是为那位伟大的楼王所吸引。

我也是房地产的从业人员，原来在另一家公司做项目策划。因为仰慕老泰山的英名，我跳槽到恒泰房地产公司打工。自从与静水有了那种关系，我被提升的速度大大加快。那时我只是她的情人，也没打算登堂入室做乘龙快婿，有一点儿好处我已经很满足了。在这个社会里，人人都想找靠山，我亦不能免俗。

未曾想到，有一天岳总裁亲自找我谈话。他那双细眯的小眼睛盯了我足足十分钟，我膝盖颤抖得都快站不住了。他才说了一句话：既然这样，你们就尽早结婚吧！

这简直是奉旨成婚。在隆重、豪华的婚礼上，我成了地产界一颗未来之星。许多房地产老板向我祝福，而这些人过去我只能耳闻他们的大名，根本无缘谋面。前程似锦，无可限量，对我这个新郎官来说，这段姻缘的好处是显而易见的。婚后，我被任命为恒泰集团的总裁助理，更是一步登天！

老泰山把我里面的那个小人看得一清二楚。在他的书房里，我们单独相处，他会放下烟斗，冷不丁说一句：你小子，哼哼……

我知道他在警告我。他完全明白我为什么娶他的女儿。我赶紧夹起尾巴，格外殷勤地伺候他。然而，我也得到一个明确的信息：只要我忠心卖力气，服侍好他和他的女儿，我所想要的东西都能得到！

这我完全能做到。通过不懈的努力，我取得了成功。从家里人（包括伊克的家庭女教师杨画眉）口中得知，老爷子喜欢我远胜于那位诗人。我感到，在这个了不起的家族中，我渐渐站稳了脚跟。

你说，你为什么爱我？静水不止百次地用这个问题考问我。

我病态。我只能这样回答。一般的关于爱情的陈词滥调，无法蒙蔽这位诗人的前妻。我只得另辟蹊径，标新立异。

岳静水又吻我的眼睛，低声问道：童瞳，小孩眼睛，你能看见什么呢？

我说：皇帝的新衣。

赤裸裸的身体，人的本相，对吗？

我困了，我什么也不想看了。我要闭上眼睛……

可是，天上的星星从不闭眼睛……

我就这样被诗人的前妻整夜折磨纠缠。你说，我能不恨诗人吗？他把女人训练成这样，又扔了给我，还让不让别人活？

更吓人的是，静水还会梦游。

那时，我们全家刚刚搬进新建成的别墅，老泰山为它起了雅号：龙宫。无水却叫"龙宫"，有点邪门儿。头一天夜里就不太平。黎明时分，我一觉睡醒，发现静水不在身边，就起身找她。我看见她披头散发，赤裸着双脚，在楼下客厅梦游。她恍恍惚惚，像幽灵一样飘来飘去，屋里东西全绊不着她……

我听说梦游的人不能叫醒，否则容易犯心脏病。我就跟在她后面，一声不吭，暗暗保护她。

她引我穿过曲折的走廊，来到厨房门口。

忽然，她回过身，以十分清醒的声音在我耳旁低语：童瞳你睁大眼睛，厨房里有鬼！

她猛地推开厨房门，我顿时被惊呆了：煤气全部被打开，灶台跳跃着一片蓝色火苗！

静水发出歇斯底里的尖叫，仿佛被鬼咬了一口。接着，她晕倒在地板上……

从此，这幢上下三层，建筑面积五百八十平方米的豪华别墅，发生一连串的不可思议事件。我要讲述的故事，也就从这里展开了。

二　百慕大城

三月八日是妇女节，我一早起来匆匆忙忙赶往公司售楼处。售楼处有一帮漂亮可爱的小姐，她们喜欢我，我也喜欢她们，真是一个好去处！不过，今天我去并不是祝贺姑娘们欢度三八妇女节，而是因为百慕大城二期隆重开盘。对我们公司而言，这可是一个重要的节日。就我们这个城市的房地产界而言，也肯定是一场小地震！作为总裁助理，我必须赶到现场。

我得详细介绍一下百慕大城——它是我们这个城市规模最大的楼盘，也是恒泰集团的巅峰之作。

三年前，一家重型机械厂迁出市区，原厂址腾出一块幅员广阔的地皮，成为房地产界万众瞩目的焦点。岳泰同志，我那位令人敬畏的岳父，与他的老对手，百胜房地产公司的董事长庄子繁，展开一场你死我活的争夺战！双方不仅动用十几亿资金，还启动了所有人脉关系。你找局长，我找市长；你找部长，我找省长……从市里一直找到省里，乃至中央某些部委。一场大战搅得地产界天昏地暗，岳泰与庄子繁两条强龙也都累得筋疲力尽，才见出了分晓——岳泰是最终的胜利者，他得到了地王！

据说，我的老泰山有一绝招：在关键时刻，面对关键人物，他老人家竟会庄重地、严肃地跪下，并且长跪不起。你想想，一条八尺汉子，有财产有地位，而且有了一把令人尊重的年龄，突然在你面前跪下，这举动多么具有震撼力啊！你可能猝然不防，有些慌乱，有些难为情，总之你的心理防线乱了，出现一点点漏洞。而我的老丈人岳泰，就会抓紧时机，字字千钧地向你许下某种诺言，极诚恳，极有分量。你能不感动吗？你能不接受吗？当然，这样的诺言往往与一笔巨额财富有关系，它本身就有极大的诱惑力。

这样，岳总裁就得到了他所想要的东西。他从容站起，一掸膝上灰尘，回到沙发坐下。一边品茶，一边拿起他那把斯大林式的烟斗，仿佛什么事情也没发生过。你说绝不绝？他跪了半天，竟然一点儿不掉价，还能引起对方更大的敬意。这就是楼王，下跪也不失王者风范。谁能不佩服？

地王到手，岳泰邀请中外设计名家，拿出一个集公寓、商业街、写字楼、医院、学校、幼儿园……为一体的大型社区建设方案，为我们这个城市首创，赢得万千市民的青睐。第一期四座公寓楼刚一推出，就被抢购一空。众所周知，我们这个城市炒楼风气最盛，待到楼盘封顶，房价就蹿升两成！毫无疑问，恒泰集团正在打造一颗楼盘明星！

关于楼盘名字，公司内部曾有一些争议。有人提出，百慕大三角洲是自然界一个谜，经常有飞机在那里失事，取这样的名字是否不太吉利？岳总裁在公司高层会议上做出回答：我要建一个城中之城，这城就要给人一种迷宫一般的感觉，深不可测，变化无穷。至于吉利不吉利，本人运气正旺，鬼神莫敢挡，怕什么？没人再敢持有异议，"百慕大城"的名字就这样定了。他大笔一挥，亲自写下广告语，让所有的报纸整版刊登。

你现在走进我们的工地，一抬头，就能看见长条横幅广告。它被几个巨大的彩色氢气球悬挂在空中，背衬蓝天白云，迎着朝阳闪闪发光：百慕大城——伟大的城！

我们家那栋别墅，就盖在工地西北角一片杨树林里。这也是老泰山向公众表示的一种决心：我将在百慕大城了此一生！业主们看到这栋别墅，肯定像吃了一颗定心丸，因为房子质量若有问题，随时可以找到老板。

我也喜欢这地方，一出别墅大门，就穿过杨树林，空气中弥漫着树叶的芬芳。这些杨树都是五十年代建厂时栽下的，每一棵树成人都搂不过来，看着也让人心中舒畅。厂子搬迁，老泰山特意派人守护杨树林，连树皮也不许碰着。如今，这片原生林正是百慕大城的卖点之一。

我以主人翁的眼光审视这块土地。它呈等腰三角形，龙宫处于北部的尖端；往南，在靠着前进大街的宽阔处，幢幢大楼一字排开。我一路穿过工地、花园、一期公寓楼，最终来到水晶宫售楼处。这一路要步行十多分钟，我每天都四下看光景，细细品味百慕大城的风采。我那位老丈人很会整一些吸引人眼球的噱头，花园里搞得花样翻新。前不久，他从南方买来一群孔雀，放在草坪上散养，引得业主纷纷与孔雀齐舞，拍照留念。

这不，一群工人在人工湖边忙碌。我走过去看看，他们正把一棵从深山野村里买来的老槐树，植入深坑。这棵老槐足有两抱之粗，我一问，知道它已有一百多年的树龄。一位小报记者在现场采访，正忙着炮制一篇百年古槐植根百慕大城的花边新闻——公司宣传科肯定给他塞了红包。

园内奇石异树琳琅满目。岳总眼光独到，他在造楼的同时，先造环境。不惜工本，打造山型水系，引得周围市民逛公园似的川流不息观光。这一招很成功，百慕大城名声日隆……

我来到水晶宫。水晶宫是一座圆球形玻璃小楼，顶部有泉水喷出，水幕覆盖整个玻璃球，人们从门口出入，仿佛进入水帘洞一般。这是百慕大城售楼处。当初开业时，这个水晶球曾在我们这个城市轰动一时，明星艺人经常被请来表演，与业主联欢，水晶球成了文化象征。这也是百慕大城最热闹的地方，终日熙熙攘攘，人流不断，小区停车场摆满各种轿车。

今天更不得了，我老远就听见人声鼎沸，抢购二期公寓的顾客排起长龙。保安神情紧张，忙于维持秩序。排队的人们不时发生争吵，怒火冲天，脸红脖子粗。这哪像购买几十万上百万房产的业主？简直就是抢购臭鱼烂虾的小市民！

这也是公司营销策略的高明之处：新楼开盘，总要搞幸运顾客抽奖，凡中奖者，能得到一套九五折优惠房。几万块钱的便宜，可不是小数。人们为争这幸运观众，抢着抽签，眼珠都争红了。

我挤到大厅中央，听见售楼处经理关月影用脆亮的嗓音宣布：今天的幸运顾客是 1002 号——马大武！

随着人们发出失望的叹息，一个民工模样的中年男子，喜笑颜开地走向领奖台。

我身边响起一片指责声："这里边有猫儿腻！"

"这家伙是他们雇来排队的，我每次来都看见他……"

"不公平，我们要求重新摇奖！"

我躲开激动的人群，赶快登着楼梯跑上二楼办公室。

楼梯拐弯处是员工厕所。我刚走到女厕所门口，门裂开一道缝，一只洁白的手伸出来，拽住我的衣角。

我吓一跳：谁？干吗拖我进女厕所？

门半敞开来。售楼小姐钱笑娟一脸紧张，神神秘秘地对我说：童瞳，我要告诉你一个秘密！

我说：什么秘密，我还能进女厕所去听呀？你快说！

钱笑娟扭捏一番，说：这个公司我就相信你，所以有话只对你说。关姐捣鬼，她把优惠房偷偷卖了……

真的？

你进来，我怕别人撞见。我们插起门来说。

这像什么话？下班我请你喝咖啡。

钱笑娟眉开眼笑，洗洗手装作无事一样，下楼工作去了。我则满腹狐疑地来到邓总邓一炮的办公室……

三 邓一炮

我在公司的地位有些尴尬，也可以说比较微妙。

这种微妙可以从我的办公地点窥见一斑。我没有一张固定的办公桌——岳泰总裁来上班，我就在他办公室外间沙发上坐着，随时听候他吩咐。总裁不来上班，我就到副总裁办公室坐着，听从他的指挥。副总裁也不来上班，我就像一个孤魂野鬼，到处游荡。

不过，我对此倒不在乎，我喜欢自由。挂着水帘的玻璃球，上半部是公司临时办公室，下半部就是售楼处。我喜欢在水晶球下半部游荡。不言而喻，跟售楼小姐们打交道，远比侍候老板愉快得多！

主持工作的副总裁邓一炮，是个蛮横家伙。他长得矮壮结实，脸膛宽阔，说话冲人，与他的名字十分相符。我这样评论可能有失恭敬，因为他是岳静水的舅舅，当然，我也得跟着叫他舅舅。但是这个舅舅丝毫不亲我，反把我看作眼中钉肉中刺，处处挤对我。原因很简单：他把我这个新女婿当作潜在对手，怕我长硬翅膀，抢班夺权。恒泰集团是个家族企业，这类钩心斗角自然免不了。

邓一炮比他姐夫岳总年轻十岁，一同打江山，是公司头一号功臣。有了这些资本，他的野心就难以扼制，尤其最近，老泰山得了冠心病，半夜送进医院抢救，险些送了性命。从此，他就很少来上班。邓一炮邓总主持工作，独揽全局，渐渐摆出一副主子的架势，说起话来吆五喝六，俨然一位新登基的皇上。

我的处境可就更为不妙。老泰山不来公司，我就得去侍候邓一炮。邓总把我攥在手心，拿拿捏捏，仿佛玩弄一块橡皮泥。

他经常意味深长地告诫我：做人，一定要有自己的位子。你的位子在哪里？瞧，连一张办公桌都没有！

我说：舅舅，我在你屋里安一张办公桌，放一把椅子，不就有位子了吗？

邓一炮掰着他那胡萝卜般粗的手指数落道：首先，你不应该在办公场所叫我舅舅，咱们家有这规矩。其次，你把办公桌安在这里，就是侵占了我的位子。越位，那可是犯规喽！最后，一个人的位子，不是摆一张办公桌就能确立的。你还得建功立业，叫公司上上下下心服才行。咱们这样的公司，最忌讳靠裙带关系往上爬，让外人笑话。我告诉你，我的原则是宁用人才，不用奴才！

瞧，我这位舅舅越说越离谱，就差没骂人呢！不过我不在乎，笑嘻嘻地扬起一只手：邓总，算我瞎说了。你这儿没事吧？我得回家照顾爸爸，今早晨他没起床，可能心脏病又犯了……

我往门口走去，就听见邓一炮叫道：回来！我还有事问你……

我转回身，看着邓一炮横阔的脸膛。他背着手来回踱步，许久才开口说话：听说，昨晚上咱家出事了？

没有哇。我连连摇头，没出什么事情。

怎么没有？那座新盖的别墅闹鬼，我一来上班就有人告诉我了！

谁告诉你的？小道消息传得好快呀……

邓一炮严厉地瞥我一眼，说：怎么？你要查消息来源？我不在家中住，就应该像聋子瞎子一样，什么事情都不知道？

不不，我不是这意思……

那你说说，深更半夜的，煤气灶忽然点着了，究竟是怎么回事？你是总裁助理，有责任查清事情真相！

我苦笑：有些事情还真不好说。你那外甥女岳静水，有点儿神神道道的，夜里不睡觉，经常起来夜游……我分析，就是她把煤气灶点着了。可能醒着，可能睡着，她自己也稀里糊涂的……总之，没什么大不了的事情。

邓一炮思忖着点头：有道理。

我挺挺胸说：反正，我不相信闹鬼这一说，纯属无稽之谈。传出去，对咱们家也没好处！

邓一炮笑了，满脸横肉松弛开来。他用拳头捶捶我胸脯，吓得我直往后缩：嗯，你小子还真的忠心耿耿，不错！

离开邓一炮，我松了一口气。在这个豪门家族，我谁也不敢得罪，必须把尾巴夹得牢牢！

夜晚，我和钱笑娟在百慕大城对面的星巴克咖啡馆碰头。

我戴一副墨镜，为自己增添几分神秘感。这倒不是我喜欢故弄玄虚，熟人太多，我不想被人认出来。屋子东角也有一个戴墨镜的女子，独自坐在圆桌旁喝咖啡。这里的气氛轻松随意，来了一男一女戴墨镜的人，仿佛增添了紧张空气，有些不协调……

喂，你有没有在听我说话？钱笑娟用勺子敲着咖啡杯，对我说。

我侧过脸：嗯？对不起，请你再说一遍……

关姐是个吃里爬外的家伙！你得想法把她拿下来……我有证据，她串通保安，搞了许多民工通宵排队。每次公司推出优惠房，都被他们抽奖拿去了。关月影花千把块钱把民工打发了，转手加几万块钱，又把优惠房卖给其他业主……我盯她很久了，终于发现她发财的秘密！

你的证据在哪里？

钱笑娟挺挺高耸的胸脯，目光暧昧地瞟我一眼，说：别急着要证据，先讲好条件——你打算怎么奖励我？

我说：吻你一下，再提拔你当售楼处主任。

笑娟咯咯地笑，像一枝在风中颤抖的花朵。她嫉恨关月影，总想把她绊倒。同时，她又暗恋着我，千方百计找机会接近我。这些事情，我心中都有数。

她说：好吧，我告诉你，那个帮关姐找民工排队的保安，名叫魏东新，正一个劲儿地追求我，热乎着呢！我问什么，他就说什么。必要时，他还愿意站出来为我做证。

太好了，你为公司立了一功！我说着，又扭头看那位戴墨镜的女子。

喂喂，你的眼睛往哪边看，太过分了吧？笑娟抓住我的手，轻轻地掐了一下。

我说：咱们的话题结束了，我想轻松一下。

笑娟噘起小嘴：轻松一下，就看别的女人？不行，我要领奖。你刚才说什么来？吻我一下，再提我当售楼处主任。那么，你先把第一个许诺兑现了吧！

我站起来，俯身对她说：可以。但我也有个条件，接吻得隔着玻璃。怎么样，我们就隔着这橱窗接吻？

钱笑娟恼了，拿起坤包就走。无聊！她恨恨地说，我为什么当告密者，你真不知道吗？真是白眼狼！

我做出无奈的表情，低着头，看她高跟鞋踩着地板嗒嗒地离去。

我又转过身，不紧不慢地走向那位戴墨镜的女子。

对不起，可以在这儿坐一下吗？没等她回答，我已经在圆桌旁坐定。

我把墨镜摘下来，凑近她问：你在等谁？

她也把墨镜摘下，露出一张天鹅蛋般的白皙的脸庞。

她低声地说：等你。

我笑了：好吧，我们谈谈吧。

戴墨镜的女子名叫梅真，是岳泰总裁的私人投资顾问。我得强调"私人"二字，因为她经常在黎明时分蹑手蹑脚地走出我老丈人的房间。

其实，我们早就认识。

四 往事如烟

发财有公式。只要你掌握了公式，财源滚滚你挡都挡不住。

老泰山停顿一下，久久凝视着我。然后，他像念六言真经似的、一字一句地对我说：这个公式就是——土地加银行。你要永远牢记在心！

我的岳父大人有其可爱之处，总喜欢把我独自请到书房，口传心授一些发财致富的秘诀。从这一点看，他的确十分喜爱我。我无法想象，老泰山向我的前任传授此类公式时，诗人会在书房里耐心地待上五分钟。我猜测，这很可能是他们翁婿之间产生矛盾的起点。于是，我格外聚精会神，两只耳朵像兔子似的支楞着，一脸求知若渴的神情。老泰山对此十分满意。

在中国，土地和资金是最为稀缺的资源。谁同时掌握这两项资源，必定是赢家。你翻开中国富豪排行榜看看，房地产商为何占据了半壁江山？其中奥妙就是我对你讲过的公式。当然，这公式也可以做一些变动。比如，我拿下百慕大城那块地王，就有几家银行做我的后盾。真金白银我究竟拿出来多少？告诉你，只有一个亿！银行，不，应该说银行行长，是撬动资金杠杆的真正支点……

我凝视老泰山的眉心，那里隐约有一股黑气。老人家身体不行了，上次突发心肌梗塞，可视为他人生的重要转折点。他住进特护病房，我日夜守候在门前，比他女儿岳静水孝顺百倍。老泰山不能说话，老是握着我的手，父子亲情犹如一股电流，在我们的脉络中传递。出院后，他就每天把我招到书房，讲一些公式诀窍之类的东西给我听。我想，这位"老皇帝"开始培养接班人了。

书房在别墅的第三层，与卧室相连。书房里没有几本书，却摆着许多瓷器古董，看上去价值连城。而我真正感兴趣的，是书房东角那扇暗门。我知道，老泰山只要按一下遥控器，墙壁就会自动移开，显露出一间神奇的密室。老泰山经常钻入密室，通宵达旦地工作——这些秘密，都是他那位私人投资顾问梅真告诉我的。只有梅真能够与他通宵达旦地同居一室。

我没有丈母娘。丈母娘数年前已经命归黄泉，老泰山一直不肯续弦，所以他身旁这个重要位子一直空着。公正地说，岳泰作为一名亿万富翁，生活作风还是很严谨的。他从未对任何一名女性公开表明亲密关系，总是保持着独身形象。

当然，私底下如何又是另外一回事情。据说，伊克的家庭女教师杨画眉与他有暧昧关系。可我看不出来。我们同住一栋别墅，从没见杨老师与他同床共枕。倒是梅真，她是最接近老泰山的女人。拂晓，我有几次在朦胧的晨光中看见她轻飘飘走下楼梯……

老泰山是一位相貌堂堂的男子，方脸，长鬓角，喜欢吸烟斗。这就使他看上去有点像苏联的伟大领袖斯大林同志。不知道他是否意识到这一点。总之，他沉稳的动作，迟缓的语调，以及吸烟斗的姿态，都有点儿刻意模仿的嫌疑。不管怎么说，他身上透射出威严的力量，使你不得不对他肃然起敬。我面对老泰山，忍不住突发奇想：如果他突然跪下，我将怎么办？真是匪夷所思！

老泰山又开始回忆往事。他老是喜欢对我讲他的发迹史，讲他的早已故去的好朋友叶远秋，讲一个遥远的名叫淡水的地方……

老泰山成为地产大亨的历史并不长。二十年前，他还是一名以摩托车载人拉客的农民，人称"摩托佬"。淡水是广东沿海一片投资热土，据说有外商要在那里建一座规模宏大的汽车城。全国各地的投机客蜂拥而至，房地产生意随之火爆。当地盛行炒地皮，阿狗阿猫都怀揣几份红线图，大街小巷到处兜售土地。可以说，这是中国房地产最早一波投机热潮。那时岳泰驾驶着一辆黑色嘉陵牌摩托车，拉着客人满世界飞转，去看各种各样的地皮。淡水是一座新兴城市，以惊人的速度膨胀，许多城建配套都来不及跟上，甚至连出租车都没有。所以，摩托车载客大行其道。我的老丈人因此有了赚钱门路，得以养家糊口，使他的独生女——我的妻子岳静水，成长为一名楚楚动人的大姑娘。

在这样的背景下，他结识了来自长沙的投机客叶远秋。叶远秋原是一名中学教师，辞职下海，当了几年书商，挖得第一桶金。岳泰用摩托车拉他看地，一来二去成了朋友，也就不计较车价，这部黑色嘉陵成了叶远秋的专车。那时炒地皮，就像炒股票一样，拿了建筑许可证、购地发票、红线图以及业主身份证复印件几样东西，就可以把一块地卖来卖去，也不用办过户手续。你上午买进一块地皮，下午有人肯出更高的价钱，你就可以把地卖给他，几张单子转一下手就行了。有时候，你同时找好上下家，不用资金就能赚钱。岳泰来淡水时间长，来回拉客认识不少人，他就成了叶远秋的得力助手。叶远秋也不亏待他，赚了钱总有他的份。最后，岳泰干脆把摩托车卖了，倾其所有凑齐一笔钱，交给叶远秋，两人合伙做起地皮生意。

那时淡水的地，炒到天上去了！一年下来，所有的地皮都翻了几倍，你真是想也不敢想呀！老泰山津津乐道地回忆那火热的年代。

岳泰迅速发迹。叶远秋很仗义，不讲究资金大小，赚了钱两人平分，岳泰对此感激不尽。他们盖了一座小楼，起名"秋泰楼"，说好此楼永远不卖，作为他们之间友谊的纪念。

老泰山说：淡水的楼很有趣，占地只有八十平方米，却盖六七层高，二层以上往四面飘，上粗下细，像一棵蘑菇，又像一座碉堡。到处是这样的小楼，密密麻麻。人住在里面好像住在鸡窝里，气都透不过来……

我问：这样的楼现在还能住人吗？早就卖了吧？

老泰山严肃地说：我和远秋有约定，怎么可以随便卖掉？前几年，我每年都去淡水，在秋泰楼住两天，纪念我的老友、恩人。这两年太忙，身体不行了，我才没去……

我说：你老人家一辈子也不会忘记叶远秋这个人。

老泰山深沉地道：我们全家人，永远都不能忘记叶远秋！

他拿起大班台上的一帧照片，咬着烟斗久久凝视。照片上是他和叶远秋的合影，两个人看上去都很年轻。叶远秋消瘦、细长，戴一副眼镜，笑得很开心，还保持着知识分子模样。岳泰则皮黑肉糙，目光呆滞，比现在更像一个农民……

我问：你能对我讲讲，叶先生是怎么死的吗？

老泰山迟疑一会儿，缓缓地说：我们驾驶一艘快艇，去莺歌岛游玩。回来时，遇到风暴，游艇沉在海里。远秋不识水性，我拖着他游。游了很远，实在游不动了。我手一松，放开了他……

岳泰方阔脸上布满沉痛的表情。他回想起松开叶远秋手掌的那一刹那，肯定万箭穿心。他的一生，都在为那一瞬间内疚。虽然那是无奈的选择，却仍令他悔恨终生！

老泰山右手揉着胸口，左手往嘴里塞药。如此沉重的话题不应该继续下去了，我站起来，低声告辞。

五　夜巡

月光如水，透过宽大的外飘窗泻入卧室。

我的妻子岳静水有种种古怪习惯。比方说，有月亮的夜晚她不许我拉上窗帘，要寻找在野地里露宿的感觉。她就这样睡着了，在睡梦中还咧着嘴笑。我也有幸彻夜欣赏月光，品尝失眠的滋味。

客厅里的红木立钟响了两下，已经是下半夜了。我悄然翻身下床，蹑手蹑脚走出卧室，开始在这座迷宫般的别墅里夜巡。我得强调，我是夜巡而不是夜游，与静水的行为完全不同。我无声无息地走下楼梯，来到一楼客厅。我在大理石柱子阴影里立定，侧耳聆听周围一切细微的声音……

再说一遍，我是双子座。白天我像一个大孩子，什么都不懂，傻乎乎地到处挨训；到了夜里，我又变成一只猎豹，在丛林里瞪着绿灯笼似的两只眼睛，守候着猎物出现。我明白这座小楼里正在上演一出活剧，剧本如何结尾，将影响许多人的命运。

一场危机迫在眉睫，随时都有爆发的可能。事情不像我对邓一炮所说的那样简单，恰恰相反，我认为那煤气绝不是静水点燃的。有人要谋害别墅中的人。凶手可能并不想点火，单单放出煤气就足以把我们熏死。由于某种原因，他改变了计划，将火点着。那一片蓝色的火光，是对我们发出的一个严重警告！

我相信，有一个隐身人在我们这座别墅中游荡。他还会行动。他将采取一系列手段在这座别墅中制造恐怖。我能确切地感觉到隐身人的存在，他的目标指向三楼——我们这个小小帝国的统治者，我的老丈人岳泰！这个推测是有根据的，岳泰从没有像现在这般脆弱，或者说，他暴露出致命弱点。要除掉他这样的钢铸铁打般的人物，现在恰是难得的时机。

自从老泰山突发心肌梗塞，我们这个家族公司的内忧外患逐渐显露出来。在外，有老对手庄子繁虎视眈眈，岳泰总裁一旦垮台，他就有机会兼并恒泰集团，夺回垂涎已久的地王。在内，老舅邓一炮显露出勃勃野心，老王驾崩，新王不就可以登基加冕，号令天下了吗？老泰山一直在家休养，邓一炮已经对公司中层进行调整，大肆网罗党羽，安插亲信。这一切我都看在眼里。

问题不仅仅出在老泰山那颗发生故障的心脏。据我所知，他的脑筋也可能有了偏差。他足不出户，以休养为名终日蜷缩在三楼。其实，他真正蜷缩的地方是一个黑洞——书房后面那间神秘的小屋。我的消息来源比较可靠，其一是杨画眉告诉我的，她说老板信了佛，在那间密室里供着弥勒、文殊、观世音等等佛祖雕像。老泰山每天按时辰进屋跪拜……

消息来源之二，就是那位美丽的投资顾问梅真。她的语言比饶舌的家庭女教师金贵，我利用往日的交情套了半天，她才说了两个字：电脑。

我再追问：岳泰总裁钻入小屋彻夜摆弄电脑，究竟在干什么呢？

梅真板着脸说：我有责任替客户保密。

客户？我满脸嘲讽的笑容，意味深长地道，我的老泰山也成了你的客户？说一说，你是怎么把这位大客户拉到手的？

无聊！

梅真戴上墨镜，拿起桌上的文件夹，忿忿然离去。我被扔在星巴克咖啡馆里，再也得不到有价值的情报。

瞧，我的老丈人真有点儿邪门。他不知走上了哪股道，心仿佛不在我们这个世界了。这恰恰是最危险的，比心脏病危险百倍！我预感到，岳泰总裁的弱点一旦被别人掌握，他垮台的日子也就不远了。

我们的"龙宫"，我们这幢豪华的别墅，正酝酿着一场危机，阴谋者若得逞，创造百慕大城的房地产帝国必定分崩离析！

寂静。客厅里静悄悄。我从大理石柱后面的阴影里走出，无声无息地游荡。我能感到隐身人也在空气中游荡。我冷笑：童瞳在此，看你如何作祟！我坚信，小孩眼睛能看穿一切妖魔行径。

我把别墅里的住客挨个儿掂量一番。我们这个大杂烩式的家庭，是按照老泰山古怪的口味组成的。成分复杂，各有来历，谁也难脱作案嫌疑……

我穿过客厅，来到走廊，对走廊两侧的房间逐一观察。头一间住着两个女孩，负责为整座别墅打扫卫生，平日大家都叫她们"小王""小李"，具体名字我也不清楚。集团下属有一个光辉物业公司，两个姑娘都是物业公司的员工，被魏经理派过来伺候我们。值得一提的是：魏经理是邓一炮的心腹。

旁边一间屋住着施医生，施松鹤，他是岳泰总裁的私人保健医生。此君每天为老泰山做一次体检，进行两次按摩，甚至还为他洗脚——据说施医生在洗脚的同时，能按摩几个关键穴位，使得老泰山身心舒畅。一个知识分子能做到这地步，实属不易。老泰山很喜欢他，并渐渐地依赖他，给他一份优厚的工资，还不时塞一个鼓鼓囊囊的红包。

施医生旁边住着沈大厨，也是从什么宾馆聘来的。我觉得他的手艺不咋地，但老泰山偏偏爱吃他烧的客家菜。当然，好坏的判断要以老泰山的口味为标准。他终日乐呵呵的，有着一副当厨子的好脾气。然而，厨房着火，厨子能逃脱干系吗？

走廊的尽头，是带套间、并有一个独立小阳台的主卧室，它是底层最豪华的房间。当然，这里也住着房客中最重要的人物——杨画眉。她和老泰山的关系非常特殊，人人都猜测他俩有一腿，但据我观察未必。杨画眉原是小男孩伊克的家庭教师，这小魔王被送到英国之后，老师却不走，常住沙家浜了。这是老王的决定，谁也不能说什么。杨画眉有几次与静水发生矛盾，流着泪辞职，都由老泰山亲自出面，将她挽留下来。杨画眉的角色，有点像秘书，有点像保姆，经常为总裁翻译外文资料，并直接照料他的日常生活。杨画眉是否身兼情人一职，其实并不重要，我看得出老泰山心中并没有她的位置。但她却一心一意等候着，梦想有一天皇后之冠戴在她的头上……

我来到二楼。二楼的主角当然是我和静水。除了走廊末端的房间，其他几个房间都空关着。我踩着地毯走到走廊尽头，在住人的房间门口站住。能和我们住在同一楼层的肯定不是一般人物。他是个瘸子，名叫孙自之，长得像个旧时老秀才，外人不会把他放在眼里。但是，他恰恰是岳泰总裁最为倚重的人物，老军师，老管家，任何事情老泰山都要征询他的意见。而且，孙瘸子还是公司财务主管，财权在握呢！所以，他虽只挂着副总裁的头衔，却比其他几个副总裁更重要。邓一炮真正悚头的角色，正是这个孙瘌子。老泰山让他住在龙宫，并且住在二层，使得邓一炮大为嫉妒。一说到别墅里的事情，老舅的气就不打一处来。

我想，假如谁能破解阴谋，力挽狂澜，此人必是孙自之。不知他现在正做着什么梦？不过，万一老泰山病故，或出了其他意外，凭他的智商收拾残局，恒泰集团没准会被收拾到他的口袋里去。也许，我们这些人被卖了还都不知道呢！最聪明的人，往往最危险。对孙瘌子的判断，常常使我犯难，拿不准是要依靠他，还是提防他？……

门，无声无息地开了，孙自之与我面对面地站着。黑暗中，他的眼睛似乎闪烁着金光，让我看着胆寒。

你，还没睡着？

你都不睡，我能睡着吗？孙瘌子一侧身，说，进来吧，咱俩谈谈。

我身后，发出一阵动物的低吼。我一转身，看见了菲菲，它是静水最喜爱的波斯猫。这家伙鬼得很，一直悄悄跟着我，这会儿才发出动静，表示它的存在。我还不知道自己早已被跟踪……

老猫菲菲，可以算我们这幢别墅的最后一个成员。

六　龙宫鬼火

　　我的故事有些离奇。若非亲临其境，我自己也难以置信。无论如何，我还得把这令人惊诧的事情记录下来——

　　我与孙自之彻夜长谈，交流了对当前局面的看法。我们彼此并不信任，但又互相需要，所以谨慎而积极地向对方示好。对于公司面临的危机，我们都有一致的看法，论及如何对付，又环顾左右而言他……

　　拂晓，他把我送出房门。我们同时听见老猫菲菲发出奇怪的嚎叫。声音是从楼下厨房传来的，与昨天静水发出的尖叫竟有几分相似。客厅里的落地钟打响四下，恰与昨天事发时间吻合。我急忙跑下楼梯，孙总也拖着瘸腿急急追来。

　　我们都明白发生了什么事情，却又不太敢相信。然而，当我们来到厨房，一切预感都得到了证实……

　　两个煤气灶台，大小六个喷火口，同时喷出蓝莹莹的火焰！它们像魔鬼的眼睛，在黑暗中有节奏地抖动着，似乎向我们发出恐吓的信号。波斯猫比人更能理解这些信号，所以吓得缩在冰箱旁的旮旯里，毛发都竖了起来……

　　我和孙自之对视一眼，有些不知所措。老管家发出一声长叹：这是故意向我们发出挑战啊！

我说：干这事的人就在这座别墅里，就在我们中间！

孙瘸子默默地将煤气开关挨个儿关掉。他嘱咐我：火灭了，事情也就了结了。千万别往外传，知道的人越少越好。也别让你老爸知道，这火就是冲着他放的！

我侧着脑袋问：你就这么把火关了？按钮上净留下你的手印，回头公安局来破案，你不就成了最大嫌疑人了吗？

孙瘸子笑笑：这点事，用不着惊动公安。再说，你不是可以为我做证吗？

我也笑了，这老滑头，什么事情也不忘拽着我。

早餐，没有人在餐桌上提起煤气着火的事。可能是他们睡得熟，谁也没听见；也可能有人听见了，却装作没听见。老泰山没下楼吃饭，杨画眉托着食盘，提着一大杯橙汁把早餐送入他的卧室。值得一提的是，老泰山非常爱喝橙汁，尤其是杨画眉亲手压榨的鲜橙汁。这也是杨老师骄傲的资本。我们看着她扭动着肥硕的臀部，登上楼梯。她身穿一袭色彩鲜艳的睡衣，身态举止颇像这座小楼的女主人……

手机铃响起来，咯咯鸡和王胖找我。他们轮流抢过话筒，激动地向我报告一个好消息：温州炒房团来了！团长是一位美女，并点名要召见我……

我正准备对美女炒房团长发表一番评论，静水抱着她那只大白猫走下楼梯。我连忙说：一会儿咱们去杰克巴，见面再谈。

静水在餐桌旁坐下，朝我责问道：菲菲怎么受惊了？一早就跳到衣橱顶上，见了我也害怕。你是不是吓着它了？……

别问我，不关我的事！我一边迅速穿上西装，一边夹着公文包

28

往外跑，我工作那么忙，哪里顾得上管你的破猫？

我听见静水在身后嚷：这屋里肯定闹鬼，我们必须搬出这栋别墅！

咯咯鸡和王胖是两位业主，他们炒房炒成我的好朋友，只要我在哪个房产公司任职，他们必追来买这个公司的房产。

说到这里，就不得不提一下我个人的光辉历史了——

我的专业是房地产营销策略，硕士学位……得，讲故事又不是应聘，我就把实底掏出来吧。我是有一张硕士文凭，但这张文凭是假的，我只花了三百元钱就买到了这张文凭。我决心快速打入房产界，就不得不采用一些卑劣手段。但假文凭不等于没能力，干房地产这一行，没真本事你学历再高也不行！

我很快证明了这一点。我出色的表现令同行们刮目相看，老板也连连提升我，没有人怀疑我是一名假硕士。

我打的头一个漂亮仗，是策划了白领丽人公寓。我来到这个城市，在一家中等规模的房地产公司工作。当时，老板正为一幢新建的公寓害愁，它怎么也卖不动。我们老板是一位女士，她让我做销售方案，并把无限希望寄托在我这位硕士身上。我很快发现症结所在：户型太大，总价太高，又是独栋公寓，缺乏与之配套的环境。

我和工程师们制定了一个新方案：把大户型改成五十平方米左右的小户型。一套改几套，再加上精装修，使之成为充满小资情调的居室。我又对周边地区进行调查，发现这一带娱乐场所特别多，夜总会、歌舞厅什么的，进进出出净是花枝招展的小姐。我想，这可是一个被人忽略的、有购买力的阶层。哪个做小姐的，存折上没有一串零？于是，我决定突出女性主题，将公寓定名为"白领丽人"！

经过一番包装炒作，公寓很快开始热销。女老板对我眉开眼笑，将经理、主任之类的头衔不断往我身上套，工资、奖金也翻番地涨上去。奇怪，我这人总是沾着女性就发，这恐怕不仅仅是因为我那双眼睛吧？无论如何，白领丽人公寓在房产界着实红火一阵，这可是我的杰作！

咯咯鸡和王胖就是那时认识了我。他们一人买了好几套房子，全都发了。

他们说：你可真逗，招来那么些白领丽人！一个小姐买房，就有五个男人追来跟她做邻居。这点儿房子哪里够卖的？高啊！

我挠挠头：当时，我可真没想到，还会有这样的效应……

我被庄子繁挖到百胜房地产公司。人往高处走，鸟往远处飞，那么一家实力雄厚的公司聘请我，我能拒绝吗？女老板流着泪挽留我，都被我铁着心肠拒绝了。瞧，又是跳不出的怪圈：我最后狠心地抛弃女人……

不过，当我接近心目中的最终目标——恒泰房地产集团时，我连男人也抛弃了！庄子繁待我不薄，给了我许多机会施展才能，可终究也没能阻止我再一次跳槽。我与岳静水相遇了，这就注定我将成为岳家企业中的一根顶梁柱！

以上是我的个人发展史，也值得提一笔。

咯咯鸡、王胖始终追随着我。炒房热潮日渐高涨，他们屡战屡胜，乐不可支。他们说：神了，你到哪个公司，那公司的房子准定涨价。我们跟定你了！

我说：哥们儿，这都是碰巧的。天下没有只涨不跌的房子，哪天栽了跟头，你们可别骂我。

二人齐喊：打你乌鸦嘴！

我们的友谊日渐加深。我也平步青云，火箭一般蹿到今天的位置。

七 两条房虫牵情缘

咯咯鸡和王胖是两个很有意思的角色。我喜欢他们，除了性格原因，还因为通过他们能够了解炒房者心态，及时掌握各种信息。这对我来说很重要。

咯咯鸡的真实姓名是国齐，大家"国齐""国齐"地叫着，不知怎么就叫成"咯咯鸡"了。他人细长，背有点驼，走路时头朝前一冲一冲，很像一只鸡。他还患有某种眼疾，动不动就掏出眼药水瓶，往眼睛里滴几滴。因此，我们有时叫他另一个绰号：眼药水。别看他毛病多，可是一条成了精的老房虫。用他的话说：这一辈子啥也没干过，就是捧着瓦片啃。

他父亲是个资本家，"文革"时家产充公，他本人也到东北农村插队落户。他自幼体弱，干不了重活，所以常常溜回城市，东游西荡混日子。"文革"结束后，政府落实政策，把他家一所老房子归还咯咯鸡。此时父母已经去世，哥哥姐姐也早就移居海外，只有咯咯鸡一人守着一栋空房子。他血管里流着资本家老爹的血，自然精明，很快招来一群房客，靠收房租度日。随着改革开放的进展，房租飞涨，咯咯鸡有了丰厚的积累，他卖掉老房子，沿着地铁线买入许多二手房。一边租一边炒，资本滚雪球似的越滚越大……

咯咯鸡对我说：这两年新房涨得猛，我就卖掉二手房，专门炒期房。嗨，没想到生意这么火，我的资金翻着跟头往上涨，比租房子啃瓦片快多了！这样的好日子，恐怕我爹那辈人也没赶上。

我问：照你的老经验，好日子还能持续多久？

咯咯鸡缩起脖颈，眨着眼睛想了半天，摇摇头道：不知道。房价涨得这么猛，我从没见过这阵势……心里没底，走一步算一步吧！

与咯咯鸡相反，王胖是个完全没有历史，一夜暴富的年轻人。他做过期货经纪人，胆子大，敏锐，什么风险都不怕。王胖发迹有一个令我惊讶的特点：信用卡为他提供资金来源！

有一天，他在报上看到一则广告，声称无需抵押无需担保，就可以为个人取得五十万元贷款，并且免息。这简直是天上掉馅饼！王胖骑着摩托车找到那家投资咨询公司，一问，才知道谜底——人家为他代办十张信用卡，每张卡可以透支五万元，有五十六天免息期。前贷后还，轮流使用，这十张信用卡就能为他带来一笔可观的资金。收入证明、财产担保什么的，都由这家公司作假搞定。

王胖二话没说，把摩托车卖了，交上一笔费用，很快就得到十家银行的十张信用卡。金融界真是无奇不有，王胖居然用这种办法开始空手套白狼的发家历程。

有了资金干什么？王胖深知股票期货的风险，所以就把目光转移到红红火火的房地产业。他搜寻炒得最火的楼盘，用付定金的方法，买下尽量多的房子，接着又以最快的速度把房子卖掉——王胖说：这叫快进快出，薄利多销。说是薄利，每套房子也能赚个三万两万的。信用卡透支迫使王胖成为一个快枪手，他买进卖出，忙得不亦乐乎。时间一长，他在开发商、中介行里居然有了一点小名气。

短线炒房在行情火爆时获利最快，两年下来，王胖就成了货真价实的百万富翁！

王胖总结经验道：我跟你们说，房子其实与股票、期货一样，仅仅是一种符号。你千万别把房子当房子，只把它看作逗号、句号、感叹号，那你才能赢！

这两位朋友经常请我饮茶泡吧，讲给我听形形色色的炒房故事。当然，他们也有求于我，我总能给他们优惠价，或者，我会把内部保留的好房型提前卖给他们……

真正的炒房者，总要与开发商建立良好的关系。开发商也需要一批忠实的业主追随其后，为他们立口碑，树形象，带来新客户。

我开着我那辆桑塔纳2000，来到杰克吧。这家酒吧是我们经常聚会的地方，有个老头吹萨克斯管，水平相当不错。咯咯鸡与王胖已经点了几罐啤酒，正等着我呢。

一见面，他们就嚷：今天你得买单，我们为你立下大功了！

我问：人呢？那个美女团长在什么地方？

王胖说：你也太重色轻友了吧？我告诉你，要不是我吹你长得多么帅，那双眼睛长得多么清纯，人家早就转身买其他楼盘的房子了。

咯咯鸡刚往眼睛里点过眼药水，眼皮子费力地扑闪着说：别听这小子胡扯，人家是冲着百慕大城的房子来的。温州炒房团，一般的人能当团长吗？谁像你这胖子，满脑子男男女女的事情。琴团长亲口对我说，就要百慕大城的房子，温州人认它！

我说：哥们儿，我听你们胡扯干啥？快把人家团长请来呀！

这俩小子异口同声地说：买卖成了，有没有我们的中介费？

我满脸不屑的神情：小气了吧？都是发财的人，还在乎这点小钱？我帮你们办的事还少吗？怎么好意思张口？

咯咯鸡推王胖一把：得，我早说了，准是白忙活一场……

就在这时，我与琴泉相遇了。我说相遇，是一种很奇特的感觉。我看见她走进酒吧，微笑着朝我们走来。走过吹萨克斯管的老头时，还忍不住斜眼瞄他一下，显然为其美妙的音乐所吸引。然后她回眸朝我一笑，仿佛早就认识我。她梳着短发，回头时短发一甩，乌黑的发丝就像在电影慢镜头里飘扬起来。

我看呆了。我看见了另一个女人：与她长得一模一样的、曾使我魂魄难定的女人……

其实，琴泉算不上美女。从穿着打扮到五官形象都很一般，也就是中上等人吧。但是她身上有一种清奇的气质，一下子攫住我的心灵。美女我见多了，我从未为外在的美动心。然而就是她，就是这种类型的姑娘最能打动我。一生中遇到她一次就足够了，怎么会再次相逢？

我脑子里轰轰作响，整个酒吧在我眼前旋转。

王胖为我们做了介绍，琴泉大方地与我握手。她可实在不像炒房团长，手指修长白净，鼻子上架着一副小巧的无框眼镜，完全是刚工作不久的中学女教师模样。然而，她一开口就吓了我一跳——

她说：我们要一百套房子，总房价在一亿元左右，行吗？

我仍处于痴呆状态，迟迟不能给予答复。琴泉望着我，咯咯鸡和王胖也望着我，不知道我在想些什么。

有一句话从心底涌起，我企图脱口而出。我拼命压制舌头。然而，我的努力失败了，舌头轻轻一弹，那句话便如一颗炸弹飞出，把所有的人惊得目瞪口呆！

我说：我爱你，到老，到死，到永远！

琴泉又惊又恼，但她最终选择了笑。她扑哧一声笑出来，又觉得不舒适，慢慢地、努力地把笑容收回。她一甩短发（那乌黑的头发又在我眼中演绎慢镜头），清秀的脸庞恢复了平静——她把所有的表情全收了起来，藏到那副精巧的眼镜后面。

她说：咱们还是谈房子吧，商量商量这笔生意怎么做。

八 蝴蝶穿梭在花丛中

售楼处的姑娘们个个妖娆可爱。霍文文温柔羞怯，牟小曼天真滑稽，钱笑娟性感放浪，唐玮多愁善感……她们像一颗颗珠子，往售楼大厅哗啦啦一倒，真个儿是大珠小珠落玉盘！

岳静水经常警告我：没事少去售楼处，别让妖精们把你吃了！

我表面答应着，可偏爱往售楼处钻。人嘛，谁不向往美丽的去处？售楼处姑娘们也喜欢我去，一见我就娇声嗲气地喊：童瞳！童瞳！把我总裁助理的头衔丢到天边去了。

现代女孩大胆开放，敢爱敢恨，售楼小姐们更胜一筹。她们若喜欢你，真能把你一口生吞了！

售楼处经理关月影因此不太欢迎我。她是一个严肃的女人，胖嘟嘟的脸上总是多云转阴，你只要往她面前一站，就能感觉到无形的压力。当今世界，怕就怕"严肃"二字，一个像关姐这样的女人，注定要在爱情婚姻上遭受挫折。她芳龄三十三岁，已经离婚三年，独自带着一个小女儿过日子。不幸的人容易嫉妒，我猜想，她对手下那些活泼可爱的售楼小姐，怀有一种天然的敌意。我也由此受到波及。若在售楼处说笑久了，关经理就会出现在我的面前，不太客气地说：助理，请你另选时间来指导工作，以免影响我们完成销售任务……

姑娘们吓得不敢出声,我也只得悻悻离去。

不过,关姐私下里还是挺给我面子。咯咯鸡、王胖他们找我打折,我对关姐一说,她总是爽快答应。今天我兴致勃勃地来找关月影,与她商量如何给温州炒房团一些优惠。要知道,我带来一单大买卖,有人一下子买去一百套房子,百慕大城二期销售任务就会提前完成!关姐肯定感谢我,奖金她可是拿头一份。

我希望她多让些折扣,使琴泉那方面满意。顺利做成这单生意,两全其美。当然,我也有私心:讨琴泉的喜欢,让她看看我这总裁助理还是有些分量的。

时间还早,售楼处刚开门。那硕大的玻璃球尚未挂上水帘——维修工老是迟到,机器又出故障了。我暗道:哼,一时不打他们的屁股就不行!

我走进水晶宫,大珠小珠顿时欢蹦乱跳,"童瞳""童瞳",喊声不绝。姑娘们为我搬椅子,泡咖啡(招待客户专用),热情非凡。

我说:关姐呢?

牟小曼回答:还没来上班,这几天她总是晚来,家里可能有事。

倪云云说:我们刚才正谈论你,笑娟和唐玮还因为你打赌呢……

我问:为我打赌?打什么赌?

牟小曼抢着说:钱笑娟说你早晚会有情人,唐玮说不可能。她们俩就为这,赌一顿肯德基呢,我们全体都去……

我说:赌注太轻,我得加加码。要请,去波特曼酒店吃一顿法国大餐,我赞助!

姑娘们异口同声地问:那么,你到底有没有情人?

我模棱两可地笑道：你们猜？我自己说出来就没意思了……

钱笑娟说：还用问？肯定有！

唐玮红着脸反驳：童瞳不是那样的人，肯定没有！

姑娘们分成两拨，有、没有，叽叽喳喳个个争论不休……

关月影来了，她脸色憔悴，似乎一夜没睡好。姑娘们仿佛老鼠见了猫，一边咂舌一边四下散去。关姐倒没说什么，朝我点点头：助理来了？

我说有要事商量。

关月影摆手道：进我屋里来谈。

售楼处经理单独有一间办公室，透过玻璃幕墙环视一期公寓的花园，景致很美。关姐为我泡一杯茶，神情抑郁，有些心不在焉。我有一种直感：昨晚上她肯定经历了一场感情风波。

关月影问我：助理找我有什么事，请说。

我笑道：别老叫我"助理""助理"的，我听着不习惯。说实话，整个公司就你一个人称呼我的头衔，别人都叫我"童瞳"。

关经理严肃地说：我不喜欢没规没矩。咱们是大公司，一切都要正规。

她这样说，我也不好把话题扯远了。我就把与琴泉接触，温州炒房团想买一百套房子的事讲给她听。关姐果然眼睛亮起来。她的眼睛很大，一放光彩还是挺动人的。

好哇！她提高声音说道，太好了，助理你帮了我的大忙，真不知怎么感谢你……

我说：人家选择我们，可也提出了一些条件。你这位售楼处经理可别太抠门啊，多给人家一些优惠！

关经理的脸马上板起来：优惠？怎么个优惠法？

九五折，在咱们现有的房价上打一个九五折。

不行。关月影断然否定，九五折绝对不行！最多只能打到九八折。

我碰了一个大钉子，有些急：别家的楼盘都肯给他们九五折，还有愿给九三折的呢，咱们为什么不能多让一些利？就差几个折扣，值得斤斤计较吗？

别家的楼盘给那么多优惠，她为什么还跑来找我们？百慕大城品质优良，这才是关键！一个折扣你知道多少？一亿元销售额就是一百万！助理你也不能太大方了吧？

我真的生气了：关经理，我不说你一点面子也不给我，可是打折的事也不能你一人说了算吧？好歹我还是总裁助理，也算跟你是平级干部吧？我的意见，九五折，就打九五折，这单买卖一定要做成！

关月影审视地望着我：为什么？

温州炒房团影响巨大，他们大批买我们公司的房子，对业主们是一个鼓舞，对犹豫不决的购房者是一种刺激！我们应该大力宣扬，借这股东风掀起一轮销售热潮！关姐，我一直搞营销策划，还是有些经验的，希望你接受我的意见。

关月影这女人出奇地犟，她仰头说：看来我们意见不合。既然你说我们是平级干部，只能把矛盾上交，让公司高层来裁决了！

我苦笑：这么点事，还要惊动领导，值吗？好吧，我找邓总说话。

关月影送我出门，说：你别有意见，都是为了工作。

我收住脚步，回头点她一句：对了，我听公司员工反映，你在售楼抽奖活动中，好像有点，有点……

关经理瞪着一双大眼道：什么？说呀，你直说。

我一摆手：算了，一点小事，不值得撕破面子……

关月影冷笑：我知道哪个丫头乱嚼舌头。我不会往心上放的，身正不怕影斜，助理你说是吗？

我上楼找邓一炮。走在楼梯上时，我暗暗发了一个誓：有朝一日掌权，我头一个就把关月影斩掉！

邓总正好在走廊送客，那客人我认识，是华光银行行长裴大光。他是老泰山的好朋友，放了好几亿贷款给百慕大城。

一见到我，裴行长就与我热烈握手：令尊大人身体好吗？我正和邓总说，打算登门拜访，看望他老人家呢！

我知道此事与贷款有关，忙说：现在还不方便，昨夜里我岳父心脏疼痛，幸亏施医生及时打了一针，才缓过来……

邓一炮在旁边说：看吧，我没说假话吧？岳泰总裁现在见不了客。

裴行长似乎不太甘心，试探地说：那你主持工作，你当家，就不能先把利息还了？

邓一炮双手一摊，说：我是空头司令，一枪一弹也掌握不了。你也知道，我们集团公司分两部分，财务那一块在恒泰大厦，由孙总管；我这儿是前线指挥部，只管盖房卖楼，钞票却在恒泰大厦打转转。要我说，你还是去找孙总，他那里才是真正的集团总部！

知道了，知道了。裴行长挥手告别。

邓一炮回到办公室，脸红脖子粗地朝我嚷起来：这是什么事！讨债的一拨一拨来找我，我呢，连钱毛也没摸着！那么多售楼款都干什么用了？银行为什么没头苍蝇似的一群群追赶我？这孙瘸子到底在搞什么鬼？

我坐在沙发里不吱声，邓老舅与孙瘸子的矛盾由来已久，事关重大，我可不敢多说一句话。

邓一炮继续发火：公司管理结构有问题，这样下去不行。总裁不出山，就得指定一个人说了算，现在算怎么一回事？财权让孙瘸子把着，不是明摆着要架空我吗？不行，我得找你老丈人，把话挑明了。他要是信不过我，我这就辞职不干了！

我急忙拦住他：老舅，啊，邓总，你现在不能去。总裁昨晚真的犯了心脏病，真的……

邓一炮挥手推开我：骗鬼去！他是邪门了，不知在练哪家独门功夫，走火入魔了……我得把他拉出来，晒晒太阳，别让脑瓢子长了霉！

我一字一句地说：昨晚，煤气灶又被人点着了，那一排排蓝火，像鬼魂一样乱窜……

邓一炮立即停止暴跳，在沙发坐下。他点燃一支烟，凑近我说：真是奇了怪了，别墅里连续两夜闹妖，难道真要出事？

我咳嗽一声，挺挺胸脯：邓总，我来向你汇报一桩业务，温州炒房团……

邓一炮急摆手：别，什么事都放下，你就汇报这个，这个煤气着火！

九　尚方宝剑

要干房地产这一行，银行行长就是你爹！

啊，当然也是我爹。老泰山饮一口茶，继续说道，我创业，靠的就是这条真理。那时，叶远秋已经遇难，我独自一人打天下。我集中全部资金，买了一块十字街口的黄金地。地买下了，盖楼的资金却没有。我就托人找银行行长打通关节。请客送礼别说了，我给那行长当了半年车夫。我呀，专门买了一辆好轿车，天一黑，就拉着行长到处吃喝玩乐。洗桑拿，按摩……那时，桑拿房里待一小时得花六十块钱，行长大人一玩玩到天亮。我不舍得啊，就钻到轿车里等，等困了，头就伏在方向盘上睡一觉。行长的身影一到车前，我就跳起来，为行长打开车门……

老泰山眼睛眯缝着，完全沉浸在往事的回忆之中。烟斗早已熄灭，他也全不知晓。

我想打哈欠，又不敢，小心翼翼地问道：最后，拿到贷款了吗？

老泰山睁开眼睛：精诚所至，金石为开。那位行长终于被我感动了，收下我的礼金。他肯收钱，就肯办事。我很快得到三千万元的贷款。可惜，大厦刚刚开始打地基，就遇上宏观调控。中央一个急刹车，全国的房地产稀里哗啦都垮了……

我有些紧张：那你怎么办？就这么完了？

老泰山点燃烟斗，慢腾腾地说：不是有三千万元贷款吗？我还没动呢。现金为王，这笔钱就是我日后发达的资本。三千万，在那个年代可是一笔你想也不敢想的巨款啊！

我很想知道那位行长的下场。但是，我要把心中的问题说出来，就是地地道道的傻瓜。况且我今天主动来听岳父大人痛说革命家史，是怀有特殊目的的。我得把话题引向自己预定的轨道。

今天我遇到裴大光裴行长，他想求见你。我说你病了，想见一面也不成。他是急着要贷款，那模样怪可怜的……我一边说，一边观察岳父的脸色。

裴行长可是我的老朋友，不能让他为难。邓一炮，哦，这个邓总是怎么搞的？他就不能把问题解决了？老泰山皱起眉头，一脸不满意的神情。

我说：也不能怪老舅，他说了，售房款每天都转走，他只是个空头司令。真正的财权，在孙总手里呢。我停了停，大胆地说，邓总与孙总矛盾日益加深，长此下去，恐怕会出大问题。

老泰山在沙发上坐下，面对面地望着我。他问：依你看，他俩矛盾的根源是什么？

权力。我尽量以平淡的口吻说话，显得不偏不倚，十分公允。邓总脾气火爆，孙总敏感多疑，但真正的矛盾根源不在于性格，而在于野心。你老人家一场大病，公司出现权力真空，就挑起了他们的野心。要解决矛盾，最好的办法是你亲自出山，哪怕到你的总裁办公室坐一坐，他们的野心就会收敛许多……

老丈人打断我的话，冷不丁地问：你有没有野心？

我一怔，摇摇头，接着苦笑：我？邓总老舅整天嘲笑我，连一张办公桌都没有，至今没在公司里找到自己的位子。我如果有野心，就是想要一张办公桌。

成啊，把我的办公桌让给你。岳泰总裁板着脸说。

我害怕了，真没料到他会这样说。我连忙解释：你别误会，我不是这意思，真的……

听我把话说完——他点着烟斗，吐出一团浓浓的烟雾，低沉的声音透过烟雾传入我的耳膜：我不仅要把办公桌让给你，还要把总裁办公室让给你。哦，我有两个办公室，一个在水晶宫，一个在公司总部，我要把两把办公室钥匙都交给你。你每天去总裁办公室坐着，代表我发号施令。你有了办公室钥匙，就等于拿到尚方宝剑。你什么话也别说，直接发号施令！我倒要看看，谁敢不听？

我有些语无伦次：这恐怕有些不妥吧？舅舅、孙总，哪个不比我资格老？我怎么敢……敢对他们发号施令？

老泰山一句话也不说，从抽屉里拿出两把钥匙，啪地拍在我面前。

这就是尚方宝剑！我拿起钥匙时，手都有些颤抖。

我说：担子太重了……不过，我一定不辜负你的期望！

老泰山点点头：我相信你。这两天，我要去英国，去伦敦走一趟。我会向公司高层宣布，我不在期间，由你全权代理我的职务。总裁助理嘛，就是在这样的时候发挥作用。

我的野心，我的梦想，就在转眼之间实现了！

我正激动地搜寻词句，来表达忠心，表达感谢，电话铃突然响起来。老泰山起身接电话，交谈中我听出是投资顾问梅真小姐来的电话。我抬头看看挂钟，下半夜两点半。看来，他们的热线随时保持畅通。

嗯，我知道了，明天你把机票送到我这里来。咱们一块儿走，直接去机场……就这样。

哦，梅真也去伦敦，伴他一路同行。我知道，老泰山在伦敦有一幢花园别墅，那是他为女儿岳静水买下的。当年，静水与那位诗人办了离婚，就领着伊克住在英国别墅里。她的伤心泪洒遍花园每一个角落，流够了，流尽了，才领着儿子回国。我虽从未去过伦敦，但对那幢别墅却有一种似曾相识的感觉。我还知道有一位身材高大的女管家，为他们看守别墅。老泰山携梅真小姐去伦敦，想必会在别墅里度过一段浪漫的时光……

你和梅真很熟悉，是吗？

不……不太熟悉，只能算认识。

我听梅真说，你们曾有过一段业务往来……

恐怕算不上往来，我没有接受她向我推荐的业务。

你对期货不感兴趣？

是的。我对具有赌博性质的事情一概不感兴趣。

老泰山停止问话，我们都沉默着。我很紧张，生怕老泰山窥透我的秘密。他却埋头吸烟斗，大团烟雾将他方正的脸庞与钢丝般的短发淹没了。

时钟指向三点，我该告辞了。

老泰山站起来，打开阳台门，对我说：出来透透气吧，烟雾呛得你难受，对吧？

我们站在宽敞的阳台上，月亮泻下一地水银，整个花园展现出朦胧的美丽。春风微煦，空气芬芳，树木婆婆细语。我顿时感觉到大自然的美妙！

老泰山注视着我，目光带着一种温柔，是我所从未见过的。我收敛起兴奋，有些羞涩地低下头。他把大手按在我的肩上，用力按一按，似乎表示亲昵，又仿佛试探我的力量。

你总是称呼我"总裁"，有时候开玩笑地叫我"老泰山"……当然，这都没关系。我想知道，你为什么从来不叫我"爸爸"呢？

不好意思，没改过口来。邓总关照我，在公司只许称呼职务，这是规矩。我也就习惯了……

你知道吗，在我心里，一直把你看作亲儿子。我只有静水这个独生女，我的一切将来都归你们。你说，你不就是我的儿子吗？

我很感动，真的，我的眼睛都被泪水湿润了。我想张口叫他一声"爸爸"，可就是叫不出声。我嘴巴张了又张，眼泪都快掉下来了。

我太威严了，是吗？可是静水知道，我是一位父亲，慈父。我心底很软，独自一个人时常常想哭，想流泪。静水其实像我。但是，我的生存环境逼着我坚强，逼着我威严。你不仅是我的儿子，同时也是我的接班人，所以我在暗中历练你，一直让你坐冷板凳。现在，你该出山了，来为我遮风挡雨。我知道你有野心，你娶静水带有往上爬的目的……你不用辩解，这没关系！我喜欢有野心的儿子，如果你仅是一只绣花枕头我还看不上你呢。不要紧，我保证你能实现自己的野心。可是，唉……

老泰山长叹一声，忽然不说话了，仰望夜空，一副无限感慨的模样。

我低低地说：既然我是你的儿子，你就把心里话都告诉我吧……

我们面临危机，十分严重的危机！我现在四面楚歌，许多人要暗算我。在外，有庄子繁，他的黑手很长，已经伸进我们这栋别墅里来了。内部，赫鲁晓夫式的人物就更多了……他们的手段更毒，都想置我于死地，取而代之。我起用你，就是要灭了他们的妄想。这就像古代皇帝立太子一样。但他们会暗害我，甚至暗害你。你要记住，我说的是暗害！所以你必须处处小心，提防陷阱。什么人也不要相信，我一个人都信不过！当然，你也要像我一样，不露声色，谈笑风生，却在黑暗中瞪大眼睛！

我激动地说：我正是这样做的！我一直在当你的警卫……

老泰山慈祥地笑了，右手放在我肩上，按了又按。他说：我知道，我什么都知道。时间到了，你去厨房看看吧，煤气又被人点着了……

我惊讶地抬起头，看见屋内墙上的挂钟时针正指向四点整。真神了，他果真什么都知道！

老泰山点燃烟斗，大团大团的烟雾又将他的面貌遮严起来。他那低沉的喉音在我耳边回荡：你下去，把煤气关上，不必声张。我知道是谁干的。我走了，他也消停了，煤气再也不会着火……呵呵呵！

老泰山的笑声令我毛骨悚然。我沿楼梯下到底层客厅，这笑声仍在我心中回荡。

厨房里果然火光冲天，我悄然把煤气开关关掉。

这是第三天，这样的小把戏应该结束了。

十 权术难玩

我拿到尚方宝剑，做的头一件事情就是——斩关姐。

关月影这个女人真不简单。我坐在岳泰总裁的大班椅上，尽量挺起胸脯，显得八面威风。我把撤除她售楼处经理的决定当面通知她。我猜想，这对她是一个不小的打击。她应该明白，谁有胆量得罪我，今后就不会有好果子吃！

关姐不动声色，冷静地说：我服从公司安排。下一步我做什么工作？你是直接炒我鱿鱼呢，还是让我等待一阵？

等待吧。我搔搔后脑勺，有点儿被动。这问题我还真没想过。哦，你就耐心等待……

关月影一转身，无声无息地退出办公室。她一句话也不多说，甚至不向我告辞，就这么走了。这使她的形象变得高大，反倒让我显得像一个得志小人。

我却不管。没错，我得志了，我坐在总裁办公室里，体验着权威的美妙滋味。我处理了一个我所恨的人，就像拍死墙上一只蚊子。我搓搓巴掌，觉得真不可思议！对我而言，这样的经验可是人生第一次。

我站在屋子中央。周围是玻璃幕墙，视线宽阔达三百六十度，整个世界仿佛都在我掌握之中。

总裁办公室长期锁闭，积下不少灰尘。上班前我让保洁员打扫过一遍，但嫌她们擦洗得不干净，缝缝隙隙总还残留着一些灰垢。我就拿起抹布，亲自动手，把价值几万元的大班台擦了又擦。反正闲着也是闲着，就为自己服务一下吧。

呵，怎么在地上跪着？你这副模样像一位总裁吗？邓一炮洪亮的声音在我背后响起。

我急忙站起来，将抹布扔到屋子角落。我红着脸说：这些保洁员干活真马虎，桌子腿都没擦干净……

邓总严肃地说：把她们炒掉，统统炒鱿鱼！

为这么点事，不值得吧？

怎么不值得？你屁股刚刚坐到总裁宝座上，一句话就把售楼处经理给免了，炒几个保洁员算什么？

我明白了，邓一炮是借题发挥，替关月影兴师问罪来了。我早有准备，老臣们找我麻烦，不进行几个回合的较量，很难压住阵脚的。我先为老舅倒上一杯茶，然后回到为总裁特制的高背转椅前，安然坐下。

邓一炮瞥我一眼，低头饮茶。我说：邓总对我处理关月影，好像有点儿意见？

哪里，你是总裁助理，手里有钥匙。你能把办公室门打开，坐在总裁的位子上，我们哪还敢有意见？邓一炮嘲讽地说。

我知道打嘴仗抬杠没用，必须拿出令人信服的证据，证明我所做出的决定是正确的。我拿起桌上的电话，拨通钱笑娟的手机，让她带着那位保安朋友上总裁办公室来一趟。

一会儿工夫，两人就敲门进屋。我让钱笑娟把关月影勾结保安作弊，让民工排队抽签，私分优惠房的事情经过，当着邓总的面重新汇报一遍。笑娟是何等精明的姑娘？见我坐在总裁位子上，气宇轩昂，印堂发亮，马上就明白我的地位已经发生极大的改变。她绘声绘色地把对我说过的故事重述一遍，并且添油加醋，比上次更加丰富多彩。

她一边说，一边让小保安作证。那保安见了邓总就像老鼠见了猫，膝盖发颤，说话不成句子。钱笑娟恨不得揪他的耳朵，不断给他提词。他总算配合着，帮钱笑娟把故事讲完。

邓一炮挥挥手，哼了一声，道：你们先下去吧。

办公室又剩下我们两个。我说：事实确凿，这样的人不处理，难以服众啊！

邓一炮心中窝火，强忍着又问：售楼处是一个关键部门，关月影经验丰富，你把她撤了，让谁担任经理？谁能独当一面？

我！我拍拍胸脯，显得胸有成竹，我兼任售楼处经理。我的专业就是营销策划，自信不会比关姐差。

邓一炮怔住了。他没想到我把事情安排得滴水不漏，实在找不出岔子。

我又赶快递上梯子，让他下台阶：不过，这事情我处理急了点，应该先向你请示一下。老舅你批评我几句，我一定会虚心接受……

邓一炮接过梯子不往下走，反倒向上爬：你小子还认我这个老舅？那好，卖我的面子，放小关一马。她是我的人，在我手下干了多年，可算劳苦功高，你就……

不行！我斩钉截铁地说，君子一言，驷马难追，我已经做出决定，当着她的面宣布了，怎么能再收回？

邓一炮把脸一拉，使出他惯有的蛮横：不行也得行，我是常务副总裁，重大人事变动我有一票否决权！

我也板起脸来：岳总要去英国，让我主持全面工作，他没给你打过招呼？要不，我同你一起去面见总裁。

邓一炮脸都气紫了。他憋了半天，吼道：你眼里还有没有我这个舅舅？你真气死我了！……

我立即指出：在公司里只能称职务，这是咱们家族的规矩。邓总，你不是经常这样提醒我吗？

邓一炮真的气得指尖颤抖，从口袋里掏出办公室钥匙，往我面前一摔：好哇，童瞳，我叫你一声童瞳！你行，你厉害，我从此退避三舍。我这就向你辞职，行不行？

我问：理由呢？

邓一炮拍着脑门喊：我病了，我脑子有病，我得休长病假……

邓一炮刚离开，我就给孙瘸子打电话，把发生在总裁办公室里的冲突告诉他。我相信，孙总对这样的消息一定很感兴趣。邓一炮是他的天敌，我除去邓一炮，他有什么理由不感谢我呢？

果然，孙瘸子在电话那端哈哈大笑：你把老爆竹气炸了。你又是他外甥女婿，他拿你真是一点办法也没有哇，哈哈……

我说：我记得那夜咱俩深谈，公司正陷于危机之中，你我必须携手奋斗，才能力挽狂澜啊！

孙总说：那是那是，下午你来恒泰大厦，把这边的总裁办公室打开，你我再来一次长谈，如何？

一言为定。

下午，我连午觉也没睡，就赶到公司总部，打开老丈人的另一间总裁办公室。呵，这房间更气派，高级写字楼到底比临时性建筑水晶宫强！孙总亲自为我擦桌子泡茶，拖着一条瘸腿忙忙活活，真叫我过意不去。孙总的态度令我满意，他主管财务，有这样一位朋友我才能真正主宰公司。

我开门见山，对他说：岳总向我交了底，要我做他的接班人。如何接好这个班，你可是关键人物。孙总，你愿不愿意当诸葛亮，辅佐我们父子两代？我需要你今天就表个态。

孙瘸子低眉顺眼地说：当然，诸葛亮鞠躬尽瘁的精神，我是一定要学习的。恒泰集团是你们家的私营企业，说到底，你们是东家，我是伙计。你们翁婿如此厚待我，我能不忠心耿耿，以死相报吗？

这话说得好重，我被感动得鼻子一酸一酸。我说：行了，有你这话我心里就踏实了。现在，我们来谈谈财务方面的工作……

且慢，我还有话要说。助理啊，我觉得你对邓总的态度有些过火。他辞职，你怎么能接受呢？他与你岳父一同打天下，在公司树大根深，举足轻重，不是你的力量所能撼动的！所以，我劝你还要做一些妥协……

孙瘸子的话出乎我意料。我问：那怎么着？他请了长病假，我还能把他抬到公司来上班？

大可不必。邓总这一阶段也累得够呛，就让他休息一阵吧。我已经替你做了一件事，足以消他心头之火，将你们的矛盾化解于无形……

快说，你使了什么好计？

孙瘸子却不言语，拉着我的手来到走廊。他在我耳畔说：我新聘了一位公关部长，你看怎么样？

他推开公关部办公室门，我一下子看见了关月影！

孙瘸子说：关部长，童总看你来了，还不赶快倒茶？

关月影从办公桌后面缓缓站起，面带微笑，不卑不亢地说：助理你好，请坐，我给你倒茶。

我的鼻子都要气歪了，猛一转身，拂袖而去。

孙总一瘸一拐地追赶我，喊道：等一等，你听我解释……

我挥挥手道：这个任命不算数，我不同意！

孙瘸子赶到我前面，挡住我去路，消瘦的长脸忽然冷如冰霜。他的眼睛有点儿像关公，细长而往上吊，此时有一股犀利的光芒朝我射来，使我感受到"咄咄逼人"这个成语的含义。

他拖长语调说道：怎么，难道你要逼得我也辞职才好？

你，你怎么说这话？我有些吃不住劲了，不得不停止脚步。

告诉你，对关月影的安排，是我与邓总共同的决定。你就看着办吧！

孙瘸子说完，挺起脊梁离我而去。他的腿甚至看不出瘸来，我真怀疑自己眼花了。

我傻了。我把总裁办公室的门反锁上，闷了一个下午没出来。

十一　死穴

关月影是谁，你知道吗？静水伏在枕头上，贴着我的耳朵问。我来帮你揭开谜底——她是邓一炮的情妇！他俩相好许多年，关月影就是因为他至今独身。老舅与舅妈闹离婚，一度闹得很凶，最终被爸爸镇压了。若不是你们岳总的铁腕，今天，你也得跟着我叫关月影"舅妈"！

天！我如梦初醒。怪不得邓一炮要跟我玩命，原来他俩有这一层关系。孙瘸子知道底细，所以不肯和我站在一条战线，顺水推舟，送给老对手一份人情。

妻子仿佛能看穿我脑子里的活动，接着说道：这还仅是表面现象。往深处说，你一坐上总裁这把交椅，就把邓、孙二位副总惹毛了。他们调转枪头，齐心协力向你刺来。原因很简单，你成了他们的致命威胁！而你，还嫩得很，根本不是他们的对手。甭说你的正式身份还只是一名总裁助理，即使你当了总裁，他俩只要联手，照样玩死你！你呀，不知道这湾水有多深，就一头扎了进去……

我坐起来，朝静水连连作揖：娘子，亏得你醒目，及时提醒了我。今后就请你在床上多多指教，也好让我赢那两个老家伙几回合！

得了吧你，靠老婆教，还能教出人才？我还是那句话，你不是当老板的料，还是趁早跟我去英国，跳出这个是非漩涡……

岳静水一直主张我们去英国生活。她计划让我考入剑桥大学，继续深造，弄一顶博士帽戴戴。可她哪知道，我那张硕士文凭是假的，剑桥大学的门我连边也摸不着。再说，我胸怀大志，决心像老泰山一样，成为一代楼王！我怎肯去英国与伊克小儿厮混？所以谈起这个话题，我总要环顾左右而言他，尽力摆脱妻子的软缠硬磨。

你爸选定我做接班人，在这关键时刻，我怎能舍他而去？静水我告诉你，咱们这栋别墅暗藏着许多阴谋分子，都在算计岳泰总裁。公司内外阴云密布，陷入空前严重的危机——这都是你爸亲口告诉我的。我临危受命，理当立马横刀，保卫总裁！

得得，别在我眼前慷慨激昂了，谁不知道你是个小小野心家？有野心嘛也得隐蔽一些，你倒好，还特浅薄，弄得公司里人人都能看清你的嘴脸。真的，有时候想到这些，我都无地自容……静水坐到沙发上，皱着眉头，点燃一支细长的香烟。

我脸红了。心里那点儿小秘密被人揭来揭去，真不是滋味。

我说：好吧，就算有野心，我也是为你父亲，为你们家族。我浅薄，我幼稚，但我早晚能成为你父亲手下一员大将！你不信？俗话说，只要功夫深，铁棒磨成针，何况一个人……

静水冷笑：棒槌，怎么磨你也是个棒槌！你不了解父亲，他根本不需要你。他任何人都不需要！他只要瞪起眼来，什么邓总孙总，再加上你，他一抡胳膊就统统打扫干净！所谓危机，只是假象。我不知什么原因使父亲沉睡不醒，他只要站起来，一切危机就会云消雾散。童瞳，你什么都不知道，你还只是个孩子！你就跟我走吧，别管这里的事情了……

我有些奇怪地望着她：你很了解父亲的心思，可你不关心他，一点儿也不关心。为什么？

岳静水从牙缝里吐出丝丝青烟，一字一句地说道：我恨他！

这个夜晚，她再也不说一句话。老毛病又犯了，她通宵达旦地读前夫留给她的诗集。

我很沮丧。我的失败显而易见：看不清对手，找不到目标，甚至搞不懂岳家帝国究竟发生了什么！自己的一切倒暴露在光天化日之下，仿佛被人扒光了衣服，还得推磨，转着圈儿丢人。不行，我的脑瓜子乱糟糟，必须重新理清思路！

傍晚，我坐在悦心茶室，等待与琴泉会面。

这几天我心情沮丧的另一个原因，就是琴泉决定购买东江花园的房子。该死的关月影不肯多让折扣，人家庄子繁倒是大方，一下子让到九二折，硬把琴泉的温州炒房团拉了过去。东江花园就是庄子繁的百胜公司开发的，也算本市一个明星楼盘。可叹我斩掉关姐，自任售楼处经理，让折扣的权力是有了，却已经晚了。琴泉在电话里一个劲儿道拜拜，我死乞白赖，约她到茶艺馆见一面。我甚至把跳楼上吊之类的话都说了，她才答应赏光喝茶。

琴泉在我心中引起如此强烈的反应，是有原因的。我曾爱过一个与她相同类型的女孩，爱得轰轰烈烈，死去活来。这样的爱情一生只能有一次，我因爱情失败，才选择了现任妻子岳静水。那女孩也戴一副秀琅架眼镜，文文静静，身材形象酷似琴泉。既然有这般相像的女孩出现在我面前，那就是天意，我实在难以把持自己。也许，我应该有第二次真正的爱情。至于结局如何，我并不关心，只要有真爱就行！

然而现实是残酷的，约会时间刚到，出现在我面前的不是琴泉，而是我们整个公司、整个家族的宿敌庄子繁！我张大嘴巴说不出话，庄子繁却顺手带上日式拉门，在榻榻米上盘腿而坐。

琴泉琴老板让我捎个口信给你，她有急事来不了了，让我代她道歉。庄子繁说着，学日本人的模样，朝我深深鞠一躬。

庄总，老领导，你可折煞我了……我也连忙鞠躬。

要知道，我是从百胜房地产公司跳槽出来的，庄子繁确实是我老领导。我一向躲避他，人家待我不薄，见面难免心虚理亏。所以，我怎么能坦然接受他的鞠躬呢？

庄子繁挺直腰板，单刀直入，说：童瞳，我要你办一件事情，答不答应老领导的请求？

我问：什么事？

他一字一顿地说：尽快找到岳泰的死穴！

我吓一跳：死穴？你没搞错吧，岳泰可是我的老丈人啊！

庄子繁冷笑：商场无亲情。只要我给你足够的报酬，你没理由拒绝我。

我当然想拒绝你。不过，我也愿意先听听你开的条件。

现金一百万。另外，等你老丈人的公司垮了，你再跳槽回来，我给你一个副总裁的位置，由你继续负责开发百慕大城——我要夺回那块地王！明白了吗？

现金少了一点，其他条件还行。

那好，长三倍，给你三百万！别开口，我最讨厌跟别人讨价还价！

说实话，我十分欣赏庄子繁那干脆利落的风格，所以也不想再还价了。我点点头：行，报酬足够丰厚。只是我还不明白，死穴怎么找？岳总身上有数百穴位，哪一个才是死穴呢？

庄子繁斜我一眼，似乎嫌我弱智。但他懒得解释，直截了当地说：财务部。据我判断，岳泰的死穴就在财务部！

我洗耳恭听，虚心求教：财务部里怎么会有死穴呢？请庄总进一步指点。

你是真傻还是假傻？告诉你吧，我和裴行长以及许多金融界朋友都有密切接触，他们向我提供情报，岳泰的资金链可能发生了问题。一旦资金链断裂，整个恒泰集团就会像大厦一样崩塌！我讲的死穴，就是指资金链某一个环节。我要你搞清楚，哪一个环节最薄弱，可能出现什么问题。

懂了。可是，资金链怎么会出问题呢？百慕大城卖得很好，一期、二期有好几个亿的现金收入，公司不缺钱呀……

庄子繁举起一只手：等一等，你说清楚一些，售楼款究竟有几个亿？我要准确数据。

与精明的商人谈话，真令人头疼。我支吾道：五六个亿吧，也许是七亿……我也不知道具体数字。

庄子繁的手掌犹如一把快刀，朝茶几一角劈落：就从这里着手，你要查清百慕大城的售楼款究竟有多少？这笔钱流向何方？你要像猎犬追逐野兔一般，紧追不舍。无论售楼款怎样在资金迷宫中打转，你都要死死追踪，直到水落石出！

我朝他深深鞠躬：明白了，谢谢指教。不过，你怎么能肯定我会成为你的猎犬呢？另外，你不担心我把你所说的一切，回头向我岳父汇报吗？

庄子繁不假思索地道：我先回答你第二个问题。我们今天的谈话，早在你老丈人的预料之中。作为竞争对手，我当然要千方百计挖他的墙脚，这没有什么了不起。所以你的汇报毫无意义。相反，岳泰是个疑心很重的人，他会怀疑你一直与我保持秘密联络。比如，他会想，你我怎么会在一间茶室里饮茶呢？我们是以什么样的方式约会呢？

有道理。我连连点头。那么，请你再解释第一个问题吧。

庄子繁直视我的眼睛，认真地、丝毫不带玩笑色彩地说：关于猎犬，我是这样想的，你总共跳过三次槽，一个来回跳槽的人很容易当叛徒。而叛徒与猎犬之间可以直接画等号。于是，我认为稍加训练，你就是一条好猎犬！我的推断很符合逻辑，不是吗？

不胜荣幸。你真把我高看了。

送走这位厉害角色，我哈哈大笑，一直笑了很久。然后，我独斟独饮，喝茶喝到天黑。

我认真汲取庄子繁的讲话精华，形成一套崭新的思路……

十二　会说英语的八哥

老泰山说过，他一走，鬼神皆消散，龙宫定会平安无事。果然，这几天煤气灶的鬼火再也没点燃。

我揉揉眼睛：奇怪，一连三次凌晨四点准时发生的闹鬼事件，就这样消失得无影无踪？难道是我眼花了？是我在梦游？……

无论如何，别墅里的气氛变得轻松活跃。每个人脸上笑容多了，说话的声音响了，两个小保姆擦玻璃时甚至哼哼起流行歌曲……我也变得很开心，与这个说笑，和那个打闹，觉得人人都好，没有谁会是暗藏在身边的定时炸弹。

晚餐时，岳静水头疼，待在房间里没下来。餐桌上更加热闹了，孙大厨一个接一个地讲黄段子，引得人人喷饭。

杨画眉听够了，板着脸说：别讲这些低级庸俗的故事，我们来讨论那个绿衣女子的殉情事件……

施医生总是沉默寡言，冷冰冰的，给人感觉像一条蛇。这时，他纠正杨画眉的判断：不是殉情，而是谋杀！

杨画眉刚要反驳，小王、小李两位姑娘，叽叽喳喳抢着诉说她们亲眼目睹的那幕惨剧——

昨天清晨，大约五点多钟，百慕大城一号楼下面的草坪上，传来一声沉闷的巨响。一位身穿绿色睡衣的女子从二十楼坠落而亡。晨练的人们惊呼围观，小王、小李也在场，见那女子脑袋都摔扁了……很快，救护车、警车呼啸而来，将绿衣女子的尸体拉走。

由于惨剧发生在自己身边，百慕大城的人们无不感到惊心动魄，茶余饭后都在谈论这件事情。有人说，出事那套房子的业主，是一个做服装出口生意的老板，绿衣女子是他包养的二奶，因婚姻纠纷而跳楼自杀。杨画眉听信另一套说法：绿衣女子的丈夫在美国攻读博士学位，因车祸不治身亡。绿衣女子经受不住情感的打击，选择跳楼殉情……施医生则选择了第三种说法：绿衣女子的情人图财害命，将她从阳台抛了出去，随后逃之夭夭！

我听得入迷，觉得每一种说法都有道理。并且，我不希望权威部门做出最后结论，没有结尾的故事更精彩，难道不是吗？

吃罢饭，大家聚集在客厅看电视。墙壁上挂着一面很大的液晶显示屏，画面清晰，就像看电影一样。

杨画眉悄然离去，独自上楼。众人目光立即尾随着她，荧屏上的紧张情节也失去了吸引力。谁都知道，岳泰总裁将三楼卧室的钥匙交给杨画眉，唯有她可进入那神秘的禁区。众人目光中有嫉妒，有羡慕，也有不屑。杨画眉却仿佛被这些目光托了起来，轻飘飘的像一朵云彩，往楼上升腾而去……

孙总回来了。他向大家打过招呼，也坐在沙发上看电视。我瞄他一眼，他朝我殷勤地笑。

我在他耳旁悄声说：我想，咱们应该搞一次财务大检查，你看怎么样？

那瘪子立即点头哈腰：很好很好，欢迎助理指导财务工作。

我握住他干瘦的手掌，用力一捏：一言为定！

我撂下龇牙咧嘴的孙瘸子，徒步上楼。我知道，我身后也有一片猜测的目光。我也算一位核心人物哩！我的一举一动，自然是人们关注的焦点。

我径直走上三楼，找杨画眉谈话。我拍打房门，声音洪亮地喊道：杨老师，我有事和你商量。请你开开门……

在我们这座小楼，这可是惊世骇俗之举！

杨画眉很高兴与我单独相处。在我老丈人的卧室里，我们相距很近，她坐着宽大的席梦思床，我坐在床边一把椅子上。杨画眉的目光骚动不安，似箭触及我的眼睛，又急忙躲闪逃避，好像怕暴露内心的秘密。这很正常，女人对我的眼睛都是这般反应。

我说：你很辛苦啊，总裁出差，把三楼房间的钥匙都交给了你，可见他对你的信任！

杨画眉说：没什么，我也就是为他打扫房间，给小坏蛋喂食添水——对了，小坏蛋是岳总最喜爱的八哥，我领你看看那只巧嘴鸟儿。

平时我总在书房聆听老泰山的教导，极少进他卧室，因而不知道他养着这么一只宝贝。杨画眉领我来到小阳台，就看见八哥在鸟笼里扑扇翅膀，用童声一连串骂人：小坏蛋小坏蛋小坏蛋……

杨画眉笑道：岳总骂它，它倒学会了来骂别人……行了，小坏蛋背诗吧，白日依山尽，黄河入海流……

她像教小孩似的一字一句背唐诗，那认真的神态，倒使我想起她做教师的本分。可是八哥像调皮的学生，偏不听她，引颈啼鸣，叫出一串英语字母：L.M.E，L.M.E……

我问：这是什么意思？

杨画眉摇头：我也不知道，反正是说英语。

我笑了：你听，它还带着我老丈人的口音呢。L，它念成艾勒，肯定是我老丈人挂在嘴边的词，让它偷学去了……

这只鸟儿本事可大呢，背诗，念英语，什么都学得会，就是没正经。小坏蛋，背诗，白日依山尽……

这只八哥也真够坏的，脑袋一歪，叫起另一个女人的名字：梅真梅真，梅真漂亮，比你漂亮……

杨画眉的脸腾地红了，什么话也不说，转身进屋。

我关好阳台房门，回到椅子坐下。幸好，那只坏鸟改邪归正，终于开始背诵唐诗，一连背了两三首。

杨画眉突然咬牙切齿道：我真想亲手杀死他！

我偏着脑袋问：你说的，是男他还是女她？

他要是娶了她，我就把两个一块儿杀了！

怎么杀？让他们煤气中毒？

杨画眉仿佛从梦中惊醒，蓦地抬头，直视我的眼睛：什么意思？你这是诱供吗？是让我往套子里钻吗？

我说：别紧张，咱们随便谈心。你看，即使你一句话不说，犯罪动机仍然存在。谁都知道你的心思，也知道梅真与老板的关系——顺便告诉你，他把她带到伦敦去了。在这座别墅里，发生许多怪事，想必你也知道。一旦总裁遭遇不测，你可就是第一嫌疑人！

杨画眉苦笑：那好，就让公安局把我抓去吧。我苦恋他好几年，工作、事业、家庭、名誉……我把一切都赌上去了！万一输光，我还活在这世上干吗？

我说：你应该主动提出结婚的要求，他若拒绝，你就离开这里；他若接受，你不就快刀斩乱麻，把问题都解决了吗？

杨画眉叹了一口气，深深低下头：我不敢，我不敢摊牌……

我们都沉默了。那只八哥又在念英语：L.M.E，L.M.E……

我心里惦记着书房里的神秘小屋，这是我找杨画眉的真正目的。我试探着说：咱俩老在卧室里坐着，不太合适，你把书房门打开，我们到那里说话……

不。杨画眉马上拒绝，那不行，他特别交代，任何人不可进书房，就连他女儿岳静水也不能例外。

除了你——瞧，总裁把书房的钥匙也交给了你，那是多大的信任！我看他对你情有独钟，你们俩的事，早晚能成。

杨画眉的眼睛放出亮光：你肯帮我吗？

当然。我与她握手，从今起，你我就是盟友！

我没再坚持进书房。日子还长，以后有的是机会。我向杨画眉告辞，离开老丈人的卧室。

楼梯口，我遇见妻子岳静水。她环抱双臂，倚着楼梯，眼睛像猫一样闪出绿光。

我们什么话也没说，一前一后回到二楼卧室。

十三 原来他是哑巴！

庄子繁的话老在我耳边萦绕：死穴就在财务部！

我得承认，我对死穴比较感兴趣——即使是老丈人的死穴。我的好奇心太强，二指并拢如剑，点点戳戳，总想探探别人的死穴，观察效果如何。老泰山不在，正是一个好机会。当然，我并不想当庄子繁的猎狗（他想得美！），我的行动纯粹自由，属于探险性质。

我在总裁办公室踱步，等待孙总到来。我知道面前有一只拦路虎，别看他腿瘸，实在很难对付。老泰山何等精明？如果真有死穴，他必定派精兵强将，层层防守。邓一炮那样厉害，面对孙总一筹莫展，可见瘸子的厉害！财务部成了针插不进水泼不透的独立王国，我要插手，恐怕没那么容易吧？

可是，孙自之痛快地接受了我的建议，同意进行一次财务大检查。也许他在安排关月影做公关部部长的事情上得罪了我，心中有些不安，现在给我一个台阶下吧。他是浙江绍兴人，为人谨慎，我常常觉得他像蒋介石手下的陈步雷。在我们这个家族企业中，他是地位最高，站得最牢的外姓人。我想，我出山对他是一个考验。他如果走错了棋，应付不到位，将来的日子肯定不好过。我且等着，看着瘸子如何与我周旋！

孙总来了。他先规矩地敲敲门，我说请进，他才推门进屋。我吃了一惊：只见他背着一只大挎包，提着两只鼓鼓囊囊的旅行袋，仿佛要出远门一般。他一瘸一拐地来到大班台前，拉开旅行袋，倒出一堆装订好的发票单据。他身上几只包包倒空了，我的大班台上出现一座规模可观的小山！

我诧异地问：你，这是干什么？

孙总掏出手绢，一面擦汗一面回答：这是今年以来由我签字的单据，请助理过目。若有一笔差错，我个人负责赔偿！

我拿起几本单据翻了翻，净是出差报销、购置办公用品的发票。鸡零狗碎，不值一看。我要是把这座小山扒拉完了，准得累吐血！鬼瘸子，玩我呢！

我把脸一沉，道：我要看的不是这些东西，你把它们拿走……

孙瘸子打断我的话：不不不，你一定得看！令尊大人将万元以下的签字权交托与我，我是一分钱也不敢乱花。岳总从不查我的账，他越信任，我心里越不安。花了那么多钱总得问一声吧？可他老人家就是不问。正好，你提出财务大检查，有劳你代岳总过目，也好让我把心放踏实。这些单据你先看着，还有去年的、前年的、大前年的……我慢慢地背过来，一趟一趟地背。

孙瘸子说着就要往门外走。我差点气晕了，一拍桌子喊道：你站住！我不要看发票，万元以下的东西我不感兴趣，你签字就行了！

孙总转回头来，意味深长地笑：那么，你对什么感兴趣？

我说：月度财务报表，银行进出账单……总之，我要能够反映整个公司资金状况的数据。

呵，胃口不小哇。孙自之走到我面前，面带揶揄地问，你能看懂财务报表吗？

我摇摇头：不能。但是有你，你在我旁边讲解，不就行了吗？

孙瘸子说：告诉你一个小秘密——本人也看不懂财务报表。

我惊呼：看不懂报表，你居然还当公司的财务总监？

孙自之眯起眼睛笑，越看越像一只老狐狸：正因为我丝毫没有会计知识，岳总才让我主管财务部。邓一炮倒是会计出身，他偏偏不能沾手财务。令尊的用人之道，你还不能略知一二？

高明！我用力一拍脑门，又问：可是，总得有一个真正的内行啊，这人承上启下，负责整个财务部的运作，是最最关键的角色，对吗？

孙总眼睛里流露出赞赏的目光，笑道：将门无犬子，助理实在聪明。这个人负责制作财务月报，并且直接送到你岳父手中。给你透个底儿，任何人不得过目财务报表，这是本公司的规矩！

我拖长了声调说：把这个人给我找来。他叫什么名字？

孙自之说：冷丁。名字有点怪吧？他可是高级会计师。我把他叫来，你们俩单独谈。

孙瘸子走了，我松了一口气。绕了半天弯儿，总算找到要找的人了。我决心花最大的力气，软硬兼施，恩威并重，一定要把这个冷会计拿到手中！

冷丁看上去很年轻，与我年龄相仿。他极文弱，一阵风就能吹倒的模样。他把几支钢笔插在上衣口袋，亮光闪闪，十分醒目。这可是罕见的古怪习惯。我与他热情握手，问长问短，他却只是微笑，一言不发。

我把自己的意图向他说明，并暗示他，今后他将在我手下工作，我会给他更加光明的前程!

他终于开口了:阿巴阿巴,阿巴呜噜哇……

我吃惊地问:你说什么?这是哪国语言?

他指指嘴巴,打出各种手势:呜噜哇,阿巴呜噜哇……

我总算明白了,他是个哑巴!我后脊梁渗出一层冷汗:真他妈绝,关键人物竟是个哑巴!我不得不佩服老泰山的谋略,他净把残疾人放在要害部门——不是瘸子,就是哑巴,神仙也难下手哇!

接着,我与哑巴冷丁进行了一场艰难的笔谈。我问他财务报表,他写下一串复杂的数学公式;我问他资金流向,他又写了许多蝌蚪文似的符号。

我怒吼:你连汉语文字也不会写吗?

他拍着胸脯回答:阿巴阿巴阿巴……

我出了一头大汗,人都要发疯了!

我拿起电话,把孙总叫来。实在无奈,没有孙瘸子,我真不知道怎么对付这个哑巴!

孙总在电话里说:我还是不过来了吧,过来也无用。平时我问他话,他也是鬼画符似的乱写。除了岳总,没人能治他。

我揉着太阳穴,煞费苦心,终于拿定主意。

我把哑巴叫到跟前,在信笺上庄重地写道:冷会计,鉴于你的生理缺陷,我决定解雇你。新会计一到任,请你立即移交账目。

我抬头看他的反应,他平静地微笑着,伸手向我要笔。这次他总算写下两个漂亮的楷体字——

谢谢!

哑巴冷丁像中学生一样,举手行了一个少先队礼。然后,他脚步轻快地走出办公室。

这天夜里，老泰山从伦敦打来长途电话。他表扬我工作出色，大刀阔斧，雷厉风行，为公司开创一番新气象。我有些意外，受宠若惊，连连表示要加倍努力，将改革进行到底。

老泰山委婉地提醒我：改革不能激进，尤其在人事问题上不可轻率行事。他甚至开玩笑说：你今天炒这个，明天炒那个，后天是不是要把我也炒了？

听到这话，我顿时惊出一身冷汗。

老泰山让我把电话交给静水，我坐在一旁默默反省。静水一边嗯嗯答应着，一边用笔做着记录。我猜想，她是在记老泰山的最新指示。

放下电话，妻子转过身，向我宣布：皇上有旨，宣冷丁冷会计入驻龙宫二楼，与我们共同生活。

什么？哑巴也要搬进别墅来？

静水嘲笑地道：再胡闹下去，只怕你要被赶出这座小楼了！那样也好，你就可以乖乖地陪我去伦敦……

十四 楼市春梦

我的妻子岳静水只要不读诗，绝对是个精明女人。

对于公司的底细，她了如指掌，可算一张活的联络图。见我对哑巴冷丁的身份、地位深感疑惑，百思不得其解，她不由心生怜悯，为我点破其中奥秘——

原来，哑巴自小在孤儿院长大。十年前，老泰山把他领回家，作为养子培养他，教育他，使他克服生理缺陷，成为一名出色的会计。冷丁虽然又聋又哑，自尊心却很强，不愿依附于这个辉煌的家族，很早就独立工作，默默耕耘自己的领地。老泰山也不在职位上提拔他，却把最重要的工作交给他。两人形成默契，外人很难看出来。我不知深浅，差点儿捅了马蜂窝……

静水说：搬进这栋别墅，就等于搬进了皇宫。你懂吗？老爷子要保护哑巴，免得遭你误伤。你这个小小野心家呀，不过是一只没头苍蝇，瞎飞乱撞。我告诉你，只要我爹活着，谁也甭想当恒泰集团的家！你的努力都是徒然，只能用蚍蜉撼树、螳臂当车之类的成语来形容。你还觉得有意思吗？

我挺挺胸脯道：我是接班人，早晚要担当大任。老爷子不是正历练我吗？我会成熟起来的……

话虽那么说，但我对公司总部的那间办公室，逐渐失去了兴趣。你想，有瘸子、哑巴这哼哈二将把守大门，我还能进得去吗？进去了，又能走多远？能听见什么、看见什么？嘁，别犯傻了我！干脆调转方向，去水晶宫坐镇吧。

售楼处真是个好地方。行情火爆，日进斗金，激情飞扬！我一进售楼处，就仿佛青春再现，活力四射，找回真正的自我。美女如云，左右环绕，我难免飘飘然起来，觉得自己好像电视剧里的皇上。钱笑娟、牟小曼、霍文文、唐玮……这些售楼小姐最会哄人，哄得顾客们慷慨解囊，也哄得我这个自任的售楼处经理心花怒放。

楼盘销售是我的老本行。我挽起衣袖干，全身心投入，卖楼卖得最好。在姑娘们一片喝彩声中，我的销售额居然排第一！

笑娟撇着嘴说：童瞳，你就是售楼员的材料。干别的，还真不如跟我们一起卖楼……

她是暗指我不配当老板，我也不生气，笑道：你别说，我还真爱卖楼！将来我做了公司总裁，这售楼处经理我还得兼着。

牟小曼拍着巴掌，欢呼雀跃：太好了，童瞳你愿意一辈子和我们一起卖楼吗？那我们永远不会跳槽了！

这些售楼小姐就像一群候鸟，哪儿暖和往哪儿飞。只要有好楼盘推出，她们就争着抢着往售楼处挤。销售转冷或者是剩下尾盘不太好卖，她们又扑棱着翅膀飞走了。她们文化水平都比较高，有大学学历的也不在少数。模样儿漂亮，脑瓜子精明，是都市里新兴的白领女性。楼盘旺销，她们可以得到不菲的提成，月收入能达到万元以上甚至数万元。这就使她们有了自信，更加独立，更加潇洒，也更加迷人……

这是中国房地产业最红火的年头。房价如脱了线的风筝，飘飘摇摇一个劲儿上升。钢材、铜、玻璃、水泥等建筑材料供不应求，价格屡创新高；银行贷款推波助澜，使中国人前所未有的胆大气壮，相信敢于大把地花明天的钱是一件十分划算的事情，纷纷启用多年的积蓄购买新房；越来越多的农民涌入城市，赚到了钱站稳脚跟的，也掏钱买房，争取自己的后代成为城市人；外国佬也来凑热闹，赌人民币升值，整栋整栋地把写字楼、高级公寓买去……

报纸杂志充斥着各种有关楼市的文章，分析房价上涨的原因。经济学家们脱下灰色的外衣，演员一般登台亮相。他们以危言耸听引起人们的关注，惊呼房地产泡沫越吹越大，眼看就要破裂，大难即将临头……房地产商们不干了，或据理反驳，或破口大骂，反正你坏我的买卖我不干，我跟你玩命！网络上骂声一片，网民们忽然全变成忧国忧民之士，唾沫星子横飞，以为穷人说话为幌子，借机发泄他们自己满腔无缘由的愤懑……

真热闹！我觉得，在这个春天，举国上下都在为房子激动，我也感到莫名其妙的兴奋，摩拳擦掌地想干一番事业。只是我总也找不准自己的位置，不知道自己究竟站在什么立场上。我代表老泰山出席一些房地产业的座谈会，每次都兴奋地争取发言。可是面对麦克风，我又语无伦次，只会激动地说一串废话……哦，我到底年轻，但我会永远铭记这个激动人心的春天！

百慕大城第二期楼盘销售火爆，八栋二十八层高级公寓已经卖掉一半。几乎每个星期都要调价，二百三百五百地往上涨，引得购楼者几近疯狂！我的两位业主朋友咯咯鸡和王胖，每逢星期天都来找我，探听下周的房价走势。王胖感叹：这哪是买房子，简直就是炒股票！他们每人手中握着三五套房子，都他妈发了大财！

有一天，我正在售楼处接待客户，琴泉悄然无声地站到我的面前。我一抬头，看见她，惊喜地跳了起来：你怎么来了？怎么没给我打个电话？

琴泉平平淡淡的模样，说：我想看看房子，老实说，你们的楼盘我还没有认真看过呢。

我说：走吧，我这就领你参观百慕大城！

我拿着一串钥匙，带琴泉一栋楼一栋楼地看。她问了我很多问题，并用笔在一个小本子上作记录。这样细心的业主很少见，我觉得她在进行什么课题研究。看完楼，我又领她参观花园，石山、小湖、花坛……最后，转到那棵百年老槐树下，我请她坐在长椅上休息。

我问：上次我说话唐突，是不是吓着你了？为什么你不买百慕大城，要去买庄子繁的东江花园呢？

琴泉笑笑：我没那么脆弱。我是商人，他给我九二折，你连打九五折都犹豫不决，我怎么会考虑你呢？

商人？我侧脸望着她，轻轻摇头，不像。我怎么看，你也不像一个商人。我觉得，你倒像一名中学教师。

你没猜错。过去，我是中学教师，炒房子赚了钱，我就辞职不干了。在温州，很多人相信我的判断，愿意跟我一起买房，自然就组成所谓的炒房团。不瞒你说，最近又有一批朋友要买房，所以我来找你。只要条件优惠，我会考虑选择百慕大城。

这次不会有问题了。我直接掌管售楼处，想打多少折扣，你只管说！

琴泉正视我的眼睛，道：不仅要折扣，我还要了解贵公司的一切情况。也就是说，先摸清底细，才能做出最后决定。

我说：没问题。只要有时间，我就会亲自带你了解情况。

我们没话说了。奇怪，上次我来电一样的感觉，这回消失得无影无踪。她冷冰冰的，离我那么遥远，似乎我永远无法达到她的内心。我呢？所谓的爱情灰飞烟灭，仿佛从来不曾产生过。我们纯粹在谈一桩生意，不带丝毫感情色彩。这真有点不可思议！

我想，这是另一个女人在我心中作祟——那个与琴泉长得极为相似的女人。

十五　深夜跳窗者

深夜，我在杨树林散步。夜空晴朗，星星闪烁，却没有月亮。树林子黑幽幽的，无比深邃。碎花岗岩铺成的小路，弯弯曲曲通往杨树林尽头。一颗红星时明时暗，怪异地在前方闪烁，仿佛勾魂鬼火在召唤。

那是施松鹤的烟头。我跟踪施医生已经有一段时光，他从厨房后门走出别墅，我就紧紧尾随在他后面。我们的别墅通常从里面上锁，前门的钥匙由我把持，厨房后门的钥匙由沈大厨掌握。一般来说，没有人深夜外出。岳泰总裁在家时，手下人大气也不敢出，怎敢胡乱走动？现在可好，放羊了，每个人都把自己的尾巴翘了起来。

我想看看，施医生半夜三更钻进杨树林闲逛，是与野鬼有约，还是与神秘人物接头？

施医生是扬州人，先前在一所知名医院当大夫，副主任医师职称，也算专家之类的人物。老泰山不知使用了何种魔法，竟以不高的代价，将施医生挖了过来。而施医生俯首帖耳，忠心耿耿，把他唯一的病人上帝一样侍候着。我最不忍看他为老泰山洗脚，把一双长着脚气的脚板握在手里，又搓又揉又敲，真像旧时的家奴一样……

施松鹤阴阳怪气，说话行事总使我联想起蛇。这样性格的人，一般很难做出洗脚这样的举动，所以我怀疑他是装的。老泰山还经常骂他，嗓门很高，满楼人都能听见。作为老板，老泰山还算平易近人，连小王、小李这些乡下来的女孩，他也从不呵斥，独独骂高级知识分子施医生。我搞不懂施医生为什么甘心情愿忍受这等屈辱？就算老泰山背地里送他红包，也不至于使他如此低贱吧？

施医生吸烟很凶，一根接一根抽。我等了很久，见无人前来，就悄悄走近他。我咳嗽一声，他吓了一跳，香烟都掉在地下。

看清是我，他咕噜道：见鬼，你想吓死我？

我开玩笑说：半夜查铺，发现少了一个人，我就找到这里来了。老板不在，龙宫可是由我当家呀！

施医生敲着脑袋说：失眠。这两天老失眠，躺在床上翻来覆去，实在太难受。我向沈大厨讨了后门钥匙，到花园里透透空气……

我问：施医生有什么心思，以至于严重失眠呢？

为老板，为你老泰山。以他的病情不应该去伦敦，身边没医生是很危险的！我对你说，他的心脏经不住紧张、刺激，任何诱因都会导致他再一次发作心梗……

我忽然提出一个奇怪的问题：如果别墅里闹鬼，使他受到惊吓，会不会导致生命危险？

施医生伸长脖颈，脸几乎贴到我的脸上：什么意思？你在拿我寻开心吧？我是医生，从不相信鬼神。

前两天厨房煤气着火，你知道吧？像你这样失眠，还能听不到一点动静？一连三天，每当客厅里座钟打响四点，煤气灶腾地窜起蓝火。你说，不是鬼点着的，是谁干的呢？

施医生紧张地喘息，烟味扑在我脸上使人恶心。他一字一顿地说：有人企图谋害岳总！你知道吗？心梗患者最忌惊吓。煤气虽不至于熏着岳总，但惊恐、刺激，都会导致他心脏病发作而死亡！我失眠，就是从煤气着火那天开始的。我在追寻潜藏的凶手……

我点点头：哦，我明白了。那家伙点着煤气，竟藏着如此险恶的用心！可是，住在小楼里的每一个人，都可能是凶手。比如你吧，你施医生怎么保证自己是清白的呢？

我？你怀疑我？施医生激动地叫起来，我和老板，就是你的岳父，命根相连。他被暗害，我也就完了，所有的希望都化作泡影！你们不知道我和老板的关系……

我故意诱导他：有那么严重？你跟我老泰山非亲非故，他遇害，你拍拍屁股走人，有什么关系呢？

施医生点燃一支香烟，深深吸一口，说：好吧，我把底细告诉你，反正你也不是外人。我和你老丈人签有一份秘密协议，如果我能保障他健康平安地活到八十岁，我就能获得价值三百万元的股份！岳总当着我的面，把这份协议夹在他的遗嘱里，锁入保险柜……你说，现在岳总一旦发生意外，我的股份不就泡汤了吗？

我恍然大悟：难怪你侍候他尽心尽力，比我还孝顺呢……

正说着，我发现一条黑影穿过花园，直奔别墅。我和施医生急忙收声，跟随那黑影而去。

底层一个房间窗户打开，黑影攀着窗台往屋里爬。我激动得心脏乱跳，好哇，看来今夜一定会有收获！

我一个箭步窜到窗台下，抱住那家伙的小腿，猛力一拽。只听黑影发出一声尖叫，从窗台滑落，烂泥一样瘫落在我的怀中。借着朦胧的星光，我看见一张姑娘的脸庞。

施医生也来到我身边，一边掐她人中，一边说：是保姆小王。怪了，这是怎么回事？

我很少注意两个保姆，平时"小王""小李"叫着，甚至不知道她们的全名。问题往往出于疏忽，别看这两个女孩来自于乡村，现在社会混乱复杂，被什么人收买了，暗中指使她们干坏事也不一定。

我听见有人抽泣，一抬头，看见小李趴在窗台上嘤嘤地哭。想必，刚才就是她为小王打开了窗户……

施医生掐了一会儿穴位，小王苏醒过来。她像一只受惊的小兽，目光散乱，仿佛寻找藏身的洞穴。我打开别墅大门，施医生把小王扶入她们的卧室。

我在一张方凳上坐下。施医生倒十分知趣，打了个哈欠说：瞌睡虫上来了，我得回去睡觉。你在这里忙吧……

施医生把门带上。小李还在哭。小王刚才吓晕了，现在却格外冷静，圆圆的脸庞转向窗外，一副听天由命的神情。

我问：这窗户进出挺方便，夜里经常搞些活动吧？

小王说：前后门都锁着，没办法，只能爬窗。为这事处分我，炒我的鱿鱼，我认了……

问题没那么简单。我们这座别墅，近来出了不少怪事。你们听说过吗？我要为总裁安全负责，作一些调查。小王，你必须讲清楚最近做过什么事情，为什么半夜三更搞地下活动……小李，你不许包庇，你们同屋，出了事你也有责任！

两位姑娘显然知道煤气被神秘点着的案子，晓得关系重大。我一点，她们顿时花容失色，急于辩解。

小李推推小王：芙蓉姐，你就把那事说了吧，要不助理误会咱哪！

小王忸怩道：咋说得出口呢？臊死了……

你不好意思，我替你说。助理，芙蓉姐跳窗，是会情郎去哩！

我努力不使自己笑出声来，摆摆手道：别编故事，我看电视剧都看腻了！你们必须交代与案子有关的情况，爱情之类的托词一概省略。

小李急得叫起来：不是编故事，你听俺说嘛。如果有一句假话，天打五雷轰，出门叫车撞死，你直接把俺送公安局去也行……

好了，别赌咒了，只要是实话，你们就说吧。

黎明，我不得不耐着性子听一段浪漫而平庸的爱情故事……

十六　寻找福尔摩斯

　　小王、小李都是河南姑娘，一个圆脸，一个尖脸，性格都较活跃。她们到 T 市打工，找到我们的物业公司当保洁员。龙宫需要两位保姆，物业的魏经理就把她们保荐过来。小王、小李形象都不错，手脚也麻利，大家还算满意。

　　王芙蓉——就是那位圆脸姑娘，在物业公司时与一名姓周的电工谈恋爱，如胶似漆，难舍难分。进了别墅，夜间锁门，他们就像牛郎织女一样被隔了开来。年轻人欲火炽热，打熬不住，千方百计寻机约会。小李——李淑琴，十分同情他们，自愿为小王打掩护。于是，就有了跳窗会情郎一幕……

　　天将亮，我回到房间。我从皮包里拿出一个笔记本，左思右想，最终把小王、小李的名字划去。这是我的秘密笔记本，里面有一份嫌疑人名单——我把别墅里所有的住客都列在名单里，包括我自己。我不信鬼神，如果有鬼，那肯定藏在我们中间！我必须把它揪出来。

　　爱情万岁！小王、小李的名字从嫌疑者名单上划掉了。施医生呢？他的股份握在老泰山手里，心甘情愿当奴隶，这样的人怎么可能谋害主子？我犹豫再三，把他的名字也划去了。

　　"杨画眉"三个字最早被划掉。我们在三楼的那次谈话，使我相信她心里只装着一个男人——岳泰总裁。八哥叫出梅真的名字，她气得发疯，扬言要杀这个杀那个，恰恰表现出她对老泰山的挚爱。一个女人到了这分上，恐怕只会杀了自己……

嫌疑犯名单划掉一小半，真凶仍未显现。我不免有些着急，眼睛盯着沈大厨的姓名——"沈阿水"三个字，来回琢磨。这家伙有点像，越看越像……

岳静水从卧室里出来，故作惊讶地道：助理好辛苦啊，通宵未眠？在写什么呢？

我把笔记本合上，逗她道：写诗。

她在我身旁坐下，粉色睡衣里透出一股暗香：你还会写诗？让我开开眼！她说着，从我手中夺去笔记本。

哦，嫌疑人名单！她惊讶地叫起来，随后又咯咯直笑，傻，傻帽！傻得可爱……

我神情凝重地说：总裁有危险，我寝食不安啊！我有预感，这幢别墅闹鬼的事情还会延续、发展，直至高潮……

妻子吻我一下，动情地说：你对我们岳家还真是忠心耿耿，虽然傻了一些……咦，这嫌疑人名单上怎么还有我的名字？

我说：不仅有你的名字，还有我的名字。只要是龙宫的房客，谁也不能免除作案嫌疑。静水，我正好要问你，那天夜里梦游，你是睡着还是醒着？为什么这几天你就不梦游了？

你竟敢怀疑我？去你的！妻子发怒了，一抬手把我的笔记本扔出老远。

希望你配合调查。你并非没有作案动机，据我所知，你对父亲怀有强烈的仇恨……我把笔记本捡起来，走到她身边，附在她耳旁低声道，能告诉我原因吗？

他从没关心过我。从小到大，没有关心过我一天！母亲去世后，我就再没有家了……静水沉思着说道。

最关键的原因是，他拆散了你与诗人的婚姻。你爱欧阳，爱得很深。越爱，你就越恨自己的父亲！爱，也能转化为恨的动力，对吧？

静水点点头：这话说得好。我最恨父亲，恨不得杀了他。于是，我装作梦游，半夜打开煤气，企图熏死他，包括我自己！

我听出她话中的嘲讽意味，耸了耸肩膀道：当然，也不是那么简单……

见你的鬼去。他毕竟是我的父亲，我毕竟是他的女儿，我们的骨肉亲情比你想象的要深得多！傻×！岳静水骂着，又一次把笔记本扔到墙角落。

妻子气呼呼走了。我捡回笔记本，苦笑着，将"岳静水"三个字划去。

其实我并不傻。我要建立档案，把住在别墅里的人系统地考察一番。我深信，此举必有收获，虽然暂时看不出能收获什么。

我同时在两条战线作战。一条是对于公司财务部的调查，另一条就是查清煤气着火事件。我只要在这两条战线取得胜利，就能澄清公司内部的团团疑云。对于我来说，这一点非常重要！

可惜，财务部被一个瘸子一个哑巴把守着，我暂时攻不进去了。我转而在另一条战线发动进攻。

岳静水笑我傻。以聪明人的眼光看，我的调查方法是有点傻。不过，我找到一位助手，马上使我变得聪明起来……

王胖请客，为我引荐一位朋友。他叫甘以宁，长得瘦小黝黑，颇不显眼。当他递上名片时，我吃了一惊，又扑哧笑出声来。那名片上有一大串头衔，最醒目的是——当代福尔摩斯，神通侦探社社长。

王胖这小子歪，净交往一些贷款公司、讨债公司、私人侦探社之类的狐朋狗友。这倒令我大开眼界，见识不少奇人。我当时心里一动：有个福尔摩斯在身旁，我要做的事情岂不成功了一半？

席间，王胖和咯咯鸡热烈争论中国房地产泡沫问题，我却与甘以宁悄悄谈开了业务。这位"当代福尔摩斯"眼睛贼亮，一下子看透我心思，知道涉及家族公司内部矛盾，肯定是一桩油水极厚的业务。于是他不紧不慢，拿起糖来。

你是说，要监视别墅里所有的人物？而且，这栋别墅又坐落在百慕大城之中？哎呀，难度有点大，这桩业务难度太大了！

我说：你痛快一点，要多少钱只管开口说。

甘神探有点不好意思，忙道：不是钱的问题，主要难点在于目标不易接近。你想，那百慕大城保安严密，闲杂人等不可随便进出，我和助手怎么走近别墅？还要拍照、日夜监视呢，不出三天，准被人乱棍打出来……

我点点头：这倒也是。

王胖耳朵尖，这边唾沫星子乱飞地反驳咯咯鸡的泡沫论，那边我们说话他全听进去了。这时他插言道：这事好办！你安排一下，让甘侦探冒充保安，不就结了吗？

甘以宁眼睛一亮：高！我和我的助手给贵公司当保安，保卫别墅，那事情就好办了！

我心中有数了，又叮嘱王胖道：行了，到此为止。王胖，你要是够哥们儿，这件事半点口风也别往外露，听到吗？

王胖一拍胸脯：哥们儿正想为你效力，没问题！

咯咯鸡什么也没听见。他刚点完眼药水，眨巴着眼皮子问：什么，什么？

我笑道：什么？飞了！来，喝酒……

咯咯鸡把酒喝完，放下杯子道：你有事情不对我说，我倒有一桩秘密要告诉你。那个琴泉，你喜欢的女团长，嘿，问题大大的——

什么意思？

东江花园售楼处的朋友告诉我，她没在那里买过一套房子。温州炒房团倒是来了，没有一个人认识琴泉。结论很明显，你爱上了一个女骗子！

我脸红了：不，不可能。昨天她还参观百慕大城，问了我许多问题……

对呀，她到处问问题，问完了却不买房子。东江花园的售楼小姐都在议论，说不定她是一个商业女间谍！

王胖鼓掌：哈哈，女间谍，女骗子，爱上那样的女人才过瘾！童瞳，我们为你干杯！

满桌人举起酒杯，我只得狼狈地将酒一饮而尽。真是苦酒！

十七　暗箭

邓一炮住院了。这一回他是真病，而且得了心肌梗塞，与他姐夫的病情一模一样！

我有些良心不安。他因生我气而请病假，结果弄假成真，我似乎是他心脏发生故障的诱因之一。无论如何，我得看看他，向他请罪，哄他高兴。施医生说，这种病与情绪有很大关系，我希望在家族内部营造一些欢乐气氛。

我买了许多东西，华而不实，但显而易见花了不少钱。最重要的是，我写了一封长信，并且坐在病床前高声朗读。"亲爱的舅舅"等大量的溢美之词喷涌而出。诚恳反省，深刻检讨，声泪俱下！

舅母感动得哭了。物业公司的魏经理也在场，连声叹息：多么孝顺的孩子呀……

邓一炮沉着脸，似乎一点儿也不为所动。我略感失望，又转移话题，向魏经理谈起小王跳窗谈恋爱的故事。

我本来是当笑话说，试图活跃一下空气，不料却惹恼了邓一炮。他一挥拳头，突然喊道：把她炒掉，立即炒掉！

我急忙说：别别，小王干得挺好的。我讲这件事情的本意，是想请魏经理给个方便，换一个姑娘来，让小王与那个姓周的电工在一起，恋爱、结婚都方便……

不行！两个都炒掉。小王，电工，一个也不准留下。魏东兴你马上办！邓一炮不由分说，下达命令。

魏经理站起来，毕恭毕敬地道：是。

物业公司是邓一炮亲手组建的，魏经理是他的铁杆心腹。事已至此，我后悔也没用了。我暗暗为小王惋惜，又搞不懂邓总因为这么个小人物，何以动这般大的肝火。

我想使邓一炮高兴起来，就装作忧愁模样来：舅舅，你这么厉害，有一件事情我放在嘴边，却不敢求你了……

邓一炮来了精神，坐直身子，嘲讽地道：你现在坐在总裁办公室里，发号施令，主子一样，还有事情用得着求我？

舅舅别笑话我了。我有两个同乡，想来物业公司当保安。可是我不能坏了规矩——任何人不得把亲朋好友塞入公司岗位。你不是经常这样教导我吗？

哟，总裁助理还用得着守规矩？别谦虚了。下个命令，让你老乡去魏经理办公室报到就是了！

我笑：魏经理会接受我的命令吗？没有邓总点头，谁能指挥动他？你们这层关系，公司里的人都知道，我还能自己找钉子碰？舅舅，你若不同意，我就让他们另找出路。

这话搔到邓一炮的痒处。他轻轻哼一声，脸上露出笑容。

舅母在旁边说：你就点个头吧，别难为孩子了。

这孩子懂事，真懂事！魏经理摇头晃脑地说，好像我也是他的孩子似的。

邓一炮看我摇尾乞怜的样子，虚荣心得到极大满足。他又哼一

86

声，说：魏东兴，那两个炒掉，这两个留下，今天下午你就办！

魏经理又站起来，响亮答应：是！

病人该休息了，我们一起告辞。邓一炮却把我留下，有话要单独对我说。他握住我的手，忽然显出温情脉脉的样子，使我深感意外。

童瞳，你还是个孩子，有许多事情你还不知道。其实，我一点儿也不恨你，你用不着向我检讨。我告诉你吧，你只是岳泰手中的一颗棋子。他挺兵过河，目的是将我的军！他怕我权力太大，用你制衡我，借你的手，杀我的人……

我忙道：我可没杀过人！

邓一炮瞪我一眼：关月影不是差点儿被你炒掉？我心里明白，那是你老丈人在背后支招！

我欲辩解：完全没有的事……

得，你什么也甭说了。我现在就问你一句：肯不肯和我合作？

合作？合作干什么？

我们一起推翻岳泰的统治，把恒泰集团从危机中解救出来！

我十分震惊！邓一炮以他惯有的直率，竟直截了当要我与他谋反。我一时找不出词来应答。

我把话再给你说清楚一些，岳泰肯定会把我们的公司搞垮！他把钱搞走了，几个亿，也可能是十几个亿。公司变成了空壳，钱，不知被他搞到什么地方去了！他疯了，丢下我们这些人不管了，我也不知道他想干什么……我就是为这事，急出了心脏病。

不会吧？岳泰，他是你的姐夫，我的岳父……

他这个人，平时假仁假义，一到关键时候，见钱眼红，什么人都会整，什么手段都敢用！我跟了他这么多年，最了解他。当年，我从乡下出来，就赶上叶远秋出事，我怀疑岳泰……唉，别提了，反正我知道他是什么人！

我的心怦怦跳，好像鼓槌猛击鼓面：叶远秋怎么了？不是他的好朋友吗？舅舅，你把事情再讲仔细一些。

邓一炮略一停顿，语气不再那么尖锐，含糊其词地说：反正他发的第一笔财，就不太地道。叶远秋的老婆找他算账，算了几天没拿到钱。她挺着大肚子，一路哭着走了……叶远秋那份钱，都被他独吞了！这事不能提，是岳泰的死穴，咱们就说到这里为止。

我点点头：知道了。可我脑子还有些转不过弯来。

你有时候很聪明，有时候真傻。我就问你一句话：跟不跟我干吧？

我马上显示出聪明的一面：跟你干，我有什么好处？

这个公司将来你当家。我年纪大了，还得了这样的病，也只能给你当个参谋，做个副手。

要干，我们怎么干？我那老泰山，可真是座泰山，推他不动啊！

追查资金。你想办法搞开哑巴的保险箱，把公司资金的来龙去脉搞清楚。拿到证据，我就有办法逼他下台！

邓一炮的话，与庄子繁何其相似。他们肯定嗅到了什么味道，循着血迹，直扑岳泰的伤口去了！明枪好躲，暗箭难防啊，楼王虽然英雄，恐怕也难免要吃亏……

我不便得罪邓一炮，也想看这出戏如何往下演，就不置可否地点点头。

甬点头。我知道你小子拿不定主意。我给你几天时间考虑，想好了来找我。还有，你要是敢把我们的谈话告诉岳泰，你就是我的仇人，我把你们翁婿两个一勺烩了！

我小心翼翼地问：我是有些害怕……如果岳泰死了，我就不害怕了。你看，有这种可能性吗？

邓一炮意味深长地笑了：你也这么想？这就看出你的聪明来了。别墅里的煤气夜夜着火，就是信号。有了这信号，我也在等着岳泰，呃，一命归西呢！

我就不明白——我是岳泰的女婿，你怎么敢对我说这些话呢？

邓一炮哈哈大笑：你那狼子野心，谁还看不出来？嫁给大好几岁的岳静水，还不是奔着岳泰那张宝座去的？像你这样的人，最好收买！

得，你甭往下说了……我急忙拦住他的话头。

我这是自讨没趣。庄子繁猎狗的理论尚在我耳畔回响，邓一炮又对我如此评价。我在世人眼里，天生是个叛徒角色哩。

我出了医院，在树荫下行走，不断责骂自己浅薄。怎么就没有一点儿城府呢？怎么尾巴一翘，就被别人看出往哪里飞呢？童瞳，你真成不了大事！

可我有自己的目的，我不会与他们同流合污。我是双子座，他们只能看清外面一个小人，永远也不会认识里面那个小人。

十八　失踪的合同

房价还在上涨!

我万分惊讶。这是怎么了?楼市疯了?人们的钱包涨爆了?百慕大城第二期开盘均价七千八,短短两个多月,已经涨到九千。升幅达百分之十五!

对我这个自己任命的售楼处经理来说,脸上大有光彩。在我的领导下,销售记录连创新高。二期公寓剩下没多少了。以往售楼小姐常用的小诡计:将图表插上一些小红旗,把没卖掉的说成卖掉;优先兜售朝向、楼层糟糕的房子,把好房子压在后面卖;假装层层审批,给一点优惠小折扣……这些手段统统用不着了。只要是房子,稀里呼噜都能卖出去!那些财大气粗的业主,一买就是好几套,仿佛成筐地买回青菜萝卜。你不涨价怎么办?只有涨价!

售楼小姐们都累憔悴了,却照样莺歌燕舞。连续翻番的销售奖金,为她们提供无穷无尽的新能源……

俗话说狡兔三窟,就我的办公室而言,已经达到这一标准。两间总裁办公室,一间售楼处经理办公室,我一个人真还坐不过来呢。我决定任命一个副经理,让她坐在关月影的位子上,替我独当一面。

这件事在售楼处的姑娘们中间引起不小风波。钱笑娟认为她帮我搞掉了关月影，这个位子非她莫属。而且，她莫名其妙地认为，我们俩的关系很特殊，好像她在我心中也占有重要位置。可是她错了，我偏偏选中牟小曼担任副经理角色，当众把关姐持有的那把钥匙交给了她。牟小曼满脸通红，仿佛我们暗中有见不得人的勾当，我把卧室的钥匙交给了她似的……

钱笑娟气冲冲地兴师问罪，在我办公室哭了半天。她说：你玩弄我的感情，太残酷了！

我有些不解：这与感情有什么关系？工作需要嘛。

钱笑娟发狠道：你当初许我当售楼处经理，我一直盼望着。为什么你又变卦，把好处给了别人？你让我吃了一闪，感情受到伤害……

我严肃地道：笑娟，我平时喜欢开玩笑，你可别都当真。我还说过要奖励你一个吻，我吻过你吗？没有。这都是开玩笑，我在生活态度上还是比较认真的……

她哭得更伤心：这，我也一直等着的……你难道就一点儿也不喜欢我？

当然喜欢。我把售楼处的姑娘们都当自己的妹妹看待，你也一样。我能不喜欢吗？

钱笑娟走了。她毫不掩饰自己的感情，一路哭着走下楼梯。我暗暗自责：管好嘴巴，再不许胡说八道！

可是，我很难管住自己。姑娘们跟我逗笑：哟，又宠幸牟小曼了。你也真成皇上了，一个花心皇上！我顺口答应：众爱妃莫急，朕会轮流宠幸你们。我上办公室找牟小曼，有人问我去哪里，我就随口答道：上东宫转转……真是狗嘴吐不出象牙来！

牟小曼与钱笑娟不同，是一个谨慎细心的姑娘。她大学毕业，文化素养高，做事很有分寸。她上任后，把所有的销售合同细细整理一遍。很快，牟小曼发现问题，把我请到售楼处经理办公室来。

助理你看，这合同序号排列好像不对……牟小曼不再叫我"童瞳"，而像其他中层干部一样称我为"助理"。这微妙的变化，表现出她的慎重。她打开档案柜，指着排列如长城的售房合同对我说。

怎么不对？我皱起眉头。那么多合同我可没耐心去扒拉一遍。

牟小曼把一张信笺递给我，道：合同号都是按销售次序排列的。可是从 1025 到 1155，一下子就跳过去，整整少了一百三十个序号。你瞧，我把合同号摘录在这里……

我敏感地瞪起眼睛：也就是说，少了一百三十份合同？这可是桩怪事……

牟小曼将目光落到墙角一个绿色的保险柜上，轻声说道：也许，那些合同放在别的地方。比如这个保险柜，我就没打开过。

为什么？马上打开。看看里面放着什么东西？

不行，我没钥匙。你把这间办公室交给我时，每个抽屉的钥匙都齐全，独独少了保险柜钥匙。我猜想，关姐没把保险柜钥匙拿出来……

哦？你是说保险柜钥匙在关月影手里？她打我马虎眼，故意瞒下这把钥匙？

我只是猜测……

我扬起一只手：好了，这件事情由我来办。再交给你一桩任务，你把合同金额统计一下，给我一个总数。我想了解我们售楼处一共收入多少现金。

牟小曼点头：我加几个夜班，尽快把数据给你。

她白天还要忙着售楼，所以只能加夜班。我对牟小曼的工作非常满意，看来没有选错人。

我心里感到一阵兴奋。说不定这合同号是一个突破口，能够发现什么秘密，使我的第二条战线有进展。

我回到楼上办公室，给关月影打电话。这个女人真是拦路虎，绕开她还不行。我没忘记她和舅舅的特殊关系，尽量使自己的语气委婉一些。

是关姐吗？你好。我想问你一件事，售楼处经理办公室里有一个保险柜，我找不着它的钥匙。是不是你忘记交给我了？

关月影在电话里沉默许久，回答道：保险柜钥匙是在我这里。不过，我不能把钥匙给你……

我顿时恼了：这是什么意思？你离开售楼处，却还藏着保险柜钥匙，是不是想拿我一把？

关月影急忙辩解：不是这意思。我不想得罪你，也得罪不起，为什么要拿你一把呢？我有难言之隐，希望你理解我。

我冷笑：我也不想得罪你，关姐，我知道你也不容易。但是，这保险柜我非开不可，无论你把谁搬出来，也阻挡不了我！

我不会阻碍你开保险柜。不过，我想提个建议——你可以对别人说，保险柜钥匙丢了，你把它遗失在了什么地方……关姐启发地说道，语气很友好。

好主意。这样，我可以找专业锁匠打开保险柜，又不牵涉到你，对不对？

你是聪明人，童瞳。关月影忽然改变了称呼，显得十分亲切，我再重复一遍，我一点儿也不想得罪你，相反，我非常希望和你搞好关系。但是有许多事情，我是不得已的，希望你能谅解……

放下电话，我品味着关月影话里的滋味。是的，这女人话里有滋味！她想与我和解，却又不肯把钥匙交给我。她竟怂恿我撬开保险柜，为我出谋划策。她被某种力量牢牢控制着，但已出现裂痕，发生松动……下一步，有没有可能把关姐争取过来呢？我思考着。

我正要给专业开锁公司打电话，有人敲门。我喊了一声：进来。

门开了，我惊讶地放下电话。

是琴泉。这位假冒的温州炒房团团长，面带微笑，径直向我走来。

十九　保险箱里藏着啥？

我和琴泉坐在悦心茶室，望着杯子里清绿色的茶水，默默无语。

为什么要骗我？我问。

不是骗你。我也不会骗任何人。出于职业需要，我编造了善良的谎言。

职业？你的职业是什么？

自由撰稿人。

我深深吸了一口气，努力使自己平静下来：我说嘛，怎么看你也不像温州炒房团团长。

伪团长。我扮演这个角色，是为了深入房地产企业，了解内幕，写一本关于中国楼市的书。琴泉面带微笑，秀气的眼睛闪动着自信的光芒。

我环视日式布置的茶室，叹息道：上一次，庄子繁代你赴约，还为你传递口信。我们正是在这间茶室，谈了一下午话……看来，你把他也骗了。你可真有本事！

一听说温州炒房团，开发商个个晕菜，哪还顾得上分辨真假？你别说，庄总还真是爽快人，向我透露了很多房地产行业的秘密……

为什么还来找我？你骗我一次还不够吗？

再一次声明，我不是有意骗你。我希望得到你的帮助，请你提供更加丰富的材料。

我沿着自己的思路往下说：我说骗，不是指你。我想起另一个女孩，她和你长得十分相似，我经常把你们两个混淆起来。而她，真的把我骗了……

琴泉抿嘴笑：所以，你第一次与我见面，就那么失态……如果不会冒犯你，我倒希望故事就从这里开始——房地产商的恋情，怎么样？

烂俗。我连连摇头，再说了，怎么着我也不能把自己的伤疤当药卖呀！不过，我可以为你提供另一个开头——保险箱里的秘密！怎么样？有兴趣现在就跟我去办公室。

琴泉兴奋地站起来：走！我就知道你会帮助我的……

我故作无奈地道：你利用了我的感情，真没办法。

生活中没有旁观者，可你内心非常渴望有一个旁观者。我就是这样。我正在破解恒泰集团错综复杂的谜团，多么需要旁观者记录下这个过程，与我分享揭开秘密的喜悦啊！何况这人要写一本书，更何况这人与我深爱的女人如此相像。我有什么理由拒绝她呢？我决心把所有的秘密告诉她，让她与我同行，一起穿过面前茫茫的迷雾……

我与琴泉在江边漫步。一边走，我一边讲故事：煤气灶的鬼火、哑巴一夫当关把守财务部、合同序号的缺失……

琴泉听得津津有味，眼里都冒火星。她由衷地感叹道：呀，太精彩了，这可比枯燥的数据精彩多了！

我们来到百慕大城。两个保安冲我们径直奔来，夸张地行了一个军礼。我定睛一看，认出是福尔摩斯老甘，以及他的大胖子助手。

我很高兴：你们已经到位了，很好，很好！

甘侦探抱怨道：魏经理派我们在大门口站岗。我和你签订的合同，可不包括这项服务！当代福尔摩斯变成一条看门狗，让朋友们看见了还不笑掉大牙？

我拍拍他肩膀说：你先委屈一下，回头我和魏经理说说，给你安排一份好差事。哎，这位弟兄怎么了？有什么毛病吗？

那个大胖子戴着一副宽边眼镜，直着脑袋往琴泉脸上凑。我用身体挡住琴泉，以防不测。

啊，这位是我的助手，马大河同志。你也可以倒过来，叫他"大河马"。他的眼镜里安着微型摄像机，可以随时拍下可疑人物……

我说：动作太夸张了吧？再说，也不能逮个人就拍呀？你们的行动，一定要谨慎。

我们继续往水晶宫走。我把两个私人侦探的来历告诉琴泉，逗得她直笑。我天然地信任她，愿意把一切事情告诉她。看她笑弯了腰的模样，我又回忆起一生中最幸福的时光……

售楼处一片火爆场面。牟小曼正忙着接待客户，额上沁出细密的汗珠，嗓子都哑了。我让她继续忙，拿了钥匙去经理办公室。琴泉好奇心很强，一进门就寻找绿色保险箱。

就是它？琴泉指着墙角落的保险箱问。

我点点头：是的。失踪的合同就藏在保险箱里。我们现在就要揭开谜底，看看保险箱里都有什么宝贝……

我打电话，找来专业开锁公司的老师傅。时间变得特别漫长，我们屏住呼吸，眼睛一眨不眨地看着老师傅灵巧运动的手指。琴泉坐在办公桌旁，打开小本子挥笔疾书，显然，她正把这一关键时刻记录在未来的那本书里……

保险柜打开了。结果出乎意料——空空如也！保险柜里连一张纸片也没有。我瞪大眼睛，张开嘴巴，好像要发出惊呼，可是我连一丝声音也发不出来。

琴泉疑惑地望着我：这是怎么回事？

空城计！我喃喃道，关月影要我，她在跟我玩空城计。

牟小曼也来了。她付过钱，把开锁师傅打发走了。

助理，我要报告一个重要情况。牟小曼走到我面前，低声地说，水晶宫门口值班的保安告诉我，今天一大早，关姐到售楼处来过。因为是老经理，保安没阻拦她。她直接来到楼上办公室，手里还拿了一只包。保安说，那包来时空着，走时装得满满的。

我一拍脑袋，后悔莫及！显然，关月影给我出了主意，又出于某种原因反悔了。她抢先一步，把保险箱里的东西全部搬走了。这个女人心思复杂，我真不知道用什么办法来对付她。

我的手机铃响了。是关月影打来的电话，她的嗓音有些沙哑，带着歉意说：对不起，我把东西拿走了。我不是故意要你，我的压力很大，搞不好性命都会出问题……

谁？我几乎叫喊起来，谁在逼迫你？

我不能说。童瞳，我也想劝你一句，做事适可而止，不要再追了。你已经坐在总裁的位子上，还不满足吗？

我说：这不是你的话，我能听出来，有人让你把这句话转告我。是谁？这人是谁？

关月影沉默许久，把电话挂断了。一串嘟嘟声使我陷入茫然。

二十　试探沈大厨

　　我的老婆岳静水喜欢吃醋，占有欲极强。但她从不吵闹，只是默默地自虐。这是很可怕的事情！

　　我如果犯了她所认定的越轨行为，那就惨了。她会吞下从英国带来的各种药片，晃晃悠悠在卧室里走动，两眼发直，似有幻觉，通宵达旦不肯入眠。要是这样折磨我还不够，她就会用一根绣花针在手臂上戳，刺出一颗颗血点子，极为吓人！最严重的一次，她竟用抽了半截的香烟，烧自己大腿。白嫩的肌肤冒出缕缕青烟，直到我跪在她面前，说出她想听到的一切……

　　我很苦恼，不知道怎么办好。诗人的阴影笼罩着我的生活。可这又不完全像诗人的行为，很难归咎于谁。我喜欢和女孩子说说笑笑，这是天性，这是个人爱好，岳静水总不能把我这点儿自由彻底灭了吧？在她的逼迫下，我一次次指天发誓：除她之外，我从未与其他任何女人有过亲密接触，连吻都没有接过一个！

　　这样，岳静水才渐渐平静下来。说实话，她也怪可怜的，尽管她使我烦得要命。

　　自从我与琴泉相识，岳静水的神经就像走了调的钢琴弦，整天弹出乱音。她伏在我胸前嗅来嗅去，硬说有一股女人的气味。我有些心虚，洗澡时在胸脯抹上各种液体，猛搓，可是无济于事。

她说：那个女人还在，她把气味留在了你的心里……

这天早晨，岳静水不让我起床。反复折腾到九点半，我终于火了，像一个真正的男子汉大丈夫，一脚把她踹到床下，愤然跃起。她吃惊地看着我，仿佛我是一个陌生人。

她喃喃道：你敢，你敢打我？

我说：你要拿出证据。没有证据胡说八道，我就打你！

然后，她赤裸着白净的身体，爬到我跟前，抱住我的小腿一阵狂吻……

我坐在厨房里狼吞虎咽。早餐的时间已过，沈大厨特地为我开了小灶。他很高兴单独侍候我，做完了饭，他抱着老猫菲菲坐在小桌旁，笑眯眯地看着我吃。

沈大厨是客家人，圆圆的脸庞一副菩萨相，性格温和，为人善良。别墅里人人都喜欢他。他比岳静水更喜欢猫，所以菲菲待在厨房里的时间更多。有时候，菲菲跳到他的肩膀上撒娇，他就背着猫，在厨房里忙来忙去。

我吃饱了，把碗筷推到一边。我又开始动心思：这倒是搞调查的好机会，这厨子疑点也不少啊……

沈大厨一边收拾碗筷，一边问：小姐那里，要不要送一份早餐上去？

不用，她还在睡觉呢。你别忙活了，先坐下，我有事问你。

沈大厨顺从地坐下。老猫菲菲迅速跳上他的肩膀，虎视眈眈地朝我瞪眼。我不喜欢这猫，尤其不喜欢它这种居高临下的眼神。

沈大厨觉察到我的心思。他把菲菲抱到膝头，一边抚摸着它的脊背，一边用广式普通话问道：这样可以吧？菲菲不会影响我们谈话的……

我说：你如果关心人，像关心猫一样就好了。这个厨房，也许会太平许多。

沈大厨一怔，面团似的圆脸显出恍惚的神情：我做错什么了？菜做咸了？口味不好？……

比这严重得多！厨房安全，应该是厨师的责任。你说，半夜三更煤气着火，总不能与你老沈无关吧？

煤气……着火？这，这怎么回事？我一点也不知道呀！沈大厨惶恐地站起来，两只手不知往哪里放。连老猫菲菲也感觉到事态的严重，嗖地窜到冰箱上，老远瞪着我。

我站到沈大厨面前，凝视他的眼睛：凌晨四点，客厅里座钟当当一响，这煤气灶腾地着了，跳起一排排蓝色的火苗……一连三天，天天如此。你身为厨师，就真不知道谁干的？

沈大厨快要哭了，口音更加难懂，咿咿哇哇地说：我该死，都是我的错！我睡觉像死人一样，什么声音也听不见……

看来，沈大厨是这幢别墅里唯一不知道煤气事件的人。大家讳莫如深，谁也不在他面前提起这事。我看他痛心疾首，悔恨不已的样子，甚至有些同情他。但是，我还要追问下去，哪怕他真是一尊活菩萨。

有人要谋害岳泰总裁，你说，谁有这样的动机？谁的嫌疑最大？

我不知道……我是厨师，厨房里出事我的责任最大。老板万一被人害了，我就应该去死。我保证一天也不多活，就打开煤气，把自己毒死在厨房里……

我用锐利的目光审视他圆圆的脸庞：怎么？你跟老板也有重大利益关系？他许诺给你股份，给你签过某种协议？

老板对我恩重如山，还讲什么股份、协议？我告诉你，我老母生癌，花了二十多万医疗费，都是老板出的钱。我老母能活到今天，全是托老板的福……

哦，老泰山还做过这样的善事？

沈大厨一边抹泪一边继续说：还不止如此。我的家乡穷，我弟兄五个盖不起楼，就讨不到老婆。老板知道了，拿钱给我，在村口一排盖了五栋楼！如今，我们弟兄五个，家家人丁兴旺，生活美满……钱，我是欠他的。可我欠老板的哪里只是钱？我欠他的恩，这辈子下辈子都报不完。我要是对老板不起，我老母领着我的弟兄，就能活活打死我……

我不禁发出一声叹息。楼王就是楼王，我的老泰山确实厉害！他用这样的人掌勺，一辈子无需为饮食担心了。住在这幢别墅里的人，都与他有着盘根错节的关系，你想拔，怎么也拔不动！

待会儿上楼，我要打开笔记本，划掉沈大厨的名字。

真是奇怪，人人都无嫌疑，那煤气灶是谁点着的呢？

厨房后门打开，一胖一瘦两个保安探头探脑地进来。是甘侦探和他的助手。我装作不认识，喝道：干什么？没看见门口贴着"厨房重地，闲人免进"吗？

甘侦探笑道：口渴了，想进来讨口水喝……

我又问：保安不在小区门口站岗，到别墅来干啥？

胖子助手回答：物业公司魏经理派我们保卫别墅，专门负责这里的安全。

沈大厨从冰箱里拿出两罐可乐，打开了，递给他们。

我皱起眉头：给碗凉水喝就得了，怎么还给可乐啊？你们两个听着，今后不准随便进来讨水喝，这别墅不是什么人都能进来的！

知道了，知道了。

甘侦探和他的助手装得挺像，一边唯唯诺诺，一边拿着可乐退出厨房。

我让沈大厨坐下，继续聊他跟随岳泰总裁的故事。

二十一　裴行长现形记

华光银行行长裴大光与我面对面坐着。他的眼睛一眨不眨地盯着我的额头，盯得我心中发毛。我扭动一下转椅，试图摆脱他的目光。可是不成，他的眼睛像探照灯一样紧紧追踪着我……

知道吗？每当贷款客户坐在我的面前，我就能看见他额头上刻着的字。裴行长开口说道，他的语调里有一种冷硬的东西，无论他们怎样掩饰，那字，总会在额头浮现出来，就像电视机荧光屏浮现出人影一样清楚。字不多，只有两个——

什么？我小心翼翼地问。

骗子！裴大光站起来，双手一扬，滔滔不绝地演说起来，是的，骗子，统统是骗子！中国人，中国企业家到银行贷款，都怀着行骗的心理。从拿到资金的那一刻起，他们压根儿没打算还过——我是指一旦企业发生亏损，他们就准备用贷款填补损失，就准备赖账！银行的钱最好骗，因为钱是国家的。只要有充分理由，账面做得干净，无论你欠了多少钱，最后都会不了了之。这就是中国的现实，制度缺陷培育了一批又一批的骗子，可悲！

我明白了。在裴行长眼里，我的额头也像电视机荧光屏一样，浮现出"骗子"二字。我不太服气，试图反击：你说得完全正确。

但从另一方面看，这一批又一批的骗子，也是银行行长培养的。问题明摆着，行长既然知道他们是骗子，为什么还要发放贷款呢？这就揭示了制度另一个方面的缺陷——银行的钱丢了，行长不必完全负责。挪一个位子，调动一下岗位，事情就了结啦。再往深处挖，行长从骗子们手里拿了许多好处，睁一只眼闭一只眼，也说不定呢……

裴大光在我面前站住，不动声色地问：我拿过你的好处吗？

没有。我停了停，非常大胆地试探一下，不过，你从我岳父那里得到的好处，还少吗？

裴行长的脸一点一点地红了，好像一团颜料在他双颊渐渐洇开。我击中他要害了。这是我第一次单独与一个行长会谈，我代表老泰山，这一点我很明白。早晨，裴大光打电话约见我，我开着车往华光银行跑。一路上我就想：这家伙跟岳泰总裁有没有点儿猫腻？我长期接受老泰山的训练，知道如何对付银行行长。这可是岳氏步兵操典里第一课啊！

咱们为什么谈这些？什么骗子，什么制度缺陷，统统扯淡！裴行长挥动手掌，仿佛要把不愉快的气氛赶开。他为我泡上茶，与我并排坐在沙发上，显得很亲密，我告诉你小伙子，我跟岳泰——你的老丈人，是割头不换的好兄弟！否则，我不会把八亿元贷款押在他一个人身上……

八亿？我惊讶地扬起眉毛，道，今天你请我来，就是谈这笔贷款的事情吧？

裴行长说：是啊，岳泰总裁去了伦敦，到现在还没回来，我只能和你谈。我说的八个亿，还只是开发贷款；买贵公司房子的客户，都在我行做按揭，这一块是十个亿。两者相加，就是整整十八亿呀！

我说：等等，后边那十亿元，不能算在我们公司头上。那是客户欠的债，他们是你的债务人。

好吧，我换一种说法，我在百慕大城这一项目上，总共放了十八亿贷款。这是华光银行前所未有的大笔贷款啊！最近，高层领导关注房地产过热问题，文件一个接一个下，我这边压力越来越大！总行行长找我谈话，要我抓紧收回百慕大城的项目贷款。过几天，还要派工作组来做内部审计……

我两手一摊：对我说这些干吗？没用。你还不如像刚才那样，给我来一个下马威，把我定为骗子得了！

裴行长真急了，鼻尖沁出一层汗珠：对不起，这话我收回。我知道你有难处，财务上的事情你说了不算，公司的账都在哑巴一个人手里掐着呢。我请你来，是想了解一些情况。

什么？我尽量帮忙。

过去，我行是你们公司唯一的开户行，售楼款都直接打进我这边的账号。说实话，看见每天有现金进来，我心里还踏实些。可是最近一个多月，售楼款越来越少，到昨天干脆停了，一分钱也没划进来。这是怎么回事？难道你们的房子卖不动了？

我摇头：不可能，这两天房子卖得很好！我是售楼处经理，我知道销售情况。

裴行长脸色更难看了：这就证实了我的猜测，你们那个哑巴，又在其他银行开户，把售楼现金全部转走了！他要干什么？岳总在想什么？他要出卖我这样一位老朋友吗？……

我看他快要崩溃的样子，急忙安慰道：事情还不至于这么糟糕。

起码，我老丈人的头上没有刻着"骗子"二字吧？我回去就帮你查一下，售楼款划到哪个银行去了。真是，那哑巴想干什么？

拜托你了！中午我请你吃饭。

别。我也有一个小小的要求，请你把我们公司的银行对账单给我复印一份，就要最近三个月的。我想查一查资金流向，看那哑巴把钱转到哪里去了。

裴行长满口答应。我很高兴，公司财务部的大门，终于被我从银行方面打开了。

裴大光执意请我吃饭，他希望结交一个新盟友，帮他摆脱困境。我们在银行楼下一个粤菜馆就餐。

裴行长点了满满一桌山珍海味，就我们两个人，每样菜尝一口也吃不完。他一个劲儿劝我喝酒，五粮液、人头马换着样喝，很快我们俩都喝醉了。

喝醉了好，这正是我所希望的。醉话连篇的裴行长向我透露了许多信息。

他说，自从岳泰发了心脏病，整个人都变了。他仿佛变成一个闭关修道的老僧，与这个世界隔绝了。裴行长认为这很危险，一旦老泰山走火入魔，脑子出了什么毛病，那十八亿贷款就很可能打水漂。现在，外界传说沸沸扬扬，许多双眼睛关注着岳泰总裁的状态，有人为他担心，有人巴望他赶快倒下……

真的，我恨不得把他请到家里，当爷供着，当菩萨供着。我给他磕头，我亲手喂他吃喝，我，我怎么着都行……你能体会到我的心情吗？就怕他有闪失啊！

这就是中国式的银行行长的悲哀——从爷爷到孙子，一条必由之路。只是我还不明白，你为什么这么紧张？你们之间难道有……有……我钩钩食指，做出某种暗示。

没有！裴大光顿时醒了酒，瞪着发红的眼睛把我的话截断，什么都没有！

我已经摸着了他的底，决心诈他一诈：得了吧，我岳父把什么话都告诉我了，你还说没有，哼，不够朋友……

裴大光眼直了，脸色由红转白，额上的汗珠吧嗒吧嗒往下掉。

我乘胜追击：我是岳总的女婿，是他指定的接班人。老丈人亲口对我说，岳家的产业早晚传到我手里。你瞧，将来必定是我和你打交道，为什么我们不能推心置腹地谈话呢？

对，对！裴大光醒过神来，仿佛看见新希望，紧紧握住我的手，我也盼望恒泰集团有一位接班人。岳总老了，糊涂了，有一个头脑清醒的接班人，对我来说是件好事，好事啊！

往下没费劲，我就套出了裴行长的秘密。原来，裴行长的儿子被人引诱去炒期货，输得一塌糊涂。他向老泰山求救，得到一笔现金，总算把债务窟窿堵上了。可他儿子像赌徒似的，又去炒期货，屡战屡败，越赔越大。老泰山说，干脆把账户交给他，他找一个高手来炒。裴行长的儿子把账户转到岳泰指定的投资公司，由一名经纪人全权操盘。果然，从此反败为胜，裴大光儿子每月可从投资公司领取不菲的回报，渐渐发达起来……

我笑：我知道，那经纪人是女的，名叫梅真，对吧？

裴行长吃惊地望着我：对呀，你果然什么都知道……

我拖长声调说：我还知道，老泰山在你儿子的账户贴了许多钱。输了他买单，赢了让你儿子把钱提走……说白了，他是送钱给你，变相贿赂啊！

裴行长做出令我吃惊的举动，他整个人从椅子上滑下来，扑通跪在我的面前。我慌了，伸手扶他起来，可他像一团软面似的，怎么也扶不起。他把我推开，就这么跪在我面前，说了一席令我难忘的话——

别拉我，你让我跪着。当年，你老丈人第一次向我行贿，是送我一只价值十二万元的金表。我不肯接受，他忽然向我跪下，就像我现在这样跪着，说什么也不肯起来。我不好意思，只得把表收下。从此，我就一步步滑下深渊……

我说：你别向我下跪呀，我怎么承受得起呢？

裴行长挪动身体，靠我更近：我今天还你一跪，求你代岳总领受。我这一跪，也是求你早日归还贷款，别害我，给我机会重新做人。我们一跪还一跪，扯平了，从零开始，行吗？

我缓慢地摇头：恐怕不行。你跪晚了，晚了……

裴行长又哭起来，哭得像小孩一样。接着他开始呕吐，臭气熏天。我也要呕了，赶快挣扎着站起来，摇摇晃晃走出包间。

二十二　这个女人不寻常

对于自己的行为，我常常感到迷惑。我究竟想要干什么？这样兴奋，这样起劲，四处插手，追根寻底，一副舍我其谁的狂妄嘴脸。我想抢班夺权？我真的把自己当作了岳家太子？我誓死捍卫老丈人？

可笑。躲在我心灵内部的那个小人，歪着嘴冷笑。当我冷静审视自己时，里外两个小人总要发生冲突，而且支持我日常行动的全部理由，都会被里面那个小混蛋逐条否决。

不过是好奇心而已。你还是个孩子，哪里隐藏着窟窿，你总要用手指把它抠开。讨厌。你无法克制自己的顽童天性，调皮捣蛋，唯恐天下不乱。你应该被老爸按在地上，狠狠打屁股才是。我说。

不，我要揭开楼王之谜。我这样做，自有深刻的原因。但是，我们现在最好不要讨论这个话题。里面的小人这样说道。

我确实无法按捺好奇心。我想去关月影家，看看这个女人怎样生活。这么想着，我的两条腿就自动走向朝阳新村。

我人已经站在关姐住的楼前，嘴上还在问自己：我来这儿干吗？掏出手机，我拨通关月影的电话。她恰巧在家。

我说：我要到你家做客。她说不太方便，孩子病了。可是我已经进楼，乘上电梯，来到她家门口。我把这情况说了，关姐只得打开房门。我们拿着手机，面对面站着。就这样，我成了关月影家的客人。

我这样做十分冒昧，搞不好就会撞上老舅邓一炮。没准我内心正巴望这一刻呢！但是，我本意并不想干涉别人的私生活，只想看看关姐。或者，我还想问问那个空空如也的保险箱，究竟是怎么回事？这得见机行事。

关月影很警惕。她为我泡了一杯茶，已经有了鱼尾纹的眼睛，闪烁着冷淡、疑惑的目光。

我说：关姐，我还是第一次到你家来。朝阳新村我也没来过，好像这也是我们公司开发的楼盘吧？

关月影脸色一变，渐渐涨红。她有些尴尬，但更多的是愤怒。我忽然想起，她住的这套房子，可能是邓一炮掏钱买的。我的话似乎有揭人疮疤的嫌疑。

关月影到底老练，淡淡地说道：尾楼。便宜。

我连忙转移话题。可不知怎么搞的，我一张口，又犯错误。我竟把内心的真实想法直接说了出来：我嘛，早就想来看你，看看你如何生活的。可是，我怕撞上老舅，所以迟迟……

关月影把茶壶往茶几上一蹾，打断我的话，瞪眼责问：童瞳，今天你来是什么意思？找茬？故意气我？你也太欺负人了吧。就因为我得罪过你，你就这样三番五次地报复我？

误会。绝对是误会！我站起来，生怕她手中的茶壶砸到我脑袋上。最好是说实话，把实话说到底。我咳嗽一声，道：我来，是想问问那个保险箱……

我不是给你打过电话，把话说透了吗？

我正色道：一个电话恐怕不能解决问题。毕竟，我主持整个公司的工作，还兼着售楼处经理。保险箱里的东西被人拿走，我还能不闻不问？关姐，没别的意思，今天我就想找你问问，保险箱里究竟放着什么？

关月影冷笑：助理是来办公事，早这么说不就好了？我告诉你，保险箱里放了一些我的私人物品，主要是信件、工作笔记等等。我一直没在意，你问起保险箱，我才想起把它们拿回来……你要检查一下吗？

不对！保险箱里放着售房合同。我决心戳穿西洋镜，把问题和盘托出，牟小曼整理了所有购房合同，发现从 1025 到 1155，整整少了一百三十号合同。你是售楼处前经理，你有责任把缺失的合同交代清楚！

关月影软硬不吃，板着脸反诘：光凭合同序号，你怎么能断定少了合同文本？合同印刷经常发生错误，序号错了，你可以到印刷厂去找原因。另外，开发商为夸大销售业绩，经常把合同号序数放大。你也不是外行，这些小手段你还不清楚？我可以负责任地告诉你，在我当售楼处经理期间，没有丢失过一份合同！

我无言以对。关月影说得有理有据，很难找到漏洞。我有些急，小公鸡一样抻直脖子，嚷：可你，可你明明暗示我保险箱有文章，让我找人打开……你还暗示我，有人在背后向你施加压力，使你不得不闭上嘴巴……

关姐竖起食指，在我眼前晃了晃，道：暗示，什么叫暗示？暗示就是什么也没说，不是吗？我究竟对你许过什么诺言，做过什么保证，你可以拿到桌面上来。

我苦笑：这真是马三立说相声——逗你玩儿。

关月影也笑了：对，逗你玩儿。

我彻底败下阵来，准备走了。关姐这时却显得和蔼可亲，要留我吃晚饭。

她说：尝尝我的厨艺，我炒几个菜，保你吃了收不住嘴……

这时，里屋卧室传出一声奇异的尖叫。接着，又是轰的一响，仿佛一个箱子掉在地上。关月影脸色骤变，急忙奔向卧室。我紧随其后，也跟过去。

关月影的女儿囡囡自幼瘫痪，下肢全无感觉，只能坐在轮椅上活动。她又患有先天性糖尿病，靠注射胰岛素维持生命。我们在客厅谈话，囡囡低血糖发作。她想去食品柜拿一块巧克力，不知怎么一阵头晕，从轮椅上滚落下来。

囡囡昏厥过去。关月影抱着女儿喊：你怎么了？孩子，你醒醒！

我立即打电话找120。一会儿工夫，救护车来了，我背起囡囡往楼下跑。紧张，忙碌，直到把囡囡送进急救室，才喘过一口气来。

我和关姐坐在椅子上，等待医生报告急救的消息。关月影脸色苍白，两眼发直，泪水不知不觉地滴落脸颊……

我想安慰她，又找不出合适的词语。幸好口袋里有一包纸巾，我就默默地把它递到关月影手中。

关姐用纸巾擦去眼泪，喃喃地说道：囡囡她爸受不了压力，撇下我们娘儿俩，逃跑了。我无处可逃，只得独自挑这副重担……

她似乎在说明离婚的理由，也概括地描述了自己的生活状况。我很同情她，为她叹息。

我说：你太难了。你需要一个男人的帮助……

所以，我只能依靠邓一炮。这些年来，他在经济上一直支撑着我的家。否则，囡囡活不到今天。

我听静水说过，若不是我老丈人阻拦，老舅也许会离婚，与你生活在一起。你恨岳总吗？

关月影迟疑一会儿，摇了摇头：我怎么敢恨他？再说，事情很复杂，邓总就是离了婚，也未必与我走到一起……他很长时间没到我这里来了。

我诚恳地道：关姐，我真心想帮助你。现在我负责管理公司，你如果有困难，无论是经济上，生活上，你只管说！对了，囡囡的医药费单据，明天你拿来。我签字，让公司报了。

谢谢。其实，我一直觉得你是个心地善良的人，是一个好人。我们之间产生那么多误会，我真的很后悔……关月影说着，眼泪又涌出来。

我一直陪伴她到深夜。囡囡脱离危险，住入病房，我才告辞离去。关月影送我到医院大门口。

临别时，她犹豫着向我透露一些信息：保险箱那件事情，你别生我气。确实有人向我施加压力，我不得不那么做……

是老舅吗？我告诉你，昨天我去医院看望他，已经与他达成了默契。我们很可能成为同盟军。

关月影一甩短发，坚决地说：你别和他搅在一起！恒泰集团只有一个主人，永远是他说了算，那就是你的岳父。邓一炮反对岳总，我多次劝说他，他总不肯听……

为什么？你不是与他更亲近吗？

邓一炮注定要失败，他不是岳泰的对手。关姐的目光变得犀利，显露出平时精干的风采。

我拖长声调说：那么，你做的某些事情，不是由邓一炮指挥，而是直接来自岳总的旨意，对吗？

关月影略一点头，说：所以，我劝你也要谨慎行事。不该问的事情，别再追问了。

我耸耸肩膀，道：可是，我这个人很执拗，也很好奇。我还是要问一句，那一百三十份合同，真的不在你这里？

关姐抿嘴一笑：到恰当的时候，在恰当地点，我会告诉你的。今天没有答案。

我等着，咱们一言为定。

我向她一挥手，转身离去。

二十三　愤怒的业主

　　春意正浓。我敢说，我们百慕大城花园里的春天最美丽！从荷兰空运来的郁金香灿烂炫目，我总要在花圃前驻足，品味它们高贵的姿态。不远处，那棵从深山里挖来的百年老柳，吐出嫩绿的树芽，生机盎然。花园里一草一木都有来历，让人心驰神往。当然，其中不乏美丽的谎言，比如郁金香，其实是从本市植物园搞来的，为哄蒙客户才有了从荷兰空运之说。无论如何，听着神奇，看着美丽，百慕大城的花园还是真有味道。

　　咯咯鸡打来电话，催我去他新买的房里看看。我说没空，我正在花园检查绿化工作。咯咯鸡急吼吼地嚷：水管子爆了，水漫金山了，你要不过来，就一刀两断，从此不做朋友！

　　我问：你在几号楼？你买了那么多房子，我上哪儿去找你？

　　他没好气地回答：3号楼，1201。顺便告诉你，3号楼的居民，都快要暴动了！

　　我赶紧往3号楼跑。一期工程共有六栋公寓楼，每栋三十层，集中在东南角靠前进大街一带。我抄近路，穿过二期工程在建的八栋高层建筑，迅速到达目的地。我知道，已经入住的业主对物业管理公司非常不满，收费高，服务差，这是通病。他们还特别恼恨魏经理，说他那张倭瓜脸给整个百慕大城带来晦气。我一向躲开物业管理处，就怕惹麻烦在身上。谁都晓得那是个火药库。

咯咯鸡直接找我，我只得挺身而出。没办法，交朋友总要付点儿代价。

我走进3号楼大堂。如今盖楼讲究大堂，花岗岩、大理石一个劲儿铺；水晶吊灯明晃晃，高级沙发，热带植物……想尽一切办法使之富丽堂皇。3号楼在这方面堪称典范，连我站在大堂里都有点儿晕眩。

保安、保洁员一起前来问好。我问：楼里有事吗？

他们齐声回答：没有。

我哼一声，径直往电梯间奔去。

到了十二楼，电梯门一开，人声鼎沸。我艰难地穿过人群，找到咯咯鸡。咯咯鸡抓住我的手，激动地说：你可来了。看吧，我的地板被泡成啥样子了？波涛滚滚啊……

我往屋里一瞧，果然，由于被水大面积浸泡，地板七翘八裂，高低起伏，呈波浪形状。咯咯鸡诉苦道：水管爆裂，无人发现，水从厨房漫出，浸泡了整个房间。我两天没来，地板就被泡成这样了。

旁边男男女女都喊：我们家也被泡烂了，老板，你得挨家挨户去瞧瞧！

我忙擎起双手：同志们，分工有所不同。这事你们应该找物业公司，让魏经理派工人及时抢修水管……

一位首领模样的高个儿男人，怀抱双臂，横眉冷眼地说：开发商与物业公司穿一条连裆裤，你们谁都不负责任！昨天，管子一漏水，我就找过魏经理。他也派了几个工人，捣鼓来捣鼓去就是没辙。是工人素质太差，还是你们开发商使用假冒伪劣材料？只有天知道！这事，如果解决不好，我们保留诉诸法律的权利。

一位矮胖太太怀抱一只奇形怪状的宠物狗，奋力挤到我面前。她的嗓门极大，朝我开炮似的，嚷得人震耳欲聋：问题堆积如山啊！你们卖了房子就不管了，天下有这道理吗？我们至今还在使用施工临时电，赶上用电高峰，人家就拉闸。刷的一下，屋里就黑了。上星期，我家冰箱都化了冻，鱼呀虾呀全臭了。你说，这日子怎么过？我们这楼看起来漂亮，根本没法住人。整个一个驴屎蛋儿，外表光鲜！

一个瘦子，说话结巴，越结巴越急，朝我直翻白眼：停停停……停车场收费没章程，保安忒……忒不是玩意儿！我不给钱，他……他竟要打……打打打人……

结巴话没说完，就被别人挤到一旁。一位瘸子模样戴眼镜的先生，概括地说道：千头万绪得有个纲，我代表大家提一点要求——撤换魏经理，整顿物业管理公司！你看怎么样？

高个子、胖太太、瘦结巴以及所有的人都喊起来：对，撤掉姓魏的，整顿物业公司！

我得赶快脱身。我信誓旦旦地对众人说：知道了。我完全理解大家的心情，支持你们的合理要求！我马上去找魏经理，尽可能快地解决所有问题。

我一边说一边退到电梯口，门一开，我就跳进电梯。

咯咯鸡追来，拽着我胳膊：那我的地板……地板怎么办？

我一使劲，把他拖进电梯。我在他耳边骂：你个龟孙子，招那么多人来，想把我吃了？

咯咯鸡飞快地眨着眼睛，说：就那高个子，老张，是我的邻居。他知道我们的关系好，听到我打手机，就悄悄串联，把楼里的人都喊来了……

我没好气地说：你那地板，等着和邻居们的问题一起处理吧。谁让你当造反派领袖来？

电梯到底层。门一开，只见王胖领着几个客户进来。最近，王胖急于将房子脱手，委托许多中介，经常带人看房。

他把我介绍给客户，以我年轻英俊的外表为佐证，证明楼盘的优秀——天晓得，这之间有什么逻辑关系？

咯咯鸡把王胖拉到一边，告知十二楼刚刚发生的事情。王胖脸色大变。他的房子也在水漫金山的楼层上。客户看了，岂不砸锅？幸亏王胖手里握有多套房子，随便找个借口，领他们去看4号楼的房子了。

临别，王胖把我拉到大堂角落，低声警告：注意看报纸了吗？中央高层表态，要调控房地产市场。我告诉你，牛市到头了，早做准备！

我有些迟疑地道：至于吗？

你没看我忙着卖房子？王胖是干什么的？炒股票的人嗅觉比猎狗还灵！……

王胖和咯咯鸡都走了。我去物业管理中心找魏经理。

老魏的办公室在业主会所楼上，独立小楼，健身娱乐设施齐全，保证是个好地方。我敲了敲门，魏经理派头很大，拖长了声调，说：进来——

一见是我，魏经理满脸堆笑。他奔上前来，双手握住我右手，把我按在大班桌后面、他刚才坐过的椅子上。他为我倒茶，嘴上说个不停：我正要去找你呢，没想到你会光临茅舍。有件事情我得求你，肯不肯帮我一个忙？

我问：什么事？

那个小王，就是你们别墅里的保姆，王芙蓉，到底应该怎么办？那天在医院里，邓总非要把她炒了，可她没有多大过错呀……

我也不愿有这样的结果。没想到老舅在病中火气大，搞得不好收拾。你说怎么办吧？

我看邓总早把这事忘了。只要你不追究，我也睁个眼闭个眼，小王不就没事了，照样可以干下去吗？

我斜他一眼：小王和你是什么关系？

魏经理有些不好意思，笑道：我们是一个村的，她从小认我为干爹。你说嘛，我怎么下手炒掉她？

我笑道：原来如此。你也是河南人？哎呀，眼下人们对河南人有看法，刚才我在3号楼，让业主给包围了，非逼我炒你的鱿鱼。

魏经理脸盘涨成猪肝色，气愤地道：河南人怎么啦？河南人招谁惹谁了？他停一停，仿佛想起另外一些事情，转变口气道：当然喽，业主们对我有意见，也不光冲着我是河南人。物业管理问题多，我一个人就是长着三头六臂，也照顾不过来呀……

我正色道：那水管究竟怎么了？一两天了还修不好。

魏经理说：这你得问工程部，他们到底用的什么材料？还有，二期工程正在施工，电力部门不肯给我们正式照明用电，你让我有什么办法？

我的声音愈加严厉：保安呢？保安为什么老和业主发生冲突？

魏经理狡猾地瞄我一眼，笑笑：保安队伍就更难管理了。就说你推荐来的那两位老兄吧，啥也不能干。你指示我，让他们保卫别墅，我就照办了。可他们整天东游西逛，爱来就来，爱走就走，给我们保安队伍造成极坏的影响。保安队长老铁不止一次找我，说不把这两个人辞了，他就辞职！……

　　我板着脸说：行了，小王留下。我要那两个保安，继续保卫别墅。

　　谢谢。我一定照你的指示办！

　　这个魏经理也真难弄。我想敲他一敲，他倒拿我的把柄反攻倒算。都不是善茬子，他背后有邓一炮撑腰呢。

　　谁也不怕我，我在恒泰公司难有用武之地啊！

　　临走，他两只手握我一只手，热情地告别。我告诫他：魏经理，与业主打交道，一定要谨慎小心。哪天把事情闹大了，业主们不依不饶，恐怕岳泰总裁也要丢卒保车，用你的人头去平息众怒啊！

　　魏经理有些厚颜无耻：你放心，为维护公司信誉，我不惜抛头颅洒热血！

二十四　毒计

哑巴冷丁把现金转移到了哪家银行，这并不难查。我兼职售楼处经理，整个公司的现金流就是从售楼处产生的。我把牟小曼找来一问，就知道公司总部命令她们将售楼款划到了新希望银行。这事没通过我，属于越权。我很生气，决心管一管。不仅是为裴大光行长，也为我自己的权威。

跟哑巴论理，没门。我必须虚张声势，在公司上层把事情闹大。我得联系几位副总，寻求共识，形成合力，自上而下凌空一掌，方能击开财务室的铁门关！

我哭丧着脸来到邓一炮家。我对他说：老舅，我来请你出山。眼下这局面，非你收拾不可，否则要出大乱子了！

他正在跑步机上慢跑，穿着一身运动服，挺矫健的样子。我的话使他略感吃惊，他关掉机器，在我对面的藤椅上坐下。

哦？发生了什么事情？

我说：哑巴冷丁擅自改换公司开户行，把售楼款都划到了新希望银行。这一下把裴行长甩了，咱公司欠华光银行那么多贷款，人家能不急眼？裴大光把我叫去，一口一个"骗子"，话说得很难听……

邓一炮用干毛巾擦脸，又呷一口紫砂壶里的茶，道：骂两句没关系，老裴没说采取什么措施？

他们正在请律师，可能在近期采取法律行动。我面色忧郁地说，尽量除去话里的夸张成分，一旦起诉我们，闹到法庭上，公司全局就会陷入被动。

邓一炮把紫砂壶往茶几上一蹾，怒容满面：岂止是被动？弄不好就会崩溃！公司资金肯定有大窟窿，银行一起诉，末日就到了！你那老丈人，还在英国逍遥，也不知道搞什么鬼，我们搭错了他这条船，早晚一块儿淹死！

我说：我建议你出头，把孙总召集过来，咱们三人开一个会，商量对策。当务之急是要解决公司开户行问题，稳住裴大光，不能让一个哑巴搞乱公司的阵脚。

开会，开一个三巨头会议！你来主持，就在水晶宫，在你的办公室。邓一炮大手一挥，仿佛做出历史性的决定。

我坐在总裁大班台后面，环视水晶宫弧形的玻璃幕墙，三百六十度的宽阔视野让我心旷神怡。邓一炮来了，孙瘸子也来了，三巨头会议正式召开。这是我第一次把公司高层两派首领集合到一起，商讨重大问题。可以说，我已经成功地建立起自己的权势。三足鼎立，我也是货真价实的一足了！

这些想法使我志满踌躇，有些飘飘然。但我表面上丝毫不流露，正襟危坐，一脸严肃。

邓一炮抢先开炮。他加倍渲染来自华光银行的威胁，责问主管财务的孙自之，为何改换开户行，将公司陷入如此被动的境地。

孙自之面带微笑，不动声色，把邓一炮一大堆不恭之词都笑纳了。但我细心观察，却可以看出他对此事也颇感意外。我敢肯定，此事是哑巴冷丁擅自决定的，他并不知情。

我挡住邓一炮的话头，对孙瘸子说：有些事情，孙总也不很清楚，对吧？今天咱们聚在这里，并不是要追究谁的责任，而是要商量下一步怎么办？裴行长那里要有交代，我建议，咱们把开户行改回去，还是把售楼款划到华光银行。

孙总脸一板：那不行，我不同意。

我很奇怪：为什么？难道改开户行真是你的主意？你能说出理由吗？

孙自之甘愿背黑锅：这事是我决定的。你们要骂娘，就骂我好了。至于理由嘛，我用不着对你们说，岳总派我分管财务，我在这个范围当然有自主权。

我和邓总都没料到孙瘸子会是这态度，整个儿不讲理，会议没法进行了。

邓一炮一拍桌子，骂道：孙瘸子，你别真把自己当成个角儿。财务上的事情都是哑巴冷丁自己说了算，谁还不知道吗？你不过是个橡皮图章。不过是聋子的耳朵——摆设！

我也皱着眉头说：那哑巴也太不像话了，我们三巨头谁也不在他眼里。我再提个建议：咱们三人做个决定，今天下午就把哑巴炒了！

孙自之把头摇得像个拨浪鼓似的：不，我不同意！

邓一炮索性把话说穿：你不同意顶屁用？说到底，是岳泰不同意。哑巴通天，他直接领受总裁的旨意，一举一动都是岳泰在后面牵线。这次改换开户行，也是咱们总裁指示哑巴干的，连你孙瘸子也被蒙在鼓里。羊圈里蹦出头驴来，你少在这里混充大个儿！

孙瘸子苦笑：你既然知道得这样清楚，还让我说什么呢？

我插言道：对不起，我有些不明白。哑巴耳聋，没法听电话，总裁又在伦敦，他怎么领受他的指示呢？

电脑。孙自之转过脸对我说，伊克通宵上网，很少睡觉，这小伙子古怪着哩。

邓一炮站起来，以慷慨激昂的姿态，使我们集中起注意力：诸位，本公司已到最关键的时刻，只有我们三人携起手来，才能挽救这个公司！问题出在岳泰总裁身上，他在干什么？他把大量的资金搞到哪里去了？他要把他亲手建立的、我们共同为之奋斗多年的公司毁于一旦吗？他为什么要这样做？我们不把这些问题搞清楚，心中怎么也不得安宁啊！

孙瘫子瞟他一眼：问题由你提出，也由你解答。我也想听听答案。

岳总——我那位姐夫——显然背着我们在干一件大事。什么事情？我不清楚。但可以肯定他干得并不成功，他已经走火入魔，很难回头了，但他这样一意孤行走下去，就会拖垮恒泰集团公司。我们三巨头，是这个公司的最高管理层，只有我们能使这个公司照常运作下去。不过有个前提，必须制止岳泰的一切行动，不能让他继续胡作非为。尤其是财权，绝不能由他独自掌控，再通过哑巴去干他想干的任何事情……

我问：可是，怎样才能制止总裁的行动呢？

邓一炮不理我，径直走到孙自之面前。他盯住他的眼睛，一字一句地说：老孙，你和我一样清楚，我们应该采取行动了！我混到今天不容易，你更不容易。咱们的前途，财产，都在恒泰公司，我们如果不奋起搏击，最后就会一无所有！我们就会回到过去，重新做穷光蛋。所以，今天不管我说对说错，你都得听着，并且不能向岳泰打小报告，行吗？

孙瘸子似乎被他的话打动了，点点头，诚恳地说：今天这个会，谁若对外泄露一个字，天打五雷轰！

邓一炮又将目光转向我。我急忙道：在医院里，你都把话说透了，我明白，什么都明白。

邓一炮点点头：好吧，我把考虑很久的一个方案说出来，以供你们参考。第一步，先把哑巴冷丁除掉，搞清楚财务部全部账目。他掌握着保险柜钥匙，把那个大保险柜打开，就什么都清楚了……

孙自之侧着脑袋，颇有兴趣地问：怎么除掉冷丁？别看他是个哑巴，毕竟是个大活人呀……

邓一炮脸色阴沉：别问那么具体。当今社会这样复杂，好汉子说没也就没了，何况一个哑巴？

我暗自害怕。想必邓一炮要动用黑社会的力量，使哑巴冷丁在人间蒸发。更令我震惊的事情在后面，邓一炮已经制定好使老泰山消失的方案——

第二步，我们查清账目，就找岳泰说话。账目肯定有问题，我们抓住要害，逼总裁引退。他当然不肯就范，我决定把他送入市精神病医院。

我惊呼：好端端一个人，精神病医院怎么会接收呢？

邓总转过脸，褐色的眼珠瞪着我：我和精神病医院的院长私交很深，由我们这些亲属提出要求，他会接受一位尊贵的病人的。再说，你怎么知道岳泰是一个好端端的人呢？许多精神病人，看起来就和正常人一模一样。当今医学十分发达，精神类药物层出不穷，正常人变疯，疯人变正常，不是常见的事情吗？

明白了。孙自之站起来，一瘸一拐地在办公室里转圈，方案不错，不必细说，你想得很周密。我相信它能够获得成功……

邓一炮眼睛亮起来：老孙，你赞成这计划？有你这智多星参与，我们肯定会成功！除掉岳泰，公司正常运作，咱们三人共同执政，你还是分管财务……

不，我不参与。孙瘸子举起一只手，打断了邓一炮的话。这是一个阴谋，很危险。我与你们划清界限，一点儿也不沾边。不过我发过誓，今天的谈话，我一个字儿也不会带出这个房间。

你……邓一炮两眼发直，说不出话来。

孙瘸子拉开办公室门，彬彬有礼地告辞。他说：我永远也不会背叛岳总，因为他是楼王！

孙自之眼角的余光向我扫来，仿佛在探测我的立场。我呆立不动，一时感到手足无措。

邓一炮站到我的面前，目光如炬：你呢？你怎么说？

我说：我害怕。老舅，这事你容我再考虑考虑……

我急忙追随孙自之而去，把邓一炮独自撂在办公室里。

邓一炮怒吼：你们都是他妈的草包！等着天塌吧，等着倒霉吧，等着一块儿死吧！

我在百慕大城门口追上孙瘸子，他朝我笑笑，似乎夸奖我聪明。

我问：下一步怎么办？我听你的。

孙自之显得老谋深算：你不是一直在追查各种线索吗？你可以去查一查凯瑞投资公司。

什么？凯瑞投资公司？

孙瘸子独自前行，边走边嘀咕：点到为止，再多我不能说了。

我急忙追上他，问：你是赞同邓一炮某些看法的，为什么不和他合伙干呢？

他意味深长地朝我笑笑，反问：三人成众。那么可怕的计划，他当众说出来，你说，这样的人能成事吗？

我站在原地发愣，孙总一瘸一拐地走远了。

二十五　雷雨前夜

裴行长约我去银行，把我所要的对账单交给我。三天不见，他就像一棵饱经风霜的茄子，蔫头耷脑，即将枯萎的样子。

我问：怎么了？病了？

他摇摇头：总行派来一个副行长，年富力强，明摆着是来接替我的。我这行长的位子，恐怕坐不长了……

我尽量找话宽慰他：不会吧，你也年富力强呢。这两天我正在做工作，很快就会把售楼款划回华光银行的账户。

裴行长摆摆手，对我所做的努力并不感兴趣。没用的，他说，一切都晚了。新来的副行长正配合总行工作组搞内部稽核，过几天就会有结论。他们肯定要对我采取行动。

我问：会对你怎么样？

裴行长语调悲观地说：官是肯定丢了，搞不好人还要遭难。当然，我在经济上没有其他把柄，除非你岳父，哦，还有你，太不够朋友，说一些不该说的话……

我站起来，斩钉截铁地说：不可能！裴行长，我们是够朋友的，绝不会做落井下石的事情！

从华光银行出来，我有一种预感，从此，恐怕很难见到裴大光

129

行长了。

我感谢裴行长给我的银行对账单。那密密麻麻的数字，描绘出资金往来的路线图。可惜，我不懂财务，睁眼瞎似的面对这一大堆数字。不过不要紧，对某些人来说，这张联络图可是一件宝贝，我甚至能借此邀功请赏。

我拨通庄子繁的手机，约他见面。庄总声如洪钟，喜气洋洋，说他们的百胜集团成功地发行了股票，今天上市，正在开庆祝酒会。他要我立即前往太平洋大酒店，并说已经为我在贵宾席安排好了座位。

我乐得去凑凑热闹，驾驶着桑塔纳一阵风驰电掣，转眼来到太平洋大酒店。

宴会厅场面豪华，高朋满座。庄子繁在记者们的包围中，在闪光灯的照耀下，正侃侃发表演说。他谈到国家对于房地产行业的宏观调控，谈到银行收缩信贷措辞的步步升级，从而突出了百胜集团上市的重大意义——一次性募集到三亿元资金，这真是一场及时雨啊！庄子繁断言，像他们这样的上市公司将更加壮大，而另一些弱小的、资金链绷得太紧的房地产公司注定要被淘汰出局。

我怀疑，庄子繁的某些话语是针对我而发的。我来时他看见了，还向我颔首微笑。

现在，他说得越发起劲：是的，房地产公司太多，内部管理存在的问题太多。资源过于分散，对土地的争夺十分激烈。宏观调控有利于改变这种局面。那些存在严重问题的公司，应该倒一批，垮一批，为有实力的房地产公司腾出发展空间！我们将抓住机遇，兼并一些撑不下去的竞争对手，既帮助了他们，也壮大了自己。我还是那句话：中国房地产市场需要重新洗牌！

酒会的间隙，明星般的总裁庄子繁抽身上厕所，我尾随而至。我把银行对账单交给他，令他十分欣喜。

很好。识时务者为俊杰，我把恒泰公司的未来放在你的肩上。庄子繁拍拍我的肩膀，又按了按。

我摆脱他的手掌，说：我并不想从你那里领赏。我只是想知道，我们公司的资金流到哪里去了。

庄子繁笑笑：出发点不同，但我们毕竟走在了一条路上。我会让我们的财务专家，尽快查出贵公司的资金黑洞。

我们并排走出洗手间。我又问：你的发言很精彩，不过有点危言耸听。你得到什么最新消息了吗？

当然。今晚上你瞪起眼睛看《新闻联播》，就知道这则新消息多么有分量了！

庄子繁高深莫测地朝我笑笑。他很快被几位地产界大佬拉到一张圆桌旁去了。

晚上，我没有看成《新闻联播》。守卫龙宫别墅的两名保安，也就是甘侦探和他的助手，把我拉入了小树林。

我以为有什么重大突破，兴奋地搓着双手道：说说看，你们发现了什么？

甘侦探环顾四周，树林里黑压压，静悄悄，气氛神秘。他朝我竖起一根手指，压低嗓音道：我们已经来一个星期了。

这是什么意思？我不管你来了多长时间，我要成果！

你得付钱。我们约定每个星期付一次侦探费，三万元。至于成果嘛……

他的助手胖子咕噜道：派我们站岗，太辛苦了。我一辈子没有给别人当过保安……

我说：谁也没有请你当保安，你别太高看自己。甘侦探，钱没问题。可我的钱不是给别人瞎花的。你发现了什么？我付出三万元侦探费能买到什么？

甘侦探板起脸，严肃地说：按规矩，我们要在最后拿出结论，一次性把侦探成果摆在你的面前。你不能着急，不能催我们，否则将破坏侦探工作的科学性。

我坚持道：不见成果，我不能付钱。你哪怕给我一张照片看看也好。

小个子甘侦探目光冷峻，长久地盯住我的脸庞：你若违约，我们这就走。

我已经付给你三万元预付款，你总不能什么也不给我留下吧？

可以，我给你留下一个悬念。告诉你，这座别墅里的每一个人，都是双面人——他们都有一副你根本不认识的嘴脸。想知道吗？付钱！否则，咱们这就拜拜。

我妥协了：好吧，明天我就给你开一张支票。

甘侦探的话激起我极大的好奇心。天哪，双面人，我仿佛生活在间谍们中间！周围每个人都可疑，都竭力隐藏他们的真实嘴脸。他们究竟是谁？他们想干什么？我的直觉是正确的，煤气不会无缘无故地点着。我们这座小楼充满阴谋！

我坐在客厅里，两眼发直地望着电视机。荧屏上人影晃动，在演什么，我却浑然不知。直到晚间新闻，播音员以庄重的语调宣告，中央几个部委联手发出调控房地产市场的重要通告，我才悚然一惊。

我想起庄子繁的话，形势果然紧张起来！小公司要倒霉了，资金紧张的公司要倒霉了。我们呢？恒泰集团是不是也要倒霉了？

我的手机响起来。庄子繁以神秘而得意的口吻在我耳旁说：想知道你老丈人的死穴吗？你去凯瑞投资公司做一下调查。我可以向你提供一些细节：凯瑞投资是一家皮包公司，注册地址在华威大厦 A 座 1201 室，法人代表是一名女士，名字叫梅真……

梅真！听到她的名字，我什么都明白了。

我合上手机，双手撑着后脑勺仰靠在沙发上，久久地凝视着天花板。

二十六　谁能住上好房子？

对于国家宏观调控措施的步步升级，房地产市场的反应空前强烈。这从我们别墅的餐桌上也可略窥一斑。吃饭时，每个人都要发表自己的观点，往往引起一场辩论。

杨画眉显得很激进，似乎要发泄某种压抑已久的情绪。她脸庞涨得通红，以女高音般的嗓音嚷嚷：早该跌了，房价涨得太高了！老百姓还能住在大街上吗？我们是盖房子，不是炒股票！

谁都知道，老板领着一个比她年轻漂亮的女人出国，一去那么多日子，杨画眉心里很不是滋味。很少有人接腔，人们不愿意惹她。

施医生阴阳怪气地瞅着她，冷不丁问一句：你家有没有房子？

当然有了。自己住一套，还有一套出租呢！杨画眉语气里带着炫耀的成分。

这不就得了。房子涨，你发财，干吗盼着它跌呢？施医生喝完一小碗汤，擦擦嘴巴，点燃一支香烟。

我忧国忧民，不行吗？我们在谈论国家政策，谁那么狭隘，心里老惦着自己？杨画眉忿忿地瞪着他，言辞更加尖利。

家庭教师与家庭医生，就像一只狗和一只猫，凑在一起就咬来咬去，打个不停。我得给他们调解调解。

我将一杯啤酒饮尽，清清喉咙说：杨老师的话有道理，政府不会眼看着百姓住不上房。居者有其屋嘛，这是小康社会最起码的标准。不过，现在城市居民究竟有多少人住不上房子？统计数据表明，百分之八十的市民都有自住房。那么，房价下跌对谁有利呢？市民们恐怕不希望看见自己家的资产缩水吧？施医生的话，也是有道理的。

两个小保姆一直在小声嘀咕。王芙蓉突然抬起头，眼睛亮闪闪的，勇敢反驳我的观点。她说：你们城里人有房了，农民想进城的怎么办？现在搞城市化，每年有大量的农民转化为市民，他们什么时候能够买得起一套房子呢？

我点点头：你说的是。这部分新市民是矛盾的焦点，政府应该考虑到他们的利益。

小王被魏经理保下来，我也不提她爬窗的事，她十分感激。这两天她小心翼翼地工作，见到我总以一种特别的眼神表达谢意。

我赞成她的观点，使她受到鼓励，继续说道：我和小周，嗯，就是我那位男朋友，算了一笔账。我们两人工资加起来，不吃不喝，也要等二十年才能买一套房子……

杨画眉刺她一句：未必让国家资助你们吧？老家有房子，有田，你把它们卖了，拿到城里不是正好交首付款吗？

沈大厨摸着膝盖上的波斯猫，一直笑眯眯地倾听大家的讨论。这时他忍不住插话：哟，乡下的房子卖给谁去？国家规定农村房屋只可以农民居住，不能作为商品房自由买卖。如今年轻人都进城打工，乡下有大量空房子，几千块钱就能买一栋。不值钱，越来越不值钱！……

施医生颇为内行地说：城乡土地人为分割，产权二元化，是造成城市地价、房价飞涨的根本原因。这个问题，我利用业余时间做过深入研究。

我暗暗关注着哑巴。他坐在长条餐桌的一角，吃几口饭，就拿出手机摆弄一番，显得紧张忙碌。我想：哑巴要手机干吗？岂不与聋子的耳朵一样——当摆设吗？又一想，茅塞顿开：他是在忙着收发信息啊！如今手机功能不断增加，连哑巴聋子都离不开它了！科技进步，人人受益。

哑巴在忙什么呢？他虽没有参加辩论，但比谁都紧张。我相信，这次严厉的宏观调控，对他所掌控的资金一定带来很大压力。他不停地收发信息，连吃饭也不得安宁。准是忙着给资金搬家，从迷宫的一角搬到更为隐蔽的另一角……

童瞳，你还没有谈谈自己的观点呢。你对房价怎么看？杨画眉隔着餐桌朝我嚷道。

我用餐巾纸擦擦嘴巴，显出满有信心的样子：我的看法嘛，由市场决定房价。政府干预能取得一时的效果，可是从长期趋势看，房价上升，楼市兴旺，还是不会改变的！再说了，国家并不是要房价跌，只不过是控制它的涨幅，想让房价涨得慢一些……总之，我们的百慕大城没问题，这样的优质楼盘，即使在宏观调控的风雨中，依然能卖出好价钱！

显然，我这是说大话。此后几天，市场就给我颜色看了。水晶宫售楼处一改往昔的喧闹，气氛冷却直至冰点。牟小曼急得团团转，售楼小姐们使尽了吃奶的力气，也卖不出一套房子去。我亲自坐镇售楼大厅，眼巴巴地望着这座精美的百慕大城沙盘模型，祈求来个神仙把大厦整栋整栋地背走……

人呢？买楼的人都哪里去了？怎么忽然间就蒸发了呢？

王胖和咯咯鸡这样解答我的问题：人们捂着钱袋，等着房子跌价呢！买涨不买跌，这是楼市的基本原理。你现在就是降价百分之二十，我们还得看，没准儿你还得降价百分之三十或五十呢……

有两个信号，令我深感不安。其一，有人开始闹退房。付过定金的，甚至交过首付款的，寻找各种借口毁约，千方百计将已定购的房屋退还给我们。争吵、诉讼、劝说、妥协……终日按倒葫芦起来瓢，忙得我焦头烂额！

另一个信号，售楼小姐们纷纷跳槽。我说过，这些漂亮能干的小姐都属候鸟，天气一冷就开始迁移，飞往温暖的地方。拿不到奖金、提成，她们才不在这里待呢！

第一只起飞的鸟儿，就是钱笑娟。一天，她走进我的办公室，笑眯眯地对我说：童瞳，我要走了。我要跳槽到百盛集团去卖楼。

我吃惊地问：为什么？

笑娟翘翘她那玲珑的小鼻子，说：我的嗅觉特别灵敏，我闻出一种味道——百慕大城完了。你苦心经营的这个公司，也要完了！

我生气道：笑娟你不要瞎说，对我有意见，你就骂我好了，别拿公司说事！

她含情脉脉地望着我：骂你，我还真不舍得呢。要离开百慕大城，我唯一舍不得的，就是你……

钱笑娟是一位售楼能手，我真不愿意看着她离去。于是我决意挽留她：那么，看在我的面上，你是否能放弃跳槽计划，与我们共渡难关？

笑娟的媚眼变得分外妖娆，猩红的嘴唇微微上翘：你肯吻我一下吗？不准隔着玻璃。

我摇摇头：现在没心情。

钱笑娟的脚尖原地一个旋转，就把脊背对准了我：那就拜拜吧。没有爱，没有幸福，谁会和你共渡难关啊？

我苦笑：那倒也是。

我把她送到门口。真的，我心里竟有说不出的惆怅。我又站在玻璃幕窗前，看着她袅婷的身影在人行道上渐渐远去，直到她戴着的那顶红绒帽变为一个小红点。

这倒不是因为我心中的那点复杂感情，而是我意识到，一个严酷的冬天已经降临了……

二十七　楼王归来

我的老泰山，岳泰总裁终于回来了。

我得到这消息时，正在法院与裴行长周旋。华光银行已经一纸诉状，将我们告上法庭。法官在做庭外调解，希望我能自觉归还多达十亿元的本息，和和气气地将案子了结。法官大人说到十亿元时有些举重若轻，仿佛在其经手的案子中这算不上什么大数目。裴大光则板着脸，一副公事公办的样子。他似乎不认识我了，好像我们从没喝过酒，说过那些称兄道弟的话语。

还钱，必须还钱！他执拗地说道。英法官，我建议还是尽早开庭。应该说的话，我对恒泰集团高管层每一个人，包括童瞳先生全都说过了，我已经尽了最大的努力。

与裴大光一起来的还有一位副行长，姓潘，脸庞红而圆润，一望而知他正处于春风得意时。他接过裴行长的话题说：我看，我们还可以尽最后一次努力。多年的关系单位嘛，能不打官司尽量不打官司，撕破脸多难看？童先生你说对吧？

我马上做出判断，这位潘行长正是总行派来接裴大光班的。为了表现自己的清白，裴行长对我格外严厉。但他眼角的余光，却向我射来哀求的信号。我把脸转向窗外，望着阳光照耀下轻轻摆动的柳枝，一言不发。

英法官是一位女性，语气温和地问我：你的意见呢，童先生？谈谈你的想法……

我朝女法官微笑。我努力让自己的眼睛放射出迷人的光芒，使它像以往一样动摇女人的心境。我仍然不说话，一个字也不说。

裴行长气哼哼地说：开庭吧，别浪费时间了！你瞧他这态度……

态度不错嘛，童先生一直在笑。潘行长说出的话就像绊马索，总是绊住裴大光的腿脚。

女法官依然与我对视，目光清澈丝毫未受迷惑：我等着你说话呢，童瞳先生。

我发出一声叹息：让我说什么呢？该说的话我早就说过了，特别是对裴行长，就这笔欠款，我们进行过多次沟通交流……

潘行长的耳朵像猎狗一样竖起来：哦？你们怎么谈的？英法官和我都想听听。

我说：岳泰总裁不在，我无法做主。就是这句话。我对裴行长翻来覆去说过多少遍，你想听，我可以再对你翻来覆去地说……

就在这时，手机传出高昂而哼哼叽叽的歌声。我接听，是孙自之打来的。那瘸子激动地喊道：岳总回来了！他在飞机场给我打电话，现在正坐车赶回龙宫呢！

哦，我知道了。我含糊地应答一句，收起手机。

女法官继续问：岳泰总裁在哪里？童先生，你应该如实说出他的去处。

在英国。在伦敦。我停顿一下，又补充道，不过，刚才接到电话，他已经回来了，刚刚下飞机。

太好了！裴大光几乎喊起来。

潘行长脸色转为严峻，说：我请求法庭立即发传票，传岳泰到庭。

我斜他一眼：潘行长也太不近人情了吧？总得让人喘一口气吧？我提议，今天会谈到此结束。我向岳总做汇报，本公司会尽快拿出还贷方案。

裴大光似乎赞成我的提议，对女法官说：只要岳泰回来，一切事情就好办了。

圆脸庞的潘行长总要和裴行长唱反调。他呼地站起来，语调激烈地对英法官说：我还有一个重要请求，请求法庭立即采取财产保全措施，将百慕大城的房产全部封起来！

裴大光十分恼火：有这个必要吗？恒泰集团是大公司，岳泰的为人我也了解。我们以后还有业务往来，采取过激行动要考虑一下后果！

潘行长冷笑：据我了解，这家大公司很快就会垮台。岳泰制造的资金黑洞，足以吞没我们银行的十亿贷款！

我以局外人的口吻说：你们慢慢研究，我有事，先走一步。

女法官也站起身，道：今天就谈到这里吧。你们二位回去协调协调，拿出代表华光银行的一致意见来。

我在法院停车场上了桑塔纳，开飞车往百慕大城疾驶。真险！法院要是真的封楼，百慕大城的牌子可就砸了！形势严峻，关于资金黑洞的流言蜚语，到了非澄清不可的时候。老泰山只有一把拿出三亿两亿的真金白银，掷地有声，才能叫众人心服口服，才能化解迫在眉睫的信用危机。幸好，他回来了，还算及时地赶回来了！

我一直纳闷，老泰山怎么会忽然想起到伦敦去？这段时间里，多少危机在酝酿，多少明枪暗箭朝他射来，他竟如毫无知觉一般。我真替他捏一把汗。如果没有高明手段，如果没有独门绝招，老丈人的帝国可能毁于一旦！不过，我对楼王还是很迷信，他的力量肯定超乎常人想象。他只是沉睡着，等他醒来，等他站起来，我们就会看见一头雄狮，将敌人撕成碎片……

然而，一到家，岳静水就给我带来了坏消息——父亲心脏病犯了，施医生正在三楼对他进行急救。与我的幻想相反，雄狮并未惊醒，反而变成了一只病猫。

我拿过静水的烟盒，抽出一只细长的香烟塞入嘴里，咕咕哝哝道：怎么会这样呢？……

妻子说：父亲进卧室时在门槛绊了一下，差点儿跌倒。就这么一趔趄，心脏就剧痛起来。用他老人家的话说，就像一颗烧红的钉子钉入心脏。当时就不行了，人昏迷不醒。幸亏施医生在场，又是打针又是做心脏按压，才缓过气来。

老泰山固执得很，救护车都来了，他就是不肯去医院。施松鹤了解他的特殊病人，早有准备，提前联络了几位他的同事好友，都是心血管病专家，组成一个临时医疗小组。现在，他派车将专家们接来，这个医疗小组正在三楼紧张工作。

我点燃香烟，才吸了一口，就开始咳嗽：咳咳，我上去，看一眼吧？

妻子夺过香烟，叼在自己嘴里：你去看什么？爸爸不发话，谁也不能上去……瞧你这样儿，还抽烟呢！

岳静水衣帽整齐，还精心化了妆，像是要外出去约会的样子。也许是她父亲突然发病，也许是我回来了，她的计划被打乱，显得十分烦躁。那根香烟没抽几口，就烧尽了。从她嘴里喷出的青烟满屋子飘荡。她不换衣服，漂亮的小坤包还在手腕上挎着，来来回回在房间里走，高跟鞋踩着地板咯噔咯噔响。

我被法院传去了，华光银行把我们公司告到法庭。我忧虑地说，希望妻子能帮我分担内心的压力：你看，万一法院采取什么措施，比如，封了百慕大城的公寓楼，我们的恒泰集团可就要垮了……

岳静水挥挥手，赶走面前的烟雾，不耐烦地道：别对我说这些，我对公司的事情没兴趣。等老爸好了，你和他商量去。

我摇摇头：奇怪，你怎么像外人一样？一点儿不关心公司，一点儿不关心你爸……

我就是不关心！妻子一不做二不休，索性往门外走，我有要紧事，先出去一趟。爸爸交给你了，好好照顾他。万一出了差错，我可要找你算账！

我苦笑：万一老人家去了，可只有我在跟前送终。我真成孝子了！

别胡说，回头我拍你的乌鸦嘴！岳静水高跟鞋踩着楼梯，噔噔噔一路疾跑而去。见鬼了，她有什么事这样着急？

我走到阳台上，看见天空布满乌云。一阵狂风吹来，我打了一个冷战。真是不祥的预兆。莫非真要大难临头？恒泰集团，这个庞大的帝国，难道不作抵抗就要崩溃了？

我百思不得其解：楼王，你究竟怎么了？

二十八　密杀令

我睡着了，睡得死沉。半夜时分，妻子将我推醒。我揉揉眼睛，看见她还是那身时髦打扮，朦胧中搞不清楚她是刚回来，还是压根儿没出去。

岳静水说：我和爸爸一直谈到现在。我想叫你上来，爸爸说，不用了，让你睡吧……

我抱怨道：那你干吗把我推醒？我正做着美梦呢。

刚才爸爸来电话，忽然又要叫你上去。我也不知道老爷子搞什么名堂。你走吧，我要睡了。她一面打哈欠，一面脱衣裳。

我在楼梯上听见客厅里的大钟打响两点。对于一个刚刚发过心梗的病人来说，这可不是谈话的好时间。老泰山行事经常出人意料，不知道他为何选择这个时间召见我。不过，我真的很想马上见到他。已经有一大堆事情压在我心头，没有一根主心骨，我实在顶不起来。总算回来了，且看他如何收拾残局。其实，我内心早就盼望与老泰山进行一次深谈。

我走进三楼卧室。首先看见施松鹤，这位医生躺卧在沙发上，睡得像一只死猫。老泰山正把一件大衣盖在他身上，轻手轻脚，生怕惊醒了他。宽大的席梦思床收拾得整整齐齐，被子叠得有棱有角，显然是老泰山亲手做的活儿。床头，铁架子上挂着两只输液瓶，瓶中药水尚余一半，针管悬在空中，微微摇晃。我猜想，是老泰山自己把针头从静脉中拔出，翻身下床……

我有些着急：岳总，你……

老泰山笑眯眯地望着我。我发现，他面色红润，神情从容，完全不像一个挣扎在死亡线上的病人。他还抽烟，拿起烟斗用牙齿咬住，一边点火，一边意味深长地瞥我一眼。香喷喷的白烟弥漫开来，遮住他那张充满力量感的四方脸庞。

一瞬间，我感到老泰山复活了。是的，我心中一直在塑造老泰山将死的形象，千疮百孔，奄奄一息。可是一看见他，我就明白：楼王不会死。永远不会！

说吧，不用管他。老泰山用烟斗指指施医生，笑道，他太紧张了，真可怜。现在睡得正熟，打雷他也听不见。有什么话你只管说。

我知道施医生经常失眠，却没想到他能在老泰山卧室里，像婴儿一般熟睡。可以想象，他原本是来看护岳泰总裁的，他决心守在床前，寸步不离。可不知怎么，头一歪，就跌入醋甜梦乡。他的病人拔掉针头，翩然而起，又为他盖上一席大衣……这场景真有些滑稽！

你说呀！老泰山在一旁催促道。

我把目光从施医生身上收回，但是我不知道该说什么，一下子窘住了。望着老泰山，我脑子里一片空白，原先有那么多问题来汇报，现在忽然没了，仿佛什么事情也没发生过。

老泰山慈爱地笑了：真是个孩子。他把烟斗放在茶几上，任由烟火渐渐熄灭。他掰着手指头，缓缓说道：事情不少哇，咱们一件一件说。我帮你起个头吧，说说邓一炮吧，你那老舅想谋反，对吧？

我惊讶地问：你怎么知道？

我怎么会不知道？老泰山笑着反问，告诉你吧，在历史的每一个节骨眼上，邓一炮总要跳出来谋反。他脑后长着反骨哩！如果不是看在他姐姐——静水妈妈的面上，我早把他一刀斩了。不过，他也有好处，一旦风云过去，他马上就会痛哭流涕向我检讨。接着，他会忠心耿耿，将功赎罪。真是一员好将啊！

看着老泰山摇头晃脑地称赞邓一炮，我有些惭愧形秽。我怎么光看邓总一个方面，把他想得那么坏呢？

老泰山掰起第二根手指：再讲讲庄子繁吧，老庄找你了吧？他拉拢你，贿赂你，许下天大的愿，对吧？这个老庄，总爱玩弄雕虫小技，一辈子改不了老毛病！有用的，他拉不去；能拉去的，又没用。这样的教训不是一次两次了，他还不接受。最后怎么样呢？绊不倒我，还要合作。他会拉着我的手说，老岳老岳，还是你厉害，到底是楼王啊！哈哈哈……

我跟着老丈人放声大笑，毫不顾忌躺在沙发上的施医生。我心里有了一种自豪感，跟楼王站在同一高度，所有一切都变得那么渺小。他掰起第三根手指，我觉得眼前忽然一亮。定睛一看，老泰山无名指上戴着一枚钻戒。硕大的钻石在灯光下璀璨闪光。

我忙道：等一等，我先问一个问题——这是一枚结婚戒指吗？

老泰山翘起无名指，满脸春色地道：是的。它很美吧？不过，新娘子比它更美，美一万倍！

我能猜猜新娘是谁吗？

老泰山抬眼望着我：不用猜，我可以告诉你。是梅真，我们在伦敦一所教堂举行了婚礼。

那她，为什么没跟你回家，一块儿住在这里呢？

她不愿意。暂时不愿意。这座龙宫，哦，她不太喜欢。目前这个阶段她不适宜住在这里。毕竟，战斗还未结束，有时还会很残酷，我不愿意把她卷进来……

这事，需要我保密吗？我不由得想起杨画眉，问道。

无所谓。用不着保密，也不必刻意张扬。

老泰山不想多谈这个话题。他站起来，打开窗户，让春夜的芬芳气息涌入卧室。我看着他的背影，暗想：老头子燕尔新婚，旺盛着呢！我怎么也无法把当前这个破烂局面与他联系起来。他永远是赢家。梅真出嫁了，想到这一点，我心中有几分酸楚，几分沮丧……

老泰山转过身来，凝视着我的眼睛：接着说，你还有什么问题？

我有点儿泄气，道：我有什么可说的，所有的事情你都知道，一切尽在你掌握之中。看来，我是杞人忧天了……

不。我们确实面临危机，必须正视这一点。岳泰总裁走到我跟前，站住，神情十分严峻，说吧，华光银行把我们告上法院，下一步会采取什么行动？

我说：他们要申请财产保全措施，让法院封了百慕大城。

糟糕。老泰山拿起烟斗，点着火，滋啦滋啦吸着。许久，他又加强语气说一句：很糟糕。

主要是新调来的副行长，那个姓潘的，态度比较强硬。裴大光看来不行了，可能很快就要下台……

老裴表现怎么样？

他表面上凶，心里其实向着咱们哪。

那个姓潘的，潘行长，不惜一切代价，一定要把他搞定！你办这种事不行，太嫩。让孙总出马，师爷有办法。无论如何，一定不能让银行封咱们的门。你明白吗？

我点点头。停了一会儿，我试探性地说出自己的看法：事情闹到这地步，不管裴行长还是潘行长，很难把火灭了。我觉得，还是归还部分贷款，拿出三两个亿来，就能把所有的人嘴巴堵上。现在，外界都在传说咱们公司没钱了，资金链就要断了……

你说什么？老泰山眼睛一瞪，声音变得非常严厉，拿出三两个亿来？你说得倒轻巧，为堵人的嘴巴，就上亿上亿地往外掏钱？我告诉你，我们可以做出任何让步，绝不能归还贷款！这就是我给你划下的铁杠杠，你不准超越半点！

我有些恐惧，但仍坚持问道：可，可是我不明白，公司的资金都到哪里去了？为什么……

你的好奇心太强了，"为什么"问得太多了！这就是我对你这一阶段工作唯一不满意的地方！岳泰总裁直截了当地批评我，烟斗都指到我鼻子上来了，资金的事，不归你管，以后你就不要插手，不要四处打听！这也是一条铁杠杠，明白吗？

我被总裁泰山压顶的气势制服了，诚惶诚恐，不住点头。

这时，阳台上的八哥兴奋起来。这只绰号叫小坏蛋的鸟儿，带着老泰山的口音，念起了英语：L.M.E——L.M.E——

我们都安静下来，聆听这只神奇的鸟儿说英语。我很想问问老泰山，LME是什么意思？但是我没那个胆子，不敢。老泰山朝阳台探出头去，亲密地骂了一句：小坏蛋。接着，他把玻璃窗关上，又把窗帘拉严。当他重新在我对面坐下时，已经变得和颜悦色了。

我知道你心里憋着很多问题，但我现在不能给你答案。时机不对，现在不是揭晓谜底的时候。我只能告诉你，我，楼王，正在进行一场空前绝后的战斗！这场战斗胜利以后，我们的恒泰集团就会成倍、成十倍地膨胀起来。我把所有的精力、所有的资金集中起来，一定要打赢这一仗！人生难免决战，我现在正在决战！

老泰山的话，使我感到热血沸腾。我站起来，真诚地说：我能帮助你吗？我很想助你一臂之力！

老泰山也站起来，动情地说：我需要你，需要你保护我的背部。儿子，我得叫你"儿子"，只有儿子才能保护我的背部。我正在进攻，我知道有人用暗箭瞄准了我的后背，你要睁大眼睛，用盾牌挡住我的后背。我不怕死，但我要赢得这场战斗，不能在胜利到手之前遭人暗算。否则，我将死不瞑目！

老泰山老说"暗算""死亡"之类的词儿，使我产生不祥预感。周围仿佛有阴影迫近，我有点儿喘不过气来。

施医生翻了个身，大衣落在地上。老泰山走到沙发前，凝视他一会儿，又捡起大衣，为他盖好。

施医生要醒了，我得躺下。要不，他准跟我急……

老泰山放下铺盖，脱去外衣，躺下。真是奇怪，他的面容变得憔悴起来，一副病人模样。他哼哼唧唧地呻吟着，从枕边拿出一封信，交到我的手上。

你看看吧，我一进卧室，就捡到这封信。它就是我发病的原因……

我抽出信纸，一看，便明白情况严重了。那是密杀令，上面只有一句话——楼王七日必死！

我倒抽一口冷气，将信纸贴在胸口上。

施医生醒了，一跳，来到岳总床前。他用听诊器探索病人胸部，仿佛在他睡觉的时候病情发生了突变。老泰山面皮发紫，呼吸十分急促。施医生立即拉过氧气瓶，为他戴上氧气面罩。他又换上新的塑料管子，为老泰山进行输液。他全然不顾呆立在一边的我，独自忙得团团转。

我悄悄退出卧室。背后，传来施医生急切打电话的声音：钟医生吗，请你马上过来，叫上沈医生、吴医生……对，他不太行了，需要马上急救！

我彻底糊涂了。到底哪个是真正的楼王——需要急救的那个？还是燕尔新婚并生机勃勃地进行决斗的那个？

也许，我只是做了一个梦。

二十九　期货大世界

我打开笔记本电脑，上网查询 LME 这几个英文字母的含义。很快，我找到了答案：这是伦敦商品交易所的英文缩写。

巧嘴的鸟儿明白主人心思，主人常挂在嘴边的词儿，即使是英文，它也学会了。而我要搞清那个远在万里之外的交易所，为什么在老泰山心中有那么重的分量，却还得花一番功夫。

我知道应该去找谁——梅真。是这位神秘女郎登场的时候了！

凯瑞投资公司办公地点在国际金融大厦。这座大厦名声远扬，是因为最大的几家银行、证券公司、期货公司、保险公司集中在这里营业。各种各样的金融中介、投资公司、私募基金以及渐成气候的投机客蜂拥而来，安营扎寨，使得这座三十层的写字楼成了本市名副其实的金融中心。梅真能把公司办在这种地方，可见她的事业已经取得成功。

我站在人行道上，仰望国际金融大厦。玻璃幕墙在阳光照耀下显得格外辉煌，面对它，我睁不开眼睛，只觉得一阵阵晕眩。车流在我身后涌动，此起彼伏的喇叭声，搅得我心烦意乱。我带着一脑子光怪陆离的印象，踏上花岗岩台阶，随着玻璃门的转动，我整个人旋转着进入大厅。

电梯在二十一层停下。门一开，我就看见几个闪耀着金光的大字：凯瑞投资咨询有限公司——想必这是梅真公司的全称。我向坐在服务台后边的小姐打听梅真在哪里，那姑娘慌忙站起来，说：你找梅总？有预约吗？

预约？我笑起来，那么大架子？你告诉她，湘西老家来了一位哥哥，想看看她。

姑娘拿起电话，低语几句，然后对我说：对不起，先生，梅总到海天期货公司去了，请你在会客室等一下……

不用了，我去楼下找她。我挥挥手，退入电梯。

海天期货公司就在二楼，是本市最大的期货经纪公司。交易大厅被分割成许多方块格子，每个格子里有办公桌，有电脑。客户或经纪人伏在电脑跟前，时时敲打键盘，紧张地进行着交易。我找了一个空格子坐下，掏出手机拨通梅真的电话。

很快，梅真从走廊末端进入交易大厅。她抻着脖子东张西望，我站起来，向她招招手。

梅真快步走向我的格子。她有些意外，又十分不快，问我：你怎么找到这里来了？我正在和期货公司的老总谈事，你就不能在楼上公司里等我一会儿？

我说：我喜欢到这地方来。当年你干这一行，我拼命反对；你让我到期货公司来看看，我从不肯跨入门槛一步。现在想起来我真有点傻，大千世界，为什么不多去了解一些呢？你坐。

我拍拍身旁一把椅子，梅真站着，板着脸不肯坐。我说道：如果你有事，可以和那个老总接着谈。我在这儿等着。

我们已经谈完了。梅真在椅子上坐下，动作很生硬，你找我，到底有什么事？

我不吱声，只管敲打键盘。电脑荧屏翻出各种图表，有大豆、铜、棉花、燃油、麦子……五花八门的商品，简直把一个大市场装在电脑里。我赞叹道：呵，真有意思！能不能给我讲讲，这期货生意怎么做？

梅真一甩头发，身上溢出一股浓郁的高级香水味。她狐疑地望着我：什么时候对期货感起兴趣来了？你说过，你最恨期货，一辈子不会看这玩意儿一眼！

我叹息一声：是啊，期货，使我与自己心爱的姑娘分手，我怎能碰它呢？但是，时过境迁，现在我又对它感兴趣了。我想了解一下，这个神秘的生意究竟是怎么回事？

梅真沉默不语。她保持着内在的警惕，想摸清我真正的意图：童瞳，我现在很忙。如果你想开玩笑，或者想和我叙叙旧，我们可以另约时间，在星巴克咖啡店见面……

我扫了她一眼，声音里升起怒气：太过分了吧？怎么？不把村长当干部？告诉你，梅真，今天我是客户，专程找你来谈业务。凯瑞投资公司就以这种态度对待客户？

对不起，是我不好。

梅真自觉失态，来了个急转弯。她冲我嫣然一笑，变得热情、干练，完全是一副职业女性模样。她侃侃而谈，介绍商品期货的交易规则，每一品种的走势特点，主力动向等等。我用心听讲，像一个小学生。往日的恩怨，刚才的摩擦，都被远远地丢开……

我很快掌握要领。商品期货的关键，在于它实行保证金交易。交百分之五的保证金，可以买卖百分之百的商品。例如，你要买铜，花五万块钱，就能买进一百万元的铜。铜价上升百分之五，你投入的资金就能翻一倍。铜价下跌百分之五，你的保证金就赔个精光！这是运用资金杠杆，以小搏大，把风险与利润都放大到极致。这种生意刺激、危险，能使人一夜暴富，更能使人瞬间崩溃。它确实具有一种魔力，令人无法抗拒！

梅真打开伦敦铜的周线图。我的目光立即被 LME 三个英文字母所吸引。

她说：你看，这座山峰，是铜十七年以来的价格顶峰。类似这样的顶峰，伦敦商品交易所有史以来一共出现过两次，现在正处于铜价的第三个高峰。这是卖空铜的战略性机遇。如果你在这个峰顶卖出一百万元的铜，当它跌到铜价低谷，就是这一带，你就可以获得十倍的利润，赚到一千万元啊！……

我说：我是一个房地产商，铜价的涨跌与我有关系吗？

梅真眼睛里放出光彩：当然有关系！房子就是由铜、钢筋、玻璃这些材料盖起来的，你卖出铜，等于卖出了房子。比方说，现在房价涨得太高，你预期它会下跌，一下子又不能把所盖的房子卖掉，怎么办呢？你可以卖空铜。当铜下跌时，其他金属商品也下跌，房价也在下跌。最后，你虽然在房子上赔了钱，却由于你在铜期货赚得了丰厚利润，就对冲了损失。甚至，你能获得比卖出房子多得多的利润……

妙！我拍拍巴掌道，真妙！这主意应该告诉我老丈人，我们百慕大城就能躲过这次宏观调控了。

梅真笑道：你老丈人早就看到这步棋了。

我转脸望着梅真：是吗？能不能跟我谈谈这次伦敦之行？

梅真避开我的目光。她朝交易大厅四周看看，皱起眉毛说：这地方太乱。走吧，上我公司坐坐。

　　我站起来，随她离开海天期货公司。

三十　失去的梅真

梅真不停整容，所以谁也无法辨认她本来的面貌。这一次去伦敦，她又一次大规模整容，美貌中融入欧洲风采，特别是一对乳房，像性感炸弹似的几欲将内衣炸碎……

她结婚了。她迈入人生的一个新阶段，当然要再一次改变自己的面貌。无论是谁，如果能像我一样认识当初的梅真，都会感叹一个女人变化如此之大！她离开自己人生的起点，渐行渐远，以致再也找不到真正的自我。

可悲吗？恐怕可悲的是我。

我与梅真都是从湘西大山里走出来的。原先，我们并不认识。有一次在饭店邂逅，我们同坐一桌，都拼命往面条里舀辣子。就凭这一点，我们就认了湖南老乡。说起来，我和梅真还是同一个县的，不过她出生在县城，而我在山沟沟里长大。老乡见老乡，两眼泪汪汪，我们的感情一下子亲近起来。

顺便说一句，我把自己的籍贯当作机密，一向严加保守。除了这次和梅真认老乡，我从没对第三者承认自己是湖南人。并且，我很快就后悔了，千叮万嘱不许梅真告诉旁人我的底细。我的北方话说得很好，别人问起来，我总说自己是东北人。岳静水现在还常说，让我领她回东北老家看看。我总是敷衍搪塞，蒙混过去。我这样做，是有特殊理由的。到目前为止，这理由本身就是秘密！

两个湘西人在这座大城市闯荡，我们一下子就贴得很紧。没钱，这是一个重要原因。两个人住一间小屋，省房租，省饭钱。我目标明确，一来就往房地产公司奔。又做好了假硕士文凭，所以很快找到工作。梅真可不走运，相当长一段日子靠我养活。她在家做饭洗衣，每天站在小屋门口眼巴巴地等我回来……

我和梅真在特殊时期发生的特殊恋情，虽然有许多原因，但最重要的一条，就是她的形象特合我的胃口。没整过容的梅真，是什么样子呢？我得为她画一幅简单的肖像：清秀、白净、小单眼皮特别有味道。梳短发，戴秀琅眼镜，看上去像一位刚工作不久的中学教师……

是的，她与琴泉长得一模一样。

梅真还真是中学教师，在县城教初一语文。那清纯劲儿，我一见就喜欢。我说过，我对无数美女都缺乏兴趣，独独偏爱这一类型的姑娘。那时，我爱梅真真是爱得要命！

但是，梅真有野心，或者说有雄心，雄心勃勃。在她文静的外表下面，总是奔涌着不安分的激情。否则，她也不会辞职下海，跑到这座大城市来冒险。在她做饭洗衣的时代，她就不止一次地向我预言：总有一天，我要养活你！有一次，我们路过国际金融大厦，正逢大厦开张典礼，排场豪华，热闹非凡，梅真仰望着崭新的大厦，立下誓言似的说道：总有一天，国际金融大厦里会有我的公司！每天，我要开着轿车来这里上班……

梅真就是这样一个女人。我曾为她搞到一个位子，让她当售楼小姐，可没几天她就干够了。她还到一份小报当过记者，在一家公司当过文书，哪份工作也干不长远。

我摇头叹息：梅真呀梅真，你到底要什么呢？

终于，她找到了她想要的——在一家期货公司当经纪人。我问：期货是什么？她用了六个字概括她的新职业：紧张、刺激、暴富！从此，梅真就变了一个人，精神抖擞，两眼放光，日夜奔走，挥金如土……我拽都拽不住她，眼看着她飞上天去。

我们把小屋退了。经常有男人用轿车来接她。在审美趣味上，我们也发生冲突。梅真批评我的眼睛，使我大为伤心。

我不喜欢你的眼睛。

为什么？

太大，太漂亮。

那还不好吗？许多女人都喜欢我的眼睛。

她们懂什么？男人的眼睛要小，要老辣，有一种狠光！

她批评我倒也罢了，但她改变自己的容貌使我无法忍受。我们分手的导火索，就是她第一次整容。她把眼睛割宽了，并且开了双眼皮。我痛心地大叫，整个人一下子蹦起来。完了，我心爱的一双秀眼从此在世上消失了！

内容无法统一，形式又破碎了，我和梅真不得不分手。我们冷静地喝咖啡，答应为对方保密，做一对好朋友。然后拜拜。

梅真在她的领域迅速发展，许多有钱老板都成了她的客户。为了迎合这些男人的口味，她一次又一次整容，离本相越来越远，在我眼中也越来越陌生。

而我，失去了爱情方觉可贵，总是在女人群里寻寻觅觅，希望找到那张清秀的脸庞……

怎么不说话？梅真问道，你在想什么？

想我们的过去。我的目光凝视她的无名指，那上面戴着一只漂亮的钻戒，一看便知与老泰山的那只是一对。我说：不过，想有何益？瞎想罢了。这趟去伦敦，你结婚了吧？我还没有祝贺你呢。

梅真一甩波浪形长发，反唇相讥：你和岳静水结婚，我也没有来得及祝贺。我看，咱们互相免礼吧。

我苦笑：不是一家人，不进一家门。真没想到，我们成了丈母娘与女婿的关系。

梅真脸微微一红。她又正色警告我：我们过去的事情，你可一个字也不准透露！

当然，我不会自讨苦吃，我老婆、我老丈人若知道我过去的秘密，能把我活活掐死。不过，我还要问你一句，你走进岳家，到底想干什么？

梅真揉着人造希腊鼻，动情地说：没有岳泰，就没有我的公司，就没有我的一切！他对我这样好，我当然要终生依靠他……

这话，就像你的鼻子一样，很美，却很不真实。她女儿都比你大，你怎么会甘心嫁给一个老头？

老头？他是楼王！她嘲笑地瞥我一眼，你应该知道我的审美观，我喜欢老英雄，胜过喜欢小白脸。

我被刺了一下，说话也尖刻起来：更何况，这老英雄把身家性命都押在你身上，是吧？伦敦铜，搞不好会毁掉楼王的帝国。你究竟是爱他呢，还是恨他？

爱他。他的帝国，就是我的帝国，我们俩是连在一起的。说得再直白一些，我爱他的帝国。

我笑了：这一点，咱俩倒挺一致。我也爱他的帝国。

不见得。梅真冷冷地说，有一件往事，今天我要重提。住在小屋时，有一天你喝醉了酒，一边哭一边大喊报仇，你说你有一个复仇计划，到这个城市来，你就是为了有步骤地实行这个计划……

哪有的事？梅真，你，你瞎说什么……

梅真凑到我跟前，审视我的眼睛：现在，应该我来问你——你走进岳家，究竟有什么目的？

我的心提到嗓子眼上。脸烧得厉害，准是成了一块大红布。

梅真拍拍我的头，就像拍小孩子一样。她轻声地、命令式地说：今后，你一切都得听我的。在岳家，我们必须结成同盟，你懂吗？

我木然地点点头。

三十一　王胖计穷

王胖邀我去西山看桃花，我不去，说没空。可他死活纠缠，硬把我拉上他的车。我知道，他有事求我，准是一件麻烦事。

车内坐着咯咯鸡，他带着新交的女友，一位三十岁左右，刚离了婚的少妇。他们坐在后排，我坐在副驾驶座上。王胖的老别克破是破了一点儿，但却宽敞、舒适，原是为人高马大的美国佬设计的。王胖扭回头说：你们俩在后座上睡觉都成，美国人专在车上干那事儿！

女的咻咻笑，咯咯鸡严肃地说：司机同志，请你不要玷污我们的爱情。说完，他又掏出小瓶子往眼里点药水。

西山是我们这座城市的著名风景区。秋天，看枫叶红遍，春天，看桃花盛开。不过，现在已是暮春，桃花都谢了，我们去看什么？

王胖争辩道：卧佛寺那一带的桃花开得晚，现在正是好时候。后车厢里装满了啤酒、烤肠，待会儿赏花饮酒，定让我们乐不思蜀，一醉方休！

这两条房虫，一切行动皆与房子有关。特别是王胖，近来东一头西一头地卖房，总也找不到下家，估计信用卡透支的把戏玩不下去了。他找我，我有什么办法呢？莫非让我买他两套房子，接替他当投机客？我自己的房子还卖不出去呢！

楼市一下子萧条，各家房地产商争先恐后推出优惠条件，向顾客赠送大礼包似的。我们百慕大城也不甘落后，免物业费、暖气费，送家电，甚至一年不收热水费，请业主们免费洗澡……

我对售楼小姐们说：什么都可以送，就是不能降价！降价会形成雪崩效应，你降我也降，顾客们袖手旁观，等着拣更便宜的货。结果，市场垮了，房子还是卖不出去……我让姑娘们坚持，自己也咬着牙关坚持。可是坚持到哪天才是个头？谁也不知道。

房子越不好卖，银行催得越急。房地产市场从来就是良性、恶性两大循环交替——楼市火爆，银行会追在屁股后面贷款给你。用他们行内的话说，这是一块优质资产。房子越盖越多，房价越涨越高，物极必反，楼市总有一天转而下跌，陷入低迷。银行马上翻脸，惊呼房地产属于高风险领域，又追着你屁股后面讨债。依我看，银行自身就在推动房产价格大起大落，它像一台放大器，放大了楼市的风险……

我这样感慨，是因为法院已经做出判决，判我们恒泰集团立即归还逾期贷款，连本带息高达五亿元。并且，再过两个月，又有五亿贷款逾期，华光银行将会把恒泰集团再次推向法庭。孙自之一趟一趟找潘行长，腿跑得更瘸了，就是攻不动这个堡垒。姓潘的面对各种礼物毫不动心，他的目的是要搞倒裴行长，自己取而代之。这几天我动不动就被法院传去，日子实在难挨……

你们猜猜，这些日子我在家里读什么书？咯咯鸡在后面大声说话。与我和王胖不同，他脸上丝毫不见愁容，倒是喜气洋洋。

王胖按按喇叭，把马路中间一条黑狗吓跑。他没好气地说：爱干吗干吗，谁管你看什么书？哥们儿心里正烦着呢……

呃，你把我看的书拿去，心里就不会再烦了。我这书，专治心烦的病。咯咯鸡摇头晃脑地说。

哦，什么书这样神？

毛主席著作——《论持久战》！

扯淡！王胖叫道，我要卖房子，又不是打鬼子，毛主席他老人家能帮上忙吗？

咯咯鸡把头探到前排，神秘地说：眼下的形势，正用得上持久战理论。我悟出一套招法，帮我们安然渡过难关。房子不好卖是吗？我不卖了！一套也不卖，我全部出租。用房租还按揭，不够我就动老底子，往上添两个。坚持几年，房租上去了，楼市也走出低谷，我连鸡带蛋利上加利打一个大胜仗！我算过了，这样获利更丰厚。我这儿有一本细账，讲给你们听听……

得得！我把咯咯鸡的脑袋拨拉到一边去。你过去不就是这样干的吗？老招法，没什么新花样！

王胖鼓着腮帮子说：谁像你？老资本家底子厚，沾你老爹的光哪。我欠了一屁股债，地道大负翁，还不知能不能熬过六一儿童节呢！

反正，我这一招就是灵！租房子，讨老婆，打持久战。哎，等我和丽娜结了婚，就添了一个帮手，她好帮我到处收房租哩！咯咯鸡说着，缩回后排搂着女友做亲热状。

我知道他心思，他还想着生儿子呢。我提高嗓门说：打持久战，生儿子。只要有了接班人，一代一代往下耗。你的房子就像滚雪球一样，越滚越多。你呀，真是一条老房虫！

王胖心情沉重。他和咯咯鸡不一样，一夜暴富，基础不牢。遇上风吹雨打，他就招架不住了。王胖有遗传性高血压，高压常在一百六左右打转转。我侧脸看看他涨得通红的脸庞，估计现在血压肯定达到二百了。

我曾劝他：你有这病，还背那么多债买房子干吗？累不累？当时王胖春风得意，笑嘻嘻地说：刺激！我这人活着，就是图个刺激！现在倒好，刺激大了，受不了了，看你王胖怎么收场。

西山卧佛寺果然有一片桃林鲜花盛开。我们在桃树下铺一块雨布，饮酒赏花。咯咯鸡和丽娜女士坐不住，钻入桃林深处卿卿我我去了。我和王胖呷着啤酒谈心。王胖打开心灵闸门，一肚子苦水朝我滔滔涌来……

哥，我得叫你哥，现在只有你能救我了。你知道我玩信用卡，搞来第一笔资金炒房。我把资金细节讲给你听，你就会明白我现在有多难了。为我办信用卡那家公司，是黑中介，老板叫老疤，打交道多了，也成了我的哥们儿。他公司有一台 POS 机，我总在他那里刷卡，走公司流水账，他给我提现金。这样，我可以享受刷卡消费的免息待遇。但是，老疤每次收我百分之二的手续费，所以也是一种变相高利贷。

关系铁了，老疤向我透露，他还兼营地下钱庄。我喜出望外，就以百分之二十的高息向他借了一百万元高利贷……瞧，这就是我资金来源的构成。架子是扎起来了，但整个儿是个虚的。高风险，如履薄冰，我比谁心里都明白。

这两年楼市火爆，我也算一路顺风。炒进炒出，短平快，在房子上确实赚了大钱。我要是见好就收，把信用卡、高利贷之类的债务统统还掉，还真能落下一笔钱自己享用。可是，人心不足哇，钱越多，我买的房子越多，拼命扩张。两个月以前达到高峰，我手里有十二套房子！

哪来那么多钱？银行见我信用不错，把透支额度提高了；老疤见我有那么多房子，极力怂恿我借高利贷。好，两下相加，我现在欠了八百万元的债！突然间，天塌了，宏观调控谁也治不着，单单把我给治了。我跳楼，我割肉，拼命弄钱还高利贷，到现在还欠人家三百五十万元！哥，你说我怎么办？

房子越来越难卖。老疤翻脸了，领着几个打手天天上我家闹。老婆和我分手，前天刚办完离婚手续。我们夫妻长期不和，主要是我性无能——瞧我胖的。人不行，前途也暗淡，女人还跟着我干啥？哥，我现在家破人亡了……

王胖泪流满面。我看不下去，就主动问：你说，要我帮什么忙？

我在百慕大城也有三套房子，总价值有四百万。我实在舍不得割肉，再割，我连老疤的高利贷也还不上了。现在，我只能求你，帮我把这三套房按原价退回。哥，你一定要救我……

我一怔：退房？你一开头，别人都跟着退，我这边不就塌天了！

秘密地退，谁也不会知道。我不是有你这么个哥做老总吗？你高抬贵手，悄悄地把事办了，不就万事大吉了吗？我给你磕头，哥……

王胖跪伏在雨布上，不住磕头。风吹过，花瓣如雨落下，沾了他一身。

我为难地说：这可不行。开发商最忌讳客户退房，尤其是眼下这节骨眼儿……

王胖站起来，从口袋里掏出一份打印材料，递到我面前。他说：

你实在不肯答应，我也只好对不起你了。你瞧瞧，这是律师写的起诉状，上面列举了退房十大理由。你不答应，我就要打官司。这样，对贵公司形象更不利。一旦我的官司打赢了，百慕大城会有更多的客户起诉你们。你想想，到底走哪条路好？

这小子，软的不行，又来硬的！我把打印材料揣在兜里，拿起啤酒瓶说：见外了吧？这还算弟兄？来，干一下，咱们把这瓶啤酒一口气喝出来。然后，再慢慢商量你房子的事情……

哥，只要让我退房，你就是叫我喝一瓶毒药，我也一口干！

王胖说着，扬起脸来，将一瓶啤酒咕咚咕咚灌进喉咙。

三十二　反击

我预计老泰山会进行反击。但我不知道他将采取什么手段反击。他的敌人太多，面临的头绪太乱，没有高招，很难下手。说实话，我心里有一点点失望。老看着他被人明里暗里地攻击，从不见他还手，人总是病歪歪的，哪里像一个楼王？所以，我渴望他亮出高招，一举扫平所有敌手，让他们俯首称臣。

高招亮出来了。老泰山让我开了眼，他只摆了一桌宴席，就把对他不利的复杂局面一举扭转过来。这功力，确实不是一般人所具备的。作为他的女婿兼徒弟，我真的佩服得五体投地。

高招出于一位名叫查赫里的美国佬。查赫里高个儿，英俊潇洒，讲一口地道的北京话，我总觉得他是大山的哥哥——是那个广为中国人所熟悉的、可爱的加拿大小伙子的化身。仅凭这一点，酒席桌上就会妙趣横生，笑语连连了。但是，这个查赫里的身份却又如泰森那样的重量级拳手，使宴会参加者不敢纵声大笑，只能克制地、阿谀逢迎地露齿微笑。查赫里是大摩投资的亚太区副总裁，而大摩投资又是名震全球的大型投资基金。

我们早就知道大摩投资。那是财神爷，国际性的财神爷。它有多少钱呢？请你听听查赫里对排列在宴席第二位的尊贵客人所说的一番话吧——

市长先生，如果贵国政策不加以限制，如果阁下您以及您的政府真心欢迎的话，我们基金可以一举买下这座城市所有新盖的楼盘！如果您相信我的话，请您干了这杯酒。

马副市长站起来，赶紧与查赫里干杯。他说：我当然相信，而且，我真心欢迎大摩投资进入我市房地产市场开展业务。改革开放是我们一贯坚持的政策，谁不欢迎国际性的投资者呢？我和岳泰总裁是老朋友，我亲眼看着他的公司逐步成长壮大。所以，我希望你们这次合作能够成功，能够成为一个良好的开端！

对，这仅仅是开端，我们盼望查赫里先生迅速扩张业务，与更多的房地产公司合作。在此，我代表全体房地产同仁，敬查赫里先生一杯酒！

热心的敬酒者不是旁人，正是岳泰的老对头庄子繁。瞧我老丈人的手腕，居然把他也给请来了！酒席桌上能没有戏吗？

NO，NO！查赫里伸出长长的手臂，挡住庄子繁努力递过来的酒杯，连连摇头，你，不能代表整个房地产界。我们对民营企业更感兴趣，我这次来，就是专门和岳泰总裁商谈参股百慕大城项目的事宜。现在还轮不上你。

庄子繁有些尴尬，他端着酒杯，坚持往查赫里面前递：我们百盛集团可是上市公司，公众持股，也可以算民营企业嘛。

那洋鬼子真不给面子，长胳膊挺着，雪白的巴掌立着，就不让庄总的酒杯靠前。嘴里还损人：上市公司，照样是国有股占比最大。否则，你们还搞股改干吗？

我怀疑老泰山与查赫里暗中有交代，专门让他在酒桌上抽庄

168

子繁的脸。可怜庄总，脸红一阵白一阵，拿着酒杯进退两难，不知所措。

老泰山使个眼色，梅真站起来。她用流利的英语，对查赫里说了两句话，又将他的酒杯拿过来，端到庄子繁的面前。

查赫里先生喝多了，实在不胜酒力。他请我代表他，干了这杯酒。庄总，我先喝为敬。梅真把红酒杯里的葡萄酒一饮而尽。

庄子繁想挑刺，环顾左右：这位小姐是谁？怎么没有人为我介绍介绍。

岳泰总裁笑盈盈地说：梅真是我的太太，我们最近在伦敦西斯敏诗大教堂举行了婚礼。喜酒改日再补上。老庄，别看梅真年轻，论起来，你该叫她嫂子呢！

庄子繁惊讶地瞪圆眼睛：哟，原来是我的小嫂子啊！这酒不行，换五粮液。我们连干三杯，就当作喜酒了。

酒毕，庄总微有醉意。他摇摇晃晃地走到老泰山跟前，握住他的手摇了又摇：你艳福不浅啊，老夫少妻，羡慕煞人！生意又绝处逢生，柳暗花明……老岳老岳，我真服了你了，不愧是楼王啊！哈哈哈哈……

老泰山也哈哈大笑。我跟随着他们，笑得格外响亮。因为我想起老泰山曾模仿庄子繁的口吻，说过一模一样的话，真是料事如神！

坐在我旁边的邓一炮阴沉着脸抽烟。他可能想起过世的姐姐，心情难免郁郁。有意思的是，公司副总里老泰山独独请了他来。这可不是宠幸，而是给他一个下马威！楼王势力强盛，看你敢轻举妄动？

老泰山说：老庄啊，百盛集团上市，你可是先行一步啊！我受了启发，也要步你的后尘。这不，查赫里先生与我的合作分两步走，先是参与百慕大城的开发；第二步，大摩投资就要作为保荐人，把恒泰集团推到香港股市上市。咱们殊途同归，国有企业，家庭企业，最后都要转变为股份制企业。这也是潮流嘛！

庄子繁由衷地感叹：佩服，佩服！今后，咱们还要更密切地合作。恒泰、百盛，老庄、老岳，本来就是一对亲兄弟嘛！

老泰山开始敬酒。他的第一杯酒不是敬马副市长、查赫里，而是敬一位圆头圆脑、始终沉默不语的客人。这是何方神圣？我仔细倾听老丈人的敬酒词，才知道他是华光银行总行副行长，姓郑。乖乖，我老丈人把裴、潘二位行长的顶头上司搬出来了！

郑行长，若不是马副市长的面子，你我是坐不到一张桌子上来的。不过，我和华光银行长期合作，对你的为人早就了解。最近，我和贵行有一点儿小麻烦，求你从中斡旋，为我们将来更广阔的合作打好基础。

圆头圆脑的郑行长站起来，道：什么也甭说了，有幸与你相识，见到今天这个场面，我对贵公司的前景有了更深入了解。哪个银行也不会在暂时的困难面前，将一个优质大客户推开。

老泰山双手端杯，举至前额，朗声道：滴水之恩，该当涌泉相报。这杯酒，我敬了——

等一等！我站起来嚷道，岳总，这酒你不能喝。你刚刚发作过心肌梗塞，喝酒会要命的！

这是我女婿，心疼我呢。老泰山向郑行长解释道，小毛孩子，这场面哪容你多嘴？干杯！老泰山与客人碰杯，将一大杯葡萄酒咕咚咕咚喝了。

查赫里有事，提前离席，老泰山问：你怎么走？

他拍拍双腿，幽默地说：坐11路车。我住的酒店离这儿不远。

立即，有好几个人站起来，要开车送查赫里。

马副市长说：我还有个会，也要走，还是我去送查赫里先生，路上我们还能多谈谈。

查赫里推推滑到鼻梁的眼镜，跟在马副市长后面出门。我们送到门外，他还回头做个鬼脸：市长先生官大，跟着他走没错！拜拜。

添酒回灯重开宴，我真担心老泰山身体吃不消。可他精神焕发，红光满面，不见半点病容。

老泰山拿过装葡萄酒的大红酒杯，倒了满满两杯五粮液。他又做惊人之举，竟要用这酒与邓一炮干杯。我不由暗想：得，轮到邓总了。作为内奸，老泰山肯定要整他！

老弟，咱俩干一杯酒。什么也不用说，尽在酒杯中。

这一杯酒足有三两三，还是高度白酒。我的心脏不好，喝了准完。

哈，也巧了，咱俩连病都一样。你心梗，我也心梗，看看谁先去见阎王爷。喝！

老泰山站起来，像喝白开水一般大口大口喝酒。他嗓子里发出很大的响声，满桌人都能听见。我看了看梅真，她像一个局外人，无动于衷。

我高呼：停止内战！就绕着圆桌跑去夺酒杯。但老泰山已经把酒喝完了，我拿着空酒杯发呆，显得傻乎乎的。

老泰山从容坐下，依然红光满面，笑眯眯地瞅着邓一炮。

邓总还没喝酒，脸色开始发紫。他慢慢地擎起酒杯，放在唇边，停顿。两道目光逼视着他，极有分量。他明白，即使是毒酒，他也必须喝下去。王就是王，这种时刻才见出分晓。

邓一炮艰难地、顽强地将三两三五粮液喝下去。杯里空了，他人也软瘫在椅子里。一撒手，当啷啷一响，那酒杯就摔成一堆碎片。

真不是一个量级的。我在心中评判。

老泰山对我说：还愣着干啥，打120，叫救护车来！

三十三　铜

深夜，我看铜。

这是一件很有意思的事情。我伏在电脑前，聚精会神地看着伦敦铜上蹿下跳。铜们脱离了实物形态，化作一根根棒状线条，随着时间推移而不停变化。当铜价上涨，棒条呈红色；当铜价下跌，棒条呈蓝色。这些或红或蓝的棒条，犹如一群小精灵，活蹦乱跳。LME，伦敦商品交易所正在进行热烈的交易，价格走势图通过互联网输入电脑，呈现在我的眼前……

现在我明白了，老泰山书房里那间神秘的小屋，并未供奉什么菩萨，而是摆放着电脑——就像我面前的电脑一样。不像人们所猜测的那样，老泰山并没有走火入魔，他的精神完全健康。他钻入密室，彻底不眠，只是在关注伦敦铜的交易情况。《圣经》上说：你的财富在哪里，你的心就在哪里。我老丈人岳泰总裁，他的财富在伦敦，心当然也就在伦敦。

由于时差关系，他那颗心脏长期经受熬夜的折磨，难免出现故障。他无心照料公司事务，也情有可原，因为公司最宝贵的鲜血——资金，已经流淌到伦敦商品交易所里去了。

怎样评价这件事情？我不知道。我正在学习一些有关期货的知识，并且像老丈人一样熬夜看 LME 铜的交易情况。我力图理解他所做的一切。我本能地感觉到，铜，才是所有问题的关键所在。老泰山只要在 LME 打了胜仗，他就能赢得大满贯，甚至赢得整个世界！反之，我却不敢想象……

常人眼里的困境，在老泰山眼里算不得什么。鸡毛蒜皮，雕虫小技，小儿科……老泰山大手一拍，所有的阴谋诡计都粉碎了！邓一炮被一杯五粮液送进医院，心肌梗塞再次发作，现在还未脱离危险期。庄子繁带了许多贵重礼品，亲自来龙宫，登门拜访。我明白，他心里还惦记着那位查赫里呢。华光银行那边的态度也软了下来，法院判决书下来了，却迟迟未执行。我和裴行长又签订了新的还款计划，八亿元贷款再一次被展期。潘行长显然被老裴甩到一边，唉声叹气去了……

瞧，事情都搞定了。他们都犯了一样的错误，既低估了楼王的实力，又未找准他的死穴。

死穴，如果真的存在的话，那就是伦敦铜！我不清楚老泰山在 LME 所进行的交易规模有多大，但是，梅真说过一句话：伦敦铜每跌一美元，我们就能获利一百二十万美元！我就想：反之，铜每上涨一美元，不就净赔一百二十万美元吗？自从我了解了我国的期货交易规则，考虑问题总爱想到两个字：反之。梅真还告诉我：他们这次投资的获利目标，是十亿美元！天文数字确实惊人。然而我却还是忍不住想——反之！

老泰山输十亿美元会怎么样？资不抵债，破产，坐牢。那真是泰山崩塌，大厦倾倒。我实在不敢想象。

我搞不懂，像老泰山这样一个精明、冷静的人，怎么会陷入这么一场豪赌呢？无疑，是梅真起了作用。关于卖铜就是卖楼的说法，确实颇有诱惑力。老泰山也许接受了这说法，在想象中提前卖出百慕大城所有的楼盘。梅真是大学生，是英语教师，她身上某种东西肯定打动了农民出身的老泰山。梅真为他打开世界金融之窗，让他看见一个活跃多变、花样翻新的大千世界。我猜想，老泰山面对一举获利十亿美元的投资前景，肯定怦然心动。

原本，老泰山只是在上海期货交易所卖空铜。很快他就感觉到，对于他这样的重量级大鳄来说，国内期市这碗水太浅，庞大的资金很难自由进退。况且，伦敦铜价格比上海铜高出两千元一吨，保证金比例又低。要做空头，总是捡价高的铜卖空为好。在梅真的鼓动下，老泰山逐步将资金移到海外，在 LME 开户建仓，由梅真在国内电脑上为他操盘。伦敦他很熟，外孙伊克在那里，还有一栋花园洋房。最终，他与梅真结婚，结为不可分割的同盟。似乎是命中注定，伦敦成为老泰山人生旅途中的重要驿站。

梅真说，其实，国内很多大机构、大公司，都到伦敦去卖空铜。他们做一种期货套利交易，国内铜价低，就在上海交易所买入铜；国外铜价高，他们在伦敦交易所卖出铜。这样，从理论上说可以赚取不菲的利润。在出海卖铜的投机大潮中，甚至还能看到国家储备中心的重量级人物的身影……

确实，我在期货网站上看到许多文章，评论家们都说铜处于十年以来的历史高位。若抓住机遇，进行战略性建仓，现在做空铜必获厚利——其论调与梅真一模一样。在这种氛围中，老泰山很容易受到感染，他勇敢地闯入一片陌生领域，开始一场历险记。

从图表上看，铜价犹如一座突兀拔起的峰顶。眼下，铜们上蹿下跳，在三千至三千二百美元一吨的价格区间内大幅震荡。有报道说，国际基金正在大量买入铜，与来自中国的大空头进行博弈。我未免有些担心，玩这套把戏，中国人恐怕不是对手。那些金融大鳄都成了精，万一在铜价顶峰又拔起一座山峰，不就要我老丈人命了吗？

凌晨三点，行情结束，世界变得一片宁静。我关机，合上笔记本电脑。在黑暗中，我默默地坐着，一动不动。照我看，形势不太乐观，至少，现在还是胜负难料。

我下楼，在客厅里徘徊。老猫菲菲跟在我后面，发出疑问的喵喵声。我跺跺脚，把它赶走。我喜欢寂静，喜欢在黑暗中审视龙宫的每一个角落……

老泰山摆平他所有的对手了吗？恐怕没那么简单。在这座别墅里，隐藏着一个危险的敌人，我至今没有把他搜寻出来。老泰山也明白这一点，所以让我保护他的背部。是啊，他正在伦敦商品交易所血战，背后再让人捅一刀，可怎么受得了？我责任重大啊！

谁，将恐吓信丢入老泰山的卧室？楼王七日必死，这是诅咒还是警告？老泰山去伦敦之前，连续三日发生厨房煤气着火事件；他走后，一段日子里风平浪静。他刚回来，马上收到死亡威胁信。这是同一个人干的吗？此人目的何在？他究竟是谁？

赴宴前，我把庄子繁确定为外部敌人，把邓一炮确定为内部敌人。现在看来必须重新定位：做多伦敦铜的国际基金是外部敌人；那个影子一般在龙宫里神出鬼没的对手，是内部敌人！他们的存在，都将置老泰山于死地。他，远未脱离危险。

我穿过底层走廊，扫视每一扇房门。施医生、沈大厨、小王、小李都在熟睡。杨画眉是否进入梦乡我不敢肯定，自从她得知老泰山与梅真结婚的消息，每天早晨都两眼红肿地走出房间。她想走，老泰山让我挽留她。我说了许多好话安慰她，终于使她留下。可怜的女人，她已经不知怎么办才好了……

二楼。我走过孙自之的房间，哑巴的房间，又站在我和静水居住的大套间门前。我暗自思忖：这些人里面，怎么会潜藏着一个危险的敌人呢？我和他们相处日久，都有感情，虽说每个人都有缺点，但我无论如何不能相信他们谁是坏人！我亲自做过调查，并把他们的名字从笔记本上一个一个划掉。至少在我看来，他们都是清白的，都是好人！

我走向三楼。我踏入楼王的领地。这里不可能隐藏敌人。除了他的新婚妻子梅真，别人没有机会接近他。可是，无证据，无动机，我又怎么能怀疑梅真呢？况且，他们坐在同一条船上，船翻了，对谁也没有好处……

房门忽然打开，从书房里走出一个人来。我站住脚，那人走到我面前，也站住脚。是哑巴！

我们面对面地站了许久，彼此有一种敌意。我们以深深怀疑的目光打量对方，谁也不肯退让。僵持许久，我一侧身，哑巴从我身边走下楼梯。

他是养子，我是女婿——半个儿子。难道敌人会在我们之间产生？

三十四　基金黑手

　　天气突然热了。热浪凶猛，使人猝不及防。用电高峰提前一个月到来，报纸上充满能源紧缺的惊呼。煤矿不断出事，几率胜过恐怖袭击。炎热的空气里弥漫着焦虑，紧张，仿佛划一根火柴，空气就会燃起熊熊烈焰……

　　我去琴泉家拜访。她租了一间小屋，是老房子，住在一个大杂院里。我知道她租这房子的原因：便宜。当年，我和梅真也是住在这样一间小屋里。梅真总是坐在院子里一棵老槐树下洗衣服。老实说，这种巧合使我暗暗惊讶：生活真能重复一次吗？

　　琴泉对我的突然到来感觉十分意外，她扬起白净的脸庞问：你怎么知道我住在这里？

　　打听。我一路打听着，就找到你了。

　　别人怎么会知道我呢？

　　你是作家，有名呗。你关于楼市的评论，报纸杂志到处登载，我知道你五个笔名：青春、铁迪，还有那些叫什么来着？忘了！我用力拍拍脑袋。

　　琴泉咯咯地笑。如果知道所有这些情报，都是那位姓甘的私人侦探搞来的，她就不会再笑了。没准，她还会打我一个耳光。我在小屋里转个圈，四下张望，极力转移话题。我看见书桌上堆积如山的书刊，屋角打开的电脑，电脑荧屏上写了一半的文章……

我说：哎呀，一个作家在这样的环境里写作，未免太辛苦了吧？

琴泉微微脸红：我哪里算得上作家？我属于漂流一族，在这个城市里，只能租便宜的房子。不过，邻居大嫂大娘都挺好，这种大杂院接人气，我喜欢这里。

你那本揭露楼市黑幕的书写得怎么样了？

正写着哪，我还要收集更多的资料。

要不要我给你提供新材料？今天我来，就是想请你参加一个重要谈判。

真的？琴泉惊喜地叫起来，什么谈判？对手是谁？我去方便吗？

看着她高兴的模样，我心中有些得意。我说：你必须冒充一个角色，当我的秘书。

没问题。我都冒充过炒房团团长，何况一个小秘书！琴泉一边说，一边麻利地收拾东西。小屋很热，尽管开着电风扇，我还是汗流浃背。我看看她那张整洁的小床，床头放着小熊、布娃娃，透出一股纯真、温馨的气息。这么热的天气，真不知道她在这小屋怎么睡觉？

我说：我们百慕大城有的是空房子，我给你找一套住着，不要房租，怎么样？

不！琴泉不加思索地拒绝道。停了停，她怕伤我自尊，又补充道：你瞧，我正在写书揭露开发商，怎么好住在你免费提供的房子里呢？

我耸耸肩膀：我可不想贿赂你。随便。你就住在这小屋里向房地产大亨们开炮，我还为你提供炮弹。走吧。

我们走出大杂院，上车。轿车驶出胡同，上了大街。我把空调开到最大，冷风猛吹，顿觉周身凉爽。琴泉坐在副驾驶座上，目不斜视，正襟危坐。

　　我说：问你个问题。将来你出名了，发达了，会不会做整容手术？

　　琴泉转过脸，惊讶地望着我：为什么整容？我干吗要动手术？

　　为了让自己更漂亮呗。比如，开双眼皮，把眼睛割大……

　　琴泉好像有些生气：不！我永远不会改变自己的容貌。我对自己挺自信。

　　我松了一口气：这样就好。我真怕你落俗，破坏了大自然给予你的恩赐……

　　琴泉嘲讽地说：谢谢。你未免操心太多了。

　　我们来到太平洋大酒店。在一套华丽的大套间里，查赫里热情地接待我们。他拥抱着我，说：祝贺你，荣升恒泰集团的副总裁！

　　我故作惊讶：你的消息这样灵通？

　　我和你岳父刚通过电话，是他告诉我的。你是他的接班人，今后，我们要好好合作。

　　邓一炮病情严重，还在医院治疗。老泰山免去他副总的职务，由我接替。我又爬上一个台阶。今天，我作为岳泰总裁的全权代表，与查赫里谈判合作事项。我的权力欲、虚荣心得到极大满足。要知道，坐在我对面的可是赫赫有名的大摩投资副总裁呀，在整个房地产业，这算得上一次顶级谈判！

　　我看了琴泉一眼，她毫无反应，把笔记本摊在茶几上，一心准备做记录。

　　查赫里开出的条件使我大吃一惊：百分之二十的保底收入，以尚未开工的百慕大城地皮做抵押。如果成功上市，大摩投资还要占有百分之三十五的股份……这哪是合作，简直是掠夺！查赫里满面春风，笑容灿烂，看着我仿佛看着一块牛排似的！

等一等，百分之二十的保底收入——你这不是在放高利贷给我吗？公司上市了，你还要拿去那么多股份，这也太黑了吧？我忿忿然地抗议道。

当然。贵公司资产质量太糟糕了，我们要冒相当大的风险，就要有优厚的回报。我对岳泰总裁已经说明了这一点。查赫里坦然说道。

谁说我们公司资产质量糟糕？百慕大城，是响当当的名牌，我们的销售业绩一直在同行中领先。我可以负责任地告诉你，本公司资金充裕，售楼款源源不断地进入我们的账户……

吹牛！查赫里指着我的鼻子哈哈大笑，你可真会吹牛！

我涨红了脸，拍拍桌子：查赫里先生，请你讲一点儿文明礼貌！

高个子洋小伙走到我面前，拍拍我的肩膀说：哥们儿，别装了。要不是摸清了你们的底细，我干吗要找恒泰集团啊？我不能与百盛集团合作吗？你以为民营企业真的比国有企业吃香？告诉你吧，正因为贵公司有毛病，大摩投资才选中你们，向你们伸出援助之手……

我决心拼到底。我站起来，把他的手扒拉到一边，嚷道：你说，我们公司有什么弱点？我承认蚊子不叮没缝的鸡蛋，可你把那条缝缝给我指出来！

查赫里回到沙发坐下，蓝眼睛透出冷峻的目光。他一字一句地说：请不要逼我。我答应保守贵公司的秘密，所以我一个字也不会说。相信你也明白，这样的秘密泄露出去，贵公司一夜之间就会垮台！

我也变得冷静，在他对面坐下。沉默许久，我问道：是梅真把你引进来的，对吗？

他点点头：对。我们是在伦敦认识的。大摩投资不仅有房地产基金，还有商品指数基金、外汇基金、股票基金……我们掌握着几千亿美元，在世界各个角落寻找投资机会。

我无奈地笑了：明白了。你在伦敦买入铜，又在中国买入房地产。真是全球一盘棋啊！

明白就好。我这里草拟了一份协议，你看看，然后签字。

我站起来，坚定地说：虽然明白了，我也不签字。这种协议对我公司来说，就跟卖国条约一样，我不当汉奸。

我往门口走去。琴泉紧跟过来，目光里满是敬佩的神色。我总算在她面前扮了一回英雄！

这时，手机铃响起来。我接听，听见老泰山疲惫的声音。他似乎又犯了心脏病，躺在床上对我说话。

签吧，孩子。查赫里会支付两千万美金，我实在需要这笔钱……

我合上手机，回到沙发坐下。沉默一会儿，我猛一拍茶几，喝道：拿笔来，我签字！

查赫里把早已准备好的文件摊在我面前，并递上签字笔。他笑盈盈地说道：这可是一笔生意。跟爱国主义没关系，哥们儿！

我也不看文件内容，只顾在签名处挥笔疾书。我感到琴泉远远地投来失望的目光……

三十五　抓刺客

天下总有凑巧的事情。我万万没料想，岳静水也来到太平洋大酒店。这一下，我可倒霉了！

我和琴泉乘电梯下楼，准备回公司。电梯门一开，我和妻子正打个照面！我一时不知所措，一侧身，低着头道：您先请。

岳静水倒挺幽默，模仿我的姿势、学着我的腔调说：您先请！

我只得硬着头皮走出电梯。又转念一想：我做什么亏心事了吗？没有。那我怕她干吗？把腰杆挺直了！

我咳嗽一声，清清嗓子，来个先声夺人，问：你到这儿来干吗？找谁？

请你先做介绍，也好让我们互相认识。妻子指着琴泉说道。

啊，这位是我的妻子岳静水。这位是琴泉小姐，公司最近招聘的秘书……我搔搔头，有点儿浑身不自在。

妻子冷笑：啊，小蜜。你新找了一个小蜜，是吗？

琴泉白皙的脸庞涨得通红。她对我说：我还有事，先走一步！

琴泉迅速穿过华丽的大堂，走出太平洋酒店。

哼，这个小蜜可太不懂规矩了，你是怎么调教的？我现在有事，晚上回家和你算总账！

岳静水一甩身，走进电梯。

算账的时刻转眼就到了。夜里，妻子在卧室里尽她所有的法宝，煎鱼似的反复煎熬我。幸亏，我已经有了准备，坦坦然然地把真实情况告诉了她。只有说真话，才是我脱离困境的唯一之道！

岳静水听完我的陈述，点燃一支香烟。这么说，她还是一位作家？你哪来那么大的热情，帮她收集资料？换句话说，是你心甘情愿地给她当秘书，对吗？

我辩解道：算不上秘书，我只是帮她一点儿忙。小姑娘不容易，我想帮她一把……

岳静水仰着脸往空中吐出一个个漂亮的烟圈：得了，你还是交代真实的动机吧。

我恼羞成怒，喊道：什么动机？你说我有什么动机？我告诉你，岳静水，我们之间清清白白，单单纯纯，绝无一丝半点儿男女瓜葛！你想让我屈打成招，那是不可能的！

好啊，看来我不亮出底牌，你是不会认账的！妻子掐灭烟卷，疾步走向梳妆台。她在抽屉里翻弄一阵，寻找什么东西。

我心想：底牌？你能有什么底牌？我连琴泉的手都没摸过一下，还会被你抓住把柄？可笑！

岳静水找到了她要的东西，回到我面前。她伸出手掌，在玻璃圆桌上一拍，一张照片出现在我眼前。

说吧，这是怎么回事？

我拿起照片，看着，整个人一寸一寸地站起来，浑身冰凉，冻成一根冰棍——天！这是我和梅真当年拍的照片。我们坐在公园的长椅上，相依相偎，无比亲密。背景是一片湖，湖上有几对鸳鸯，也沉浸在甜蜜的幸福之中……

岳静水是怎么得到这张照片的？我和梅真分手时，早把所有东西处理了。只是这一张照片，我舍不得湖里的鸳鸯，留下来做纪念。时间长了，我和梅真日益疏远，也就把这张照片忘到脑后去了。也许夹在哪个本子里，随着行李搬进了这幢别墅。妻子可能在整理东西时，发现了这张照片。无论如何，这一下我可是跳进黄河也洗不清了！

说话呀，瞧你们，都成一对野鸳鸯了，还敢说你们清清白白干干净净没有一丝男女瓜葛吗？

我的脑袋轰轰响，一句话也答不上来。说什么呢？怎么说呢？我把心一横，干脆说实话。只有实话能救我！

于是，我机械地、麻木地讲述了我与梅真的恋情。我当然不能交代梅真已经嫁给老泰山，现在正是岳静水的后妈。我只说分手后再也没有见过她。她和琴泉长得极为相像，但绝对是两个人。我敢对天发誓，这故事没有一句假话……

岳静水冷笑，继而哈哈大笑。笑毕，她目光冷峻地看着我的脸，道：我能相信你的话吗？你自己说吧，让我怎么相信？除非，你把照片上的那个人找出来，让她面对面站在我跟前！

我哭丧着脸说：可我好几年没见着她了，让我上哪儿去找呀？

我不管，你必须找到她！我等着，一天两天，一年两年，我会一直等下去。直等到你把她领来，让她亲自证明你的清白！

苦哇，我能把梅真领到她的面前吗？领来又有什么用？我再把梅真整容的故事讲一遍？她不抽我的大嘴巴才怪呢！

这一夜，我根本无法合眼。第二天吃过早饭，我上楼向老泰山汇报谈判情况，又遇上一件麻烦事。

我走进书房，发现老泰山在阳台上站着。我走近前去，搀他回屋。太阳越来越烈，对上了年纪的病人显然不利。

老泰山低声喝止我：别动！有刺客……

什么？我紧张地瞪大眼睛，四下搜寻，刺客在哪里？

你看，在杨树林里的保安，那个胖子——看见没有？他刚才躲在树干后面，偷偷摸摸朝我拍照。拍照干吗？准是想对我下手！

不至于吧？他是我们的保安，是我特意让魏经理派来，保卫龙宫的……我尽量打消老泰山的疑虑。

保安队伍里很可能混进了坏人，他们有作案条件。无论如何，要把他们抓起来，仔细审一审！你别动，装作和我聊天。刚才我已经给魏经理打过电话，让他把保安大部队派过来，包围杨树林……

糟了！我心中暗暗叫苦。若真把他们逮着了，吃不消严刑逼供，甘侦探准把我们签订的协议拿出来。我得抢先一步，不能让这两个家伙落网……

我说：既然如此，我先下去稳住他们，待会儿来的人多，反倒把他们吓跑了……你也别在这儿晒太阳，我扶你回屋里歇着。

老泰山并不执拗，由我搀扶着回到书房。我迅速下楼，心脏咚咚乱跳。真他妈倒霉透顶！我是遇到扫帚星了还是怎么了？

我从厨房后门出去，直奔杨树林。迎面遇见甘侦探，他正挥着一根树枝，无聊地抽打草丛。真是两个饭桶！我花那么多钱全都打水漂了……

快跑！我压低嗓门说，岳总调保安来抓你们了……

甘侦探倒是机灵，脚板抹油似的赶紧往树林深处跑。一边跑他还一边扭过头来问：怎么回事？谁把我们暴露了？

我装作追赶他，骂道：你那个宝贝助手，真是长着猪脑子！……你们出了杨树林，那边围墙有个洞，赶快钻出去滚蛋！

幸亏逃得及时，甘侦探刚刚把胖子助手拽出狗洞，保安队长老铁就挥舞着警棍，领着七八个大汉呼啸而至！

人哪？老铁瞪着牛蛋眼睛，冲我吼道。

我朝草地吐一口唾沫，来个猪八戒倒打一耙：你怎么才来？动作太慢了！刺客跑了你要负责。我刚才险些遭他们毒手……

老铁一个立正，极有军人风度：对不起，童总。我这就去追击敌人！

他领着保安钻墙洞，鱼贯而出，满大街追赶"刺客"去了。

三十六　半夜鬼笑

随着天气的炎热，老泰山变得越来越神经质。夜里，他打电话叫我上去，抱怨天花板上面有异样动静，好像是人在哭，又好像是人在笑……

我很紧张。天花板上面是阁楼，是别墅的保温层。出入口在走廊末端，由可移动的木板盖着。我找来一把铝制梯子，顶开木盖，钻入阁楼。我用大手电到处照射，黑暗的空间里飞舞着尘埃，除此之外什么都没有！

老泰山不仅神经质，而且变得脆弱。我把检查的结果告诉他，扶他上床躺下，为他盖好毛巾被，劝他安心入睡。老泰山却伸出一只手来，紧紧握住我的手，不肯松开。我发现，他的眼角闪烁着晶莹泪光。

老泰山的变化可能与天气有关，也可能与他所患的疾病有关。但是，更重要的是，伦敦交易所的激烈战斗深深影响着他的整个身心。这一点只有我最清楚。深夜，整座别墅里只有我和老泰山不睡觉，他在三楼密室内，我在二楼小客厅里，同时趴在电脑前，目不转睛地盯着电脑荧屏，看红棒条蓝棒条交替变换，看伦敦铜惊心动魄的多空大战……

战斗一直在三千至三千二百美元价格区间进行，也就是梅真指给我看的那个铜价顶峰。国际基金是多头主力，兵力强盛源源不断地往山头上进攻。空头主力的构成比较复杂，但我知道，其中一员大将就是我的老丈人！他们死死扼守山峰，竭尽全力压住多头的攻势。这使我想起电影《上甘岭》的惨烈场面。

　　形势是这样：如果空头主力击穿三千美元的价格底线，就会引发一场铜价的绵绵跌势，至少下跌三百点至两千七百美元一线。反之，一旦多头主力攻破三千二百美元，则创出铜价的历史新高，从顶峰拔起又一座山峰。因为是前所未有的新高，所以谁也不知道这座山峰的峰顶会在哪里。那时，空头们就会缴械投降，斩仓止损，溃不成军……这将是我老丈人的末日，也是我最不愿见到的一幕。

　　然而，市场行情不以人的意志为转移。这一年，注定是多头们的狂欢节日。石油一马当先，创出纽约商品交易所有史以来的历史新高。黄金紧随其后，冲关夺隘，直逼二十三年前创出的价格高峰。橡胶在东京商品交易所挑战二十八年的历史最高点……

　　全世界的原材料价格疯狂上涨，看不见顶在何方。在这样的大背景下，铜的顶峰守得住吗？我看够呛。

　　我想起梅真说过，每下跌一美元，他们卖出的期铜合约就会赢利一百万美元。你从这个角度看，多空博斗就更加惊心动魄了。每天夜里，铜价少则波动十几美元，多时可达一百多美元。一百美元就是一个亿美元，八亿多元人民币呀！这恰好是老泰山在华光银行的贷款数额。我可以想象，老泰山像坐过山车一样，忽而赚了一亿，忽而赔了一亿，一夜之间要在天堂地狱转几个轮回！谁的心脏能受得了？这可能就是我老丈人患上心梗的根源。

我在龙宫转一圈。看盘看累了，就出来巡夜。我像一个打更的人，如果在乡村，我就应该敲敲竹梆子，拖长了声调喊：平安无事喽——然而，龙宫内并不平安。我时刻提防着老K。那影子般的对手难以定位，我给他起个外号：老K。这是更加直接的威胁，我不知道他何时再次动手，他将做出什么惊人之举。

总觉得有人跟着我。猛一回头，只看见一只猫。老猫菲菲眼睛里放出红光，与它对视令我毛骨悚然。我一跺脚，它喵的叫了一声，跑了。

然而那人仍跟在后面。我明白，是老K。

回到电脑前坐下，关键时刻已然降临：铜突破了！是向上突破，一根耀眼的红棒穿破三千二百美元关口。犹如孙悟空的金箍棒，它急速暴涨，越涨越长！三千二百二、三千二百五、三千二百七……哇，大堤崩溃了，洪水滔天而来，扫荡一切障碍，淹没大千世界！这一凶猛的涨势，真叫我终生难忘！

黎明，我呆呆地在晨曦中站着。这就是结局。下一步，老泰山会怎么样呢？我们的公司会怎么样呢？

忽然，楼顶传来一阵笑声。开始，笑声并不响亮，但十分清晰，我还以为是老泰山在笑。可是，很快就不对劲了，那笑声越来越响，凄厉而疯狂。声音在龙宫内回荡，分贝很高，刺人耳膜：嘻嘻嘻！哈哈哈！啊哈哈哈——鬼笑！是魔鬼在笑！

我冲出房间。走廊那端，哑巴的卧室门也开了，莫非聋哑人也能听见这笑声？然而从房间里走出来的不仅是哑巴，还有一个瘸子——孙自之也在那屋里！

龙宫里的人都被惊醒，除了沈大厨。男的女的都一起往楼上跑，穿着裤衩，拖着拖鞋，一个个睡眼惺忪却又惊慌失措。笑声响彻整个别墅，回荡不休。人们东一头西一头寻找，却找不出那笑声源于何方。混乱，惊恐。怎样才能灭掉魔鬼的笑声？

我冲到厨房，找到铝制梯子，扛在肩上，又一口气跑上三楼。我猜到机关藏在何处。众人扶着梯子，我爬上阁楼出入口。移开木板，擎起手电，让雪亮的光柱像机关枪一样四下扫射。

我喊道：他在这里！

阁楼一角，有一台录音机，连接着一只电喇叭——这是街边商店招揽顾客常用的装置，很简单，制造噪音的效果却很理想。奇怪！老泰山睡觉前我还上阁楼来检查过，明明什么东西也没有。怎么一转眼，就冒出这么些鬼把戏呢？

是老K。他仿佛知道伦敦铜的突破，选择今夜动手了！

我捧着录音机、电喇叭，小心翼翼地爬下梯子。龙宫里的房客将惊愕的目光集中在我身上。毫无疑问，老K就隐藏在他们中间。

我平静地说：没事了，你们都回房间睡觉吧！

我坐在老泰山的床前。他受了惊吓，脸色青黄，眼珠一动不动。

我劝慰他：没事了，就是这么两件鬼东西。请总裁放心，我明天就会把捣鬼的人揪出来！

你抓不到他。老泰山嗓音含混地说道，永远抓不到……

我不服：只要是人，我一定能抓到他！

老泰山坐直身子，嘴唇颤抖地说：这是叶远秋的声音，他在笑我哩！叶远秋早就死了，这是鬼魂在笑，谁能抓到他？

我把目光投向床头柜。原先放在书房里的相框，已经被老丈人移到卧室来了。那张老照片上，戴着眼镜的叶远秋与老泰山并排站着，面目清秀，笑容爽朗。谁能想象，这么一个人会变成厉鬼呢?

老泰山左手捂着心窝，右手无力地对我挥挥:你走吧……去把施医生叫上来。

我走下楼梯，心里产生一种预感:老泰山，我们的岳泰总裁，恐怕活不了多久了。内外攻击如此猛烈，即使是楼王，也经受不住啊!

三十七　邓一炮之死

我真没想到：邓一炮抢先一步，去阎王爷那里报到了！

他一直住在医院里，病情时好时坏。终于在一个凌晨，心梗发作，再也没能抢救过来。去世前一天晚上，我还去看望他，向他汇报工作。邓一炮精神挺好，认真听我讲公司里的情况。其实，这是我安慰他的一种方法，好像他仍是我的顶头上司，而不是我占去他的位子，接替他充当公司副总裁。

我有些可怜邓一炮，掰手腕掰不过他姐夫，喝酒也喝不过他姐夫。一样的心脏病，他竟也挺不过老姐夫……

邓一炮恨恨地说：总有一天我会扳倒他。就算我死了，我还埋下许多定时炸弹，时间一到，就会炸他个粉身碎骨！

那天夜里，邓一炮还对我说了叶远秋的死因。其实，岳泰一直图谋独占公司资产。他利用叶的天真直率，渐渐控制公司财权、人事权。邓一炮就在那时被姐夫招进公司，作为亲信安插在重要岗位。他说，有一天，岳泰借了一条摩托艇，带着叶远秋到莺歌岛玩耍。叶不识水性，岳泰十分清楚，此前他曾多次试探过他。叶远秋太轻率，也太信任岳泰，高高兴兴坐上了摩托艇。这一去，他再也没有回来……

我说：这也不能证明，岳总是故意谋害他呀。

邓一炮道：我可以证明！那时我们同住一屋，他天天早晨听天气预报，吵得我睡不着觉。他是特意选了一个暴风雨天气，带叶远秋出海。走时，海面风平浪静，老叶这个书呆子怎么会想到中午就能起风呢？他更想不到，表面忠厚老实的岳泰，会利用一场风暴谋杀他……

我叹息道：怪不得他老是听见叶远秋的笑声。

邓一炮自己也没想到，他在临终前把一桩秘密告诉了我。几个小时以后，他就离开了人世。从医院到火葬场，一切事情都由我主持张罗，忙得晕头转向。我送他，一直送到火化炉跟前。当我最后朝他的遗体瞥一眼时，不由生出几分悲哀。无论怎样，我们在这世界上也算交往一场……

我在火葬场院子里看见了关月影。她站在一棵雪松下，远远地为邓一炮送行。亲朋好友太多，她不便靠近，过于暴露自己的悲伤。但她憔悴的面容，悲伤的眼神，还是表明了她的心迹。我十分同情这个女人，就走过去，与她说话。

关姐扬起脸来问：老邓这次生病，是喝酒引起的。岳泰当众逼他喝了一大杯五粮液，你说，有没有这回事？

我含糊其词：邓总的病因很复杂，也不是一天两天了，不能说光喝一杯酒就送了他的命……

关月影执拗地说：不，我几次去医院，找过主治医生，医生说就是喝酒引起的！那天晚上你在场，你就告诉我，是不是岳泰逼老邓喝的酒？

我喃喃道：也不能说逼，岳总也喝了一大杯五粮液，还是先喝的……邓总也就喝了。

关姐下了结论：这就是逼！

我力图转移话题：关姐，你要多保重。邓总走了，生活上遇到困难时，你可以找我，我会尽力帮你。

关月影惨淡一笑：走了好，我也就没牵挂了。有些该说的事情，我可以没有顾忌地说出来了……你什么时候有时间？

我说：随时奉陪。

那么，今天下午你来我家一趟，我要讲一些你感兴趣的事情。你愿意听吗？

我点点头：很好，我已经等了很久了。

关姐向我告辞，独自先走了。我看着她的背影，暗想：缺失的合同，应该有下落了……

然而，下午我未能去关月影家赴约。我接到了甘侦探的电话，他要我立刻去结账，否则后果自负。这个混蛋，口气还很硬，仿佛我有什么把柄在他手中。

后果？我倒想听听，你这个所谓的福尔摩斯能给我带来什么后果？

你将失去当代福尔摩斯的智慧结晶。我这里有一些照片，你想看看吗？

照片？我眼睛亮了起来。当然想看，我花了那么多钱，至今没得到一星半点的情报。你早该把照片拿给我看了！

甘以宁口气强硬地说：先结账，然后看照片。你必须带上现金，一手交钱，一手交货！

我开着车去找甘侦探。这家伙搞了一个神通咨询公司，其实就是私人侦探社。他们经常在报纸上打广告，声称神通广大，为民解忧，承揽寻人、讨债、清查商业对手底细、追踪第三者等等业务，总之无所不能。认真追究的话，这一类公司其实是非法的，可他们照样打广告，照样生存发展。也许像我这样的顾客不在少数，因此他们有市场。生意红火，公司也就越办越多。如今这社会，千奇百怪，无所不有，真叫人没法说。

我驾着车在一条胡同里绕来绕去，怎么也找不到神通公司的地址。我火透了，眼看不能去关姐家赴约，只得给她打了个电话，说改天再去她家。然后我找了个地方停车，步行往胡同深处走去。

我在迷宫般的小胡同里绕了半天，眼前豁然开朗，一幢新楼耸立在我的面前。一看就明白，这是哪个小开发商通过关系搞了这么一块飞地，盖了一座独栋楼。城市规划不严谨，此楼便是例证。

我吃足了苦头，总算找到神通咨询公司。这楼也怪，许多神神秘秘的公司都在这里落户。我竟在楼梯间遇见王胖，为他办信用卡的公司居然也在这楼里。电梯还没安装好，我们就一同气喘吁吁地往楼顶爬。

王胖说：这鬼地方没人来，隐蔽性强，黑公司才喜欢在这楼里扎堆。

我答应给王胖退房。但资金不足，只给了他一部分款。我爬到九楼，王胖就拽着我去他借钱的公司，让我为他作证，他还有能力偿还高利贷。他说：你是老板女婿，新任副总，你一出马，他们就不会逼得我那么急了……

我急忙抽身，道：哥们儿，千万别害我！他们把我扣下当人质，警察叔叔要找到我可就费事了。咱们各人办各人的事，回头我尽早退钱给你。

王胖坐在楼梯上喘气，拇指按摩太阳穴，他的血压大概又升到二百了。我乘机溜走，继续向上攀登。

当我爬上十二楼，按响神通咨询公司的门铃，由一位小姐将我领到甘侦探面前时，我再也支持不住，一屁股坐在椅子上。我气喘吁吁，汗如雨下，像狗一样吐出舌头哈气。正值高温天气，报纸上经常报道有人中暑身亡，我可不想加入其中……

真是一场噩梦！我喝了三纸杯矿泉水，总算能说话了。

是啊，对我来说，守卫你们那座别墅的日子，也是一场噩梦。甘侦探笑道。他心满意足地看着我，仿佛报了一箭之仇。

那个胖子助手也来帮腔：你们百慕大城的保安，真是一群恶狗，那天，他们追了三条马路，追得我们屁滚尿流……

我坐直身子，言归正传：货呢？我要看货。

三十八　奸商侦探

如果我知道甘以宁是个奸商，他会在恰当的时机勒索我一把，我无论如何不会与他打交道。可是现在晚了，我已经付给他不少钞票，并且爬了十二层楼梯，主动送上门来，当然就完全陷入了被动。

我要看货。小个子甘侦探笑眯眯地拉开抽屉，取出厚厚一叠照片。但他不让我看，将照片理成扇形，独自欣赏。他那得意扬扬的神情，仿佛抓了一手足以使我俯首帖耳的好牌。

情况是这样的，我们之间的协议应该做一些变动。先前，你是每周付我三万元经费，是计时工资。现在呢，我被你们的保安赶出来，无法按时工作，当然也就不能按时取酬了。所以，我要求改为计件工资——每取一件货，你就付一笔钱。按质论价，银货两讫，公平合理……

慢着，我怎么听不明白你的话？你究竟是什么意思？

这样，我这里有七套照片，每套标价两万元——不贵吧？你想要呢，就掏钱从我这里买去。不要，就拉倒，咱们就此拜拜。我换一种方式表述，你总能听明白了吧？

甘侦探摇头晃脑地说着，把照片理成七套，背朝上扣在桌面上，排成一行。显然，每套照片都是一个调查对象，也就是我们龙宫里的一名成员。我内心有一种冲动，想扑上去翻开照片，看清这些人物的底牌。老 K 准在那里面，翻开底牌就能逮住他！

别动！甘侦探用胳膊压住照片，敏锐地扫我一眼，似乎看穿了我的内心，想看底牌，你就得先付钱！

我咽了口唾沫，说：没看见货，我怎么知道值不值？总得让我先看看吧……

甘侦探斩钉截铁地说：不行！看过照片，你什么事情都明白了，我的照片也就变成了废纸一堆。为了保障我的权益，你必须先付钱。

我恼了：规矩怎么都是你定？原先我已经付过钱了，现在连照片也不让我看，像话吗？算了，遇到你这样的当代福尔摩斯，算我倒霉。我什么也不要了，我这就走人！

等等，你别发火嘛。甘侦探拿起一张照片，以缓和的口吻对我说道，我多要一些钱，是因为这些照片确实太有价值了。这样吧，这张照片算我送给你，也算一份样本。你看了之后，再决定买不买其他照片。

我伸手去拿照片，甘侦探却又把胳膊缩了回去：我还要说明一件事情，你老骂我们笨蛋，怪我们不该给你老丈人拍照，可你知道我们为什么要冒险拍照吗？答案就在这里——

甘侦探甩扑克牌一样把照片往桌子上一摔，底牌亮相了：岳泰总裁，我的老丈人，手持一把短枪，对准自己的太阳穴，准备扣扳机！他的眼睛直视远方，目光空洞，神情恍惚，仿佛看着另外一个世界……

我差点儿跳起来，喊道：他要自杀？！

胖子助手邀功请赏似的说：可不，要不是我的闪光灯刺激了他，把他唤醒，你老丈人恐怕早就不在人世了！光凭我救了你老丈人的命，还不该多赏几个吗？

甘侦探把桌上的照片理起来，弹扑克牌一样弹了一遍，睨斜着眼看我：后面的照片更精彩，怎么样，要不要？

要！我统统要！

深受刺激的我，掏出现金支票，不加思索地开上甘侦探所要的钱数。小个子福尔摩斯笑了，笑得很开心。

我拿到了照片，紧紧揣在怀里。送我出门时，甘侦探拍拍我的肩膀，满脸意味深长的表情。他踮起脚尖，在我耳旁说了一句话——

注意你的老婆。我还帮你抓到了第三者。让你赚着了！……

我一口气跑下十二楼，心脏怦怦乱跳。我的老婆有外遇？岳静水，她竟和别的男人有勾搭？怪不得近来老是外出，打扮得像个妖精似的！

老泰山要自杀，他肯定受不了伦敦铜猛烈上涨的打击。他有枪！哪里来的枪？这太危险了，一定要把他的枪搞掉，否则随时都可能出事……

照片贴在我的胸前，像一团熊熊烈火不停燃烧。这里面有多少秘密呀！我等不及了，实在等不及了……

我钻进老桑塔纳，发动车，将空调开到最大。车内成了一个安静凉爽的世界。我迫不及待地摸出照片，一张一张仔细翻看。甘侦探已将照片理好，按人头分成组，我对谁感兴趣，可以很容易抽出他的底牌。谁最使我感兴趣呢？无疑是我的妻子岳静水。

马路边，静水撑着太阳伞与一个男人说话。她满脸妖媚，似乎在巴结那个男人。这从一个细节可以看出：静水将太阳伞倾斜，细心地为他遮挡太阳。我看不见男人的脸，照片上只显现他瘦长的脊背，以及披肩的长发。

太平洋大酒店。静水与那男人喝咖啡。这下我看清他的嘴脸了：欧阳晴，静水的诗人前夫！他怎么回来了？瞧岳静水开怀大笑，诗人肯定讲了什么笑话，把她逗乐了……

客房走廊。静水用一张卡片开房门，诗人前夫双手插在裤袋里，站在一旁等待。静水的眼睛瞪得圆圆的，像一只猫，这是她急不可耐的表情，我很熟悉……

以下的照片就不必展览了。我佩服甘侦探的本事，他什么照片都能拍到。我的妻子给我戴上绿帽子，这是确定无疑的事实。可恨的是，她天天逼我把老照片上的女孩找出来，整得我好狼狈。行了，现在我要让她把照片上那个男人领到我的面前来。无论如何，我和岳静水的婚姻已经走到尽头，这也是确定无疑的事实。

啊，施医生，他和庄子繁交头接耳！原来他们有秘密联系。说不定，施医生就是庄子繁安插到老泰山身边来的。看这张照片，施医生将一叠病历递到庄子繁面前，指指点点，也许正在分析老泰山心脏还能支持多久……

庄子繁善于收买人，大胆而赤裸裸地收买。施松鹤很难经受住考验。照片背景是那间日式茶室，庄总曾在这里向我许下一大堆诺言。难道施医生就是老K？这就危险了。哪天他在老泰山的药瓶里混上几粒毒药，或者打针时注射一管致命药水，很容易将我们的岳泰总裁置于死地。

孙自之阴险的嘴脸。这个鬼瘸子，原来和杨画眉有一腿！瞧，他坐在杨画眉的卧室里，让她为他敲背，老东西，还挺会享受呢！

另一张照片的背景是超市，孙瘸子与杨画眉站在货架前，假装拿东西，却在低声交谈。孙总神情严肃，似乎正在下达什么指示……

原来如此。他想让杨画眉爬上皇后的位子，自己躲在幕后操纵岳家帝国。作为外姓人，这倒是一条通往家族核心的捷径。老泰山身体不行了，谁都想分一杯羹哩。

哑巴与孙瘸子勾搭，早在我意料之中。这张照片的背景是一间办公室，哑巴正把一摞账本放在孙自之面前的办公桌上，这老鬼，还说自己不懂财务呢！这两个残疾人联起手来，就能掐住公司的财务命脉……

孙自之就是老 K？很有可能。这位师爷很会笼络人，瞧，沈大厨正将一把钥匙交给孙瘸子。他们站在厨房门外的杨树林里，窃窃私语。

想不到憨厚老实的厨子也参与了孙氏集团。不止如此，沈大厨与庄子繁也有勾结。瞧另一张照片，庄子繁正把一只信封递给沈大厨。信封里装的是什么？总不见得是情书吧？如果沈大厨是老 K，我就要发疯了！

真是不得了！小王——河南姑娘王芙蓉，原来也是个重要角色。在这张照片上，她正和邓总邓一炮促膝谈心呢。照片的背景是某公园一座亭子，邓总与小王在此约会，本身就是了不得的事件。小王眉飞色舞地诉说着什么，邓一炮笑眯眯地听着。我想起邓总在医院逼着魏经理炒掉小王，过后魏经理又为小王说情，原来都是在我面前做戏呀！

邓一炮曾对我说过，就是死了，他也要让定时炸弹爆炸，炸翻岳泰总裁！莫非小王就是他安下的定时炸弹？小李肯定是同伙，也是一颗小炸弹。机会合适时，她俩互相搭档，完全有能力达到爆炸的效果。

难道老 K 是女的？女老 K，简直乱套了……

我双手撕扯头发，又用拳头猛顶太阳穴。全是两面人，全是嫌疑犯。平时和他们生活在一起，我觉得他们人人都挺好，怎么会这样呢？这世界真是太虚假了。谎言，成为了构造世界的基本材料。我感到窒息，人都快憋死了！

现在，我怎样面对龙宫里的住客们呢？

三十九　定时炸弹

我坐在关月影家的客厅里。几只大箱子已扎裹停当，放在客厅一角。屋内一片凌乱，显示出搬家的迹象。关姐怀抱双臂站立在窗前，一脸决绝的神情。她要走了，离开我们的公司，离开这个城市，去一个遥远的、不为人知的地方。

真要走？不能再考虑一下？我试图挽留她。

不，昨天我已经向孙总交了辞职报告。机票订好了，再过三个小时起飞。关月影平静而坚定地说。

我喃喃地道：走得太突然了……

邓一炮一去世，我就准备走了，还待在这儿干什么？让人看笑话？我找不到丝毫理由待在这个公司，真的，我一分钟也不想多留！

关姐的态度使我很难完成老泰山的嘱托。我来是负有使命的，岳泰总裁指示我，要不惜一切代价留住关月影。他专门召见我，情绪十分激动，反反复复地说：告诉她，我对不起她，我会做出补偿。他还给我一张银行卡，里面存着十万元钱，让我转交给关姐，说是发给她的特别奖金……现在，我怎样把这些话讲给关姐听呢？

里屋传来囡囡的声音，她叫妈妈过去一趟。关月影朝我抱歉地一笑，转身进屋。

过了一会儿，她推着女儿出来，笑着说道：囡囡要看看叔叔，当面谢谢你呢。

脸色苍白的小女孩真诚地说：那天晚上你送我上医院，陪我妈妈待了很久很久，我真不知道怎样谢你。叔叔，你是一个好人……

我的脸一下子涨红了。面对一位身患绝症的不幸的女孩，我产生了一种内疚感。我后悔平时关心她、帮助她实在不够，现在，她们母女要走了，我想弥补也晚了……

囡囡让妈妈推她回屋，她不想打搅我们的谈话。关月影再一次出来，我把银行卡递到她面前。

这是什么意思？她显得十分警惕。

我还算聪明，知道说岳泰总裁要挽留她，送她一大笔钱，肯定遭到拒绝。我就拐了个弯，说：公司要发上半年的奖金，你走了，赶不上，我就提前给你领出来了……

关月影迟疑一下，道：既然走了，赶不上领这笔奖金，我就不要了吧。

我说：那哪行？公司的钱，不要白不要。囡囡有病，正用得着钱，你快收下吧。借花献佛，也算我个人尽一点儿心意，行吗？

关姐接过银行卡，我松了一口气。真是借花献佛，为了让关姐安心收下这笔钱，我只好把老丈人的真实意图篡改了。

关月影说：童瞳，我叫你来，是想说说合同的事情。我知道你一直关心这些合同，很想查清真相。我呢，出于某种原因，没能对你讲实话。所以，我先要表示歉意，这件事我对不起你了……

别别！我连连摇手，甭说道歉的话，咱们还是直奔主题吧。

关姐把早已准备好的一只纸包搬到茶几上，打开，厚厚一叠合同显露在我的眼前。

这就是售楼处缺失的合同。从 1025 到 1155，总共一百三十份，我要告诉你，这些合同是假的。

假的？！我吃惊地瞪大眼睛。这是些假合同？

你也不能简单地说是假合同。这一百三十套房子，被卖了两次。

我越发糊涂了：一套房子怎么能卖两次呢？

你听我慢慢说。关姐拢了拢短发，从头叙述事情原委，差不多半年前吧，岳泰总裁给我打了一个电话，让我上他办公室。我去了，他亲自为我泡茶，说有一件事情要我帮忙办。他从抽屉里拿出一大包身份证，要我以这些人的名义签买房合同。我奇怪，这是些什么人啊？岳总也不瞒我，说这都是从乡下买来的身份证，他要我为每一张身份证办理买房合同，其他事情就不用我管了……

我忍不住插话：用乡下人的身份证办合同，这有什么用呢？

做假按揭。他会搞来收入证明，再让熟悉的律师做见证，手续齐全了，送进华光银行。裴行长是他老朋友，审贷不严，很容易就把按揭贷款批下来了。

那房子抵押给银行了，再怎么办呢？

再卖！1155往后的那些合同，其实卖的还是那一百三十套房子。合同、发票都在我们手里，怎么开都行。百慕大城那么多楼，银行的人哪里搞得清什么房子卖了，什么房子没卖？

我明白了，就是把银行的贷款骗到手，又把抵押品给卖了。可这，最后怎么收场呢？

不少开发商都耍这种手段——先把贷款资金挪用了，以后房子卖得好，把钱还给银行，再把假合同赎回来。但是，一旦开发商还不上钱，就构成了对银行的诈骗。

我抽了一口冷气：一百三十套房子，少说也是上亿元的贷款啊！你怎么敢卷入这种事情呢？

首先，我是相信岳总的实力。那时楼市火爆，百慕大城的房子不愁卖，我相信这批贷款能够还上。更重要的是，岳泰总裁郑重地向我许下一个诺言……

关姐停下来，似乎在回忆当时的情景。我猜想，这个诺言一定与邓一炮有关。

你知道我和老邓的事情。当年要不是岳泰从中阻拦，老邓可能已经离婚，和我在一起了。我是一个女人，这事对我来说很重要。岳总就向我许下诺言：今后邓一炮再闹离婚，他绝不干预！这使我看见一丝希望……

我同情地点头：我理解你。

关姐凄凄一笑：没想到，岳泰一杯酒，把老邓送上了西天。他的诺言，又成了对我的愚弄，对我的欺骗！所以，我也用不着为他保守秘密了。

我企图和稀泥，道：不至于吧？他和邓总都有心脏病，都喝了一杯五粮液……

关姐打断我的话说：岳泰这人用心险恶，别人看不出来，我是深有体会的。我去医院看老邓，握着他的手流泪。我说，万一你有三长两短，这仇我要报。我就是你埋下的定时炸弹，时间一到，我定把姓岳的炸上天去！

关月影刚烈的神情使我暗暗吃惊。原来，她也是邓一炮埋下的定时炸弹。我明白老丈人为何要我挽留关姐，为何要我送她十万元钱了，他是害怕，他要堵关姐的嘴。可我没有完成任务，我不知道如何劝解这个哀伤而愤怒的女人……

我试探地问：下一步，你打算怎么办？

关姐把假合同包起来，说：我要把这些合同寄到华光银行。他们警觉了，认真调查，就会查出真相。我只能这样做，洗清自己的罪过，悄悄退出……

我惊叫：不行啊！这件事一暴露，公司准垮，我老丈人就走上绝路了！

关月影瞥我一眼，把合同推到我面前：那么，你把这些合同拿回去，亲自处理？我可告诉你，这事要负法律责任，谁沾上谁倒霉。

这……

我还要告诉你，岳总并不信任你。还记得我曾想让你打开保险箱，把这些假合同拿走吗？你老丈人亲自从伦敦打电话来，命令我守卫合同，不许你知道一星半点儿实情。我这才把合同拿回家来。事情到了这地步，难道你要为公司，为你老丈人做殉葬品吗？

我无言以对。看来，我最好别蹚这浑水。

临走，我在走廊站住脚。我忽然觉得，老丈人委托我的差事提都没提，未免太不像话。

关姐送我乘电梯，见我停下，用询问的目光看着我：怎么，忘记什么东西了？

我挠挠头，说：我今天来，其实是负有使命的。岳总让我挽留你，不惜任何代价让你留下……

狗屁！关月影脱口来了一句粗话，她随之抱歉地向我笑笑，对不起，我不是冲着你。我想说，我一辈子再也不想见到岳泰这个人！

我耸耸肩膀，走进电梯。

四十　割肉阴谋

我得介绍一些期货交易规则，特别是关于卖空这个概念。就本质而言，期货交易其实是买卖一些商品的合约。比如铜，交易者看不见摸不着铜，他们只是买进或卖出铜的合约。合约到期，就要把货真价实的铜运进仓库，进行交割。但是绝大多数交易者在此之前已将手中的合约卖掉，行话叫平仓，不管赢还是亏都要做一个了结。所以我们可以这样理解，这只是关于铜的虚拟交易，只是一场金钱游戏。

相比实物交易，期货的游戏规则灵活而奇巧，往往超越常人的思维范围。比方说卖空，你可以卖出成千上万吨铜，可你并不真实地拥有这些铜。你只是买进一张卖出铜的合约，承诺在某一价格，比如三千二百美元一吨，卖出一定数量的铜。当铜价下跌了，跌到三千美元一吨，你就可以卖掉卖空合约，赢得二百美元的差价。反之，铜价涨到三千五百美元一吨，你卖不出铜，也只得将卖空合约平仓，亏损三百美元的差价。目前的形势，老泰山就是在三千二百美元附近卖空了大量伦敦铜，而铜价向上突破，已经逼近三千五百美元一吨。他不得不面对亏钱平仓的选择。他是一名投机者，手里没有铜，只能将卖空合约卖掉。

游戏规则还有这么一条：你卖出一万元的铜，只需交一百元的保证金就行了。这事情听起来好像挺赚便宜，等于贷了款做买卖。可是，当行情走反，你的账面出现亏损，交易所就会不断催你增加保证金，将亏损部分填满。老泰山就面临这样的情况，由于资金放大的原因，他卖空了过多的铜，随着亏损的扩大，伦敦交易所不停地逼他交钱。如果保证金不足，交易所有权强行平仓，卖掉你的亏损合约。就如俗话所说：割肉——现在，我的老丈人正在受割肉之刑，一刀一刀，鲜血淋漓，惨痛无比……

国际基金大肆追杀空头。伦敦铜图表上阳线一根接一根地往上拉，红棒条犹如一簇簇火焰，跳跃着升向天空。谁知道伦敦铜冲向何方，它已经成了一条疯牛，任何力量都无法阻拦它！可怜的老泰山，他的刑期无穷无尽，彻骨的疼痛也无休无止。我仿佛看见楼王被绑在一根刑柱上，成群的狼狗扑向他，从胸部、腿部、臂部撕咬下一块块血淋淋的肉。楼王绝望地仰望天空，发出痛苦的哀号……

我猛地从梦中惊醒。凌晨三点，我该与梅真联系了。我悄悄下床，拿着手机走向外间客厅。

这几天，我一直与梅真保持热线联系。她在伦敦，这样关键的时刻，她必须在交易现场。很快，我拨通了她的电话，她的声音从万里之外的大西洋传来。

纽约交易所收盘了，LME 的电子盘也平静下来……情况很糟糕。今天又亏损一千五百万美元。梅真疲惫而沮丧地说。

怎么办？你总得想个办法救救他吧？这事因你而起，你要负责收场！我焦急地说。

梅真冷冷地打断我：别找替罪羊了，决定都是他做的！只有他才能为自己负责！现在我问你，我要你做的事情，你做好没有？

还没有，我不知该怎么说。岳总从没对我提起做铜的事情，我贸然劝他，没准儿会惹恼他……

我告诉你，现在唯一的办法就是止损离场！我早就向他提出平仓的建议，可他不肯听。这个人太固执了！再这样坚持下去，他就会输尽最后一块钱！

梅真一直让我劝劝老丈人，认赔出局算了。可我哪敢提这话头？老泰山将他全部家当、银行贷款、各种来路不明的资金全都押在伦敦铜上，一旦认赔，他还活着干吗？我想起那张照片，老泰山用手枪对着自己的太阳穴，眼神空洞地凝视着前方……

怎么不说话呀？梅真的声音，有点儿像冷血动物，我再向你透个底儿，账户上的钱只剩下三千万美元了，再犹豫不决，行情往上走几十个点，伦敦交易所就会强制平仓。到那时候，落得个两手空空，岳泰可就分文不名了！你我岂不白忙活一场？

我迟疑地道：那你的意思是……

我们联起手来，提前强行平仓！梅真显得胸有成竹。我有下单权，今天交易所一开盘，我就把空单全部平仓。你呢，就守着岳泰，他一旦发现这笔交易，肯定受不了，你就在旁边劝解他，安慰他……

不行不行！我忙道，你要替岳总割肉——这样大的事情，咱们可不能擅自做主。

这是抢钱！你得明白，金融市场瞬息万变，残酷无情，千万不能感情用事。我们早动手，抢出这三千万美元，折合两亿多人民币，就能东山再起，就有希望！童瞳，现在是你听我指挥的时候了，你就按我的话去办！

梅真挂断电话。我只能冲着手机点点头。没办法，不听她的指挥，后果也许更糟糕。

我在沙发上坐下。决定楼王命运的时刻到了。平仓，就是卖出那些卖空伦敦铜的合约，结束先前的交易。也就是说，算总账的时候到了。割肉——一切亏损最终实现！以后怎么办呢？当楼王转过身来，面对无法收拾的烂摊子：银行贷款、工程款、大摩基金的投资，还有那批假合同……天知道他怎样面对受骗的客户与银行！

也许，他已经看到了结局，所以为自己安排好了出路——用早已准备好的手枪对准自己的脑袋。

老K可以看笑话了。他躲在阴暗角落里，用各种鬼蜮伎俩在龙宫制造骚乱，目的就是向老泰山施压，加速他的精神崩溃。我仿佛听见楼上砰的一声枪响，黑暗中，呈现出老K放大的，狰狞的笑脸……

我得采取行动。我要利用甘侦探的照片，抢在老K之前动手！

卧室里飘然走出一个人影。我的妻子岳静水穿着睡衣，披着长发，猫一样无声无息地走到外间客厅。我以为她又梦游，却不料她径直向我走来，站在我面前。她不说话，我也看不清她的表情，她就那么默默地站着，怪瘆人的。我摸摸她的手，冰凉；推推她，纹丝不动。我真的害怕起来——

静水，你怎么了？病了吗？

她终于发出声音，声音比手更凉：你给谁打电话？一个神秘的女人？

我说：是照片上那个女人，你很熟悉。

她点点头：来吧，咱们该好好谈一谈了。我想，我们已经找到了共同的主题……

离婚。我接口说道。

我们回到卧室，心平气和地坐在床上。岳静水拿出几本书，都是她前夫的诗集。她把诗集翻开，每本书都夹着一张照片——她与诗人接吻，她与诗人说笑，她与诗人相依相偎……

这是我的杰作，我从甘侦探那里得到这些照片，悄悄地夹在诗集里。我想提醒她：别再纠缠不休，逼我找照片里那个女人了。瞧，你的秘密已经被我掌握了，你说怎么办？

岳静水抬头说话：离婚吧，我们没有必要再生活在一起了。

我冷笑：他回来了。我这个过渡时期的丈夫应该离开了，对吧？

是我把他找回来的。我本不想这样做，可是我发现你从未爱过我，一天也没有！

你凭什么这样说？凭什么做出这样的判断？

凭我的心，一颗饱受爱情沧桑的女人的心！

得了，别作诗了。既然我不爱你，为什么还和你躺在一张床上？

为了达到你的目的。是的，你内心隐藏着一个秘密，我虽然看不清，却已经感觉到它的存在。

我们不再说话，互相凝视着，从对方的瞳孔里发现自己的影子。

四十一　致命一刀

　　我们这座城市，是一座伟大的城市。我在这里发达，实现自己的梦想，所以我特别喜欢这座城市！

　　——像以往一样，老泰山又对我诉说往事。他咬着烟斗，在房间里踱步，眼睛眯缝着，沉浸在回忆中。我却心中忐忑，不时偷偷望望墙上的挂钟，算计梅真是否动手斩仓……

　　东区商务中心，如今多么繁华呀！我刚来时，那里还是城郊接合部，一片破烂矮房。我通过各种关系，用极便宜的价格拿到一块地。有了地就有了一切，到银行贷款，卖楼花，那银子哗哗地朝我涌来……东方大厦，就是我在这座城市第一个竖起的里程碑。我告诉你一个诀窍，也是干咱们这一行的原则——用一万块钱做杠杆，撬动几百万元，几千万元的楼房！

　　机会来了，我逮住这个话题说出自己想说的事情。我说：妙，真是金科玉律！不过据我所知，不只有房地产行业掌握这个诀窍，人家炒期货的，也是以小搏大，充分利用资金杠杆……

　　老泰山慢慢转回身来，从嘴角拔出烟斗，两眼定定地看着我。我不回避他的目光，与他对视，屋子顿时寂静下来。

　　我鼓起勇气，首先打破沉默：梅真告诉我许多期货交易规则，也告诉了我关于伦敦铜的一些事情。

老泰山并没发火。他在椅子上坐下，缓缓地摇头：她不该对你说这些事情。

我有些激动，走到书桌旁，恳切地对他说道：岳总，事情到了十万火急的关头，我不得不把这事情挑明。我们的恒泰集团，您老人家亲自打下的江山，眼看就要毁于一旦，现在只有你才能挽救危局，只有你采取果断措施，才能制止不断扩大的亏损……

老泰山一拍桌子，厉声道：是梅真派你来做说客，劝我斩仓，对不对？今晚上你来看我，根本就没安好心！

他火了，我心里反倒安定下来。我说：我只做应该做的事情，你不是把我当作儿子看吗？你不是希望我做接班人吗？为了对你、对公司负责，今天我才来说这番话。理智些吧，岳总，市场既然证明卖空铜是一个错误，那你就应该及早认输出局……

在我岳泰的字典上，永远找不到"认输"二字！老泰山的烟斗敲得大班台砰砰作响，显得怒不可遏，你，还有梅真，少来动摇军心。仗打到这份上，认输等于自杀，你懂吗？

我争辩道：可是，伦敦铜继续上涨，你将全军覆没！现在退一步，留得青山在，不怕没柴烧，总还有一些希望吧？

那么我问你，平仓之后，铜价又下跌了呢？你怎么办？没有只升不跌的行情，我就不信这铜不跌！你们这些投降派，只晓得斩仓认输，万一判断失误了，谁敢负责？

我敢负责。我只晓得一个道理——我们不能再赌了，赌不起啊！事情发展到这地步，必须有一个了断！我的口气变得强硬起来。梅真在行动，我得尽快把话对老泰山说透。

怎么了断？你们劝降我不听，不接受，怎么办吧？你说！

我深深吸一口气，平静地、一个字一个字地说道：梅真正在平仓，现在，我估计伦敦铜的空单已经平完了。你的账户干净了。梅真有下单的权力，不是吗？

我的老丈人傻了。他肯定没想到梅真敢擅自平仓。他一句话也没说，站起来，转身打开书橱旁的小门——就是那间密室！我今天终于可以大开眼界了。

我随老泰山钻入密室。这本是个储藏室，现在改造成电脑间。除了两台配置先进、屏幕宽大的电脑，小屋里什么也没有。我不禁有些失望。

老泰山迅速打开电脑，调出伦敦铜走势图以及他的交易软件。他急急敲打键盘，手指颤抖得很厉害。他脸上的神情，完全像一个急切地要看到最后一张底牌的赌徒⋯⋯

我已经很熟悉伦敦铜的盘面。铜价跳跃上涨，那一根根红棒条嗖嗖蹿升，三千五百美元的大关刚刚被突破，再一次刷新历史纪录！老泰山盼望已久的下跌行情并未出现，继续顽抗，无疑是死路一条！梅真果断斩仓，结束了这场噩梦。岳泰的账户里已经找不到一张空单，白茫茫一片好干净。

老泰山并未如我想象的那样，急得暴跳如雷。他愣着，仿佛挨了致命一刀。足足有十分钟，他像一根木头呆坐在电脑前。然后，他沉重的脑袋一点一点低下去，低下去，喉咙里发出粗重的喘息。

我怕他心脏病发作，准备打电话叫施医生。然而，我听见一声响亮的抽泣，我的老泰山，我尊敬的楼王，竟然号啕大哭！我急忙转回来，抚摸他的脊背，企图安慰他。可是老泰山泪如洪水，呜呜咽咽哭得像一个老孩子。可怜，真是可怜……

我扶老泰山回卧室躺下。他哭够了，显得十分平静。

他倚靠着床头，时断时续，自言自语地说话：我在哭楚霸王，那是好汉一条啊……他百战百胜，没想到垓下一战，竟输得干干净净！这是命啊，人不能不服命……我的命怎么会是这样呢？我原以为找到一条捷径，像炒楼花一样，打赢一仗，资本就能翻十倍，可是……LME，厉害，真是太厉害了！

窗开着，阳台上的八哥受灯光刺激，又活跃起来。这个小坏蛋，模仿着老泰山的语调，一声声叫嚷：L.M.E，L.M.E——

我沉重地说：你是输在国际基金手里。那都是金融大鳄，超级杀手……

老泰山摇摇头：不，我是输在自己手里。时候到了，命里注定要栽一跟头。

我不解地问：你为什么要听梅真的？你挣的钱还不够多吗？怎么还用去冒这样大的风险？

老泰山严肃地瞪着我：钱到了一定的数量，就不是钞票的意义。它是一种力量，一种权威，掌握得越多越好！我告诉你，每一个企业家都想当王，当大王！所以，他们永不止步地追逐金钱。我再重申一遍——钱不是钱，而是王的权杖！

老泰山说这话时，浑身透出一股霸气，令我慑服。这位农民出身的地产大亨，这位刚刚铩羽落地的楼王，总保持着一种精神气质，显得卓尔不凡。

我忧忧愁愁地说：今后，咱们怎么办呢？

老泰山明白我想说什么，拍拍我的手臂，发出一声叹息：是啊，大风暴马上就要来了。我们的百慕大城可能被刮得无影无踪。不过，只要有信心，一切都可以挽回。

我疑惑地问：还能挽回？怎么挽回？

老泰山望着我，似乎要给我一个考验：你，还信我吗？

我停顿一会儿，点点头：信，我信你是楼王。

老泰山满意地点点头：这就行了。我告诉你，当年我赤手空拳打天下，打出一个百慕大城来。现在，我账号里还有三千万美元，折合人民币两亿。你说，这比过去要强多少倍？我还有你这么一个助手，这一段坎坎坷坷，也把你历练成熟了。咱们爷俩儿背靠着背，试看天下谁能敌？

老泰山的话鼓起我的精神，我渐渐兴奋起来：岳总你说，下一步要我怎么干？

你先帮我顶一阵子。不管发生什么事情，你都要顶住！给我几天时间，七天吧，最多七天，我就能恢复元气，拿出一套完整的复兴方案！

放心吧，我会为你遮风挡雨，排除一切干扰！我信誓旦旦地说。

突然，老泰山的脸变了颜色，变红，变紫，就像上次一样。他挥挥手，吃力地说：去叫，施医生上来，我，我……

我非常吃惊，老泰山的心脏病说犯就犯，就跟川剧变脸似的。我找来施医生，看他紧张地进行急救……

我走下楼梯。对于楼王的信心，慢慢地开始动摇。因为我想起甘侦探的照片：施医生拿着一叠病历，正向庄子繁邀功买赏……假如庄总下一道密杀令，施医生在老泰山的药里做点手脚，楼王的复兴计划岂不泡汤？

老K，这个影子杀手，将在龙宫掀起一场更大的风暴！

四十二　大停电

风暴果然来了。

一系列事件接踵而至，与其说风暴，倒不如说一场连环大爆炸！爆炸的导火索不在龙宫内，而是被百慕大城一次停电意外地点燃。

停电发生在晚上八点，这恰恰是人们最需要电的时候。一期公寓已有大半业主入住，人气渐渐旺盛。此刻，一家人围坐在电视机前，享受着入户式中央空调送来的冷气，正等着看黄金时段的电视剧。忽然，停电了，这种中国式享受被打断，整个百慕大城陷入一片黑暗！

业主们愤怒了，纷纷走出家门，聚集在物业公司大门前。天气十分闷热，空调一停，屋里没法待。所有的因素都为一场闹事做好了铺垫……

百慕大城仍在使用临时用电，这问题迟迟得不到解决。关月影原是公关部长，她一走，此事更没人管了。电老虎们吃不饱肚子，拉闸停电的事情就越来越频繁地发生。居民们不堪忍受，多次到物业公司吵闹。可魏经理也无法解决此事，只能用好话敷衍。他人缘本来就不好，业主们又需要一个出气筒，因而所有的脏水都泼在魏经理一个人身上。

这天晚上合该出事，老魏饭后散步，溜溜达达又回办公室来了。他这人有个毛病，喜欢找保洁女工单独谈话。啰啰唆唆，拉拉扯扯，一谈就是两个小时。倒也没有越轨行为，女工只能忍受这位领导的精神折磨。今晚上老魏可没尽兴，刚扯开个头，灯就灭了。接着楼前一片喧哗，办公室门被人敲得山响。

魏经理有几分做贼心虚，也想躲开麻烦，索性不吱声。女工不干了，人家凭什么赔上自己的声誉？她把门打开，抢先把自己洗刷干净：是魏经理不让开门，我也不知道他在动什么脑筋……

魏经理被揪到楼前小广场，业主们将他推来搡去，发出种种责难。咯咯鸡也在场，事后他对我描述：那场面，就像"文革"时期红卫兵揪斗我的资本家老爹一样！魏经理忍无可忍，用对讲机召保安来保驾。一会儿工夫，保安队长老铁领着十几条大汉匆匆赶到。双方对峙，情形十分紧张。

有了自己的队伍，魏经理神气十足。他背着手教训业主们：不许闹事！谁闹事，后果自负。我再对你们说一遍，我管不了停电的事，要闹，你们到电力部门去闹！

这时，一位怀抱哈巴狗的胖太太挤到他面前。她说：魏经理，你收物业费的时候，总是向我们伸开一个巴掌，拖腔拉调地说——每平方五元！我们给你起了个外号，就叫"魏五元"。今天我要问问你魏五元，你这事不管，那事不管，收了我们这么高的物业费，究竟干什么去了？

魏经理对老铁说：她叫我外号，你听见没有？这是污辱我的人格，你必须让她闭嘴！

老铁是魏经理的忠实走狗，长得像一尊黑金刚，十分吓人。

他得到主子的暗示，拿出泰山压顶的架势，向胖太太一步一步逼去……

据咯咯鸡说，当时一片黑暗，老铁与胖太太的身影粘合为一体，谁也看不清究竟是哪一方先动的手。但是，人们的听力十分敏锐，一记响亮的耳光声传入所有人的耳膜！

老铁向后跳了一大步，捂着右脸颊，愤怒地咆哮：你敢，你敢打我……

胖太太放下小狗，双手捂脸哭喊起来：天啊，保安打人了，这个臭流氓打我的脸……

愤怒的业主们一拥而上，三五个人对付一个保安，揪领子，拽胳膊，推推搡搡。虽然没有真打，情形也十分吓人。

魏经理抱着脑袋下达命令：撤！撤！头一个鼠窜躲进小楼。

保安们开始不敢动手，撤退时也急红了眼，拳打脚踢冲出包围圈。保安出手重，就不免伤了几个人。业主人多势众，像咆哮的浪潮涌向小楼。保安们吓得锁上大门，业主就把小楼里三层外三层地包围起来。

这期间，不少人打电话报警，咯咯鸡也拨响了我的手机。我正在酒吧与琴泉聊天，并暗示她我即将离婚。琴泉说了一句话：你离婚，和我有什么关系？我被噎得张口结舌，亏了手机铃响，才为我解了围。

咯咯鸡如丧考妣地冲我嚷道：不好了，打起来了！打起来了……

没等咯咯鸡把事情说完，我就起身向琴泉告辞。真是糟糕，这个魏经理到底惹下了大祸！我打了一辆的士，匆匆赶回百慕大城。

物业公司小楼前的情景，只有电影里才能看到。人们高声呼喊，骂声不绝。个别人捡起石头，朝二楼办公室的玻璃窗扔——咣啷啷，整扇大玻璃被砸成了碎片！

何花女士——就是那个胖太太，以女高音般的嗓门哭喊：他们杀害了它——威威，你死得好惨啊！

我以为出了人命，顿时吓出一头汗来！等我看清她怀里抱着的死狗，又打听了旁人，才明白混乱中不知是谁踩死了那条名叫"威威"的小狗……

我站在石台阶上喊：同志们，冷静一下，请保持冷静！我对今晚的不幸事件表示遗憾，我代表公司向大家保证，对于今晚的事件，我们一定妥善处理，一定给大家一个满意的答复……

应该说，平时我挺有人缘，业主们对我的印象还不错。因此，没有人推搡我，也没有人向我扔臭鸡蛋、西红柿之类的东西。周律师——与咯咯鸡为邻的那个瘦高个，代表业主们向我提出两条要求：第一，立即炒掉魏经理以及那帮保安；第二，限期解决临时用电问题。我满口答应。这种时候他提一百个要求我都得答应！

胖太太尖声喊：还有一条。第三，赔偿威威的性命！

我连忙点头道：我赔，我赔！

警察也来了。风波虽已平息，我、魏经理，还有业主代表周律师，一同去派出所做笔录。派出所所长姓王，是一名短小精悍的中年警官。做完笔录，他把我单独留下，说几句悄悄话。

王所长说：你们百慕大城真不太平啊。前段日子一个女人跳楼自杀，今天保安又和业主们打起来了……明天还会出什么事？我管一方土地，遇上你们这样的主儿，可真不省心啊！

我很想把龙宫里发生的怪事告诉他，却又觉得时机不合适。这位王所长，以后我肯定少不了麻烦他。于是我说：多谢您了。改天我代表公司摆一桌酒席，请您，还有所里其他同志一块儿聚聚！

那倒不必，只是希望你今后配合我们工作，尽量少惹些麻烦。王所长说着，与我握手告别。

出了派出所，魏经理还在街旁等着我。他哆哆嗦嗦地问：你，你真要炒我的鱿鱼？

我叹息道：老魏呀老魏，我说你多少次了，一定要和业主搞好关系。可你，搞到今天这般地步，你说怎么办？

老魏还想辩解：是他们先动手，打了老铁一记耳光……

我说：得了，甭管谁先打谁，你肯定是站不住脚了。过去布告上有一句话怎么说来？不杀不足以平民愤。我没其他选择，只好挥泪斩马谡了。

魏经理跺跺脚：邓总前脚一走，你就要斩我，说得过去吗？

我笑道：你也别生气，咱们这公司也难说还能撑多久，你早早寻找出路，说不定是一件好事呢。

魏经理听出我的话里有意思，怔怔地望着我。我闭上嘴，再不肯透露一个字。

四十三　橙汁里的死羊眼

一夜惊魂，我无法入眠。清晨，我坐在底楼客厅的沙发上沉思。

老泰山要我为他遮风挡雨，顶住七天，这才仅仅度过第一天。昨晚百慕大城平地起了一场大风波，我竭尽全力，总算暂时平息下来。今天又会出什么事？天知道。我真希望这七天过得快一些，老泰山好早点拿出锦囊妙计来。

毕竟是楼王。我仍对他抱有希望，甚至有些迷信他。我记得老泰山刚从英国回来时，是如何用一桌酒席化解了重重矛盾，谈笑间使内外对手臣服。现在，他在干什么呢？也许正与某位大人物沟通，突然间又打出一张王牌；也许他正调动一笔神秘资金，以解燃眉之急；也许他在构思一份复杂的重组方案，利用一连串令人眼花缭乱的资本运作，率领公司突出重围……总之，我相信他总有办法。百足大虫，死而不僵，何况一个楼王？

我掰着手指头算计：还剩下六天了，无论如何要顶住！在我想象中，老泰山是一位武林大宗师，受了重伤，眼下正躲在山洞里练功复原。而我，是为他守卫洞口的徒弟，手持兵器，抵挡一些来犯之敌，保证师父不受任何侵扰。火候一到，师父破关而出，局面陡转，所有的敌人望风而逃……

这样的想象给我带来满足感。风雨飘摇中，我俨然成了恒泰集团的顶梁柱，成了岳泰总裁的赵子龙。责任重大啊，我必须保证余下的六天不出任何差错！

走廊传来木屐摩擦地板的声响。是杨画眉，夏天她总爱穿一副日式木屐。走路时腰肢摇摆，显出她独特的风姿。她径直走入厨房，竟然没有看见我。我想了一想，起身随之而去。

杨画眉在挤橙汁。这是为老泰山准备的，他早晨醒来，总要喝一大杯新鲜橙汁。不知从何时起，这项工作就由杨画眉负责了。据说，老泰山只爱喝杨老师亲手榨出的橙汁，沈大厨的手艺也不行。这曾经很令杨画眉骄傲，仿佛成了她特殊身份的证明。她喜欢在众目睽睽之下，双手捧着一大杯（喝扎啤的那种大玻璃杯）鲜橙汁，穿着睡衣，拖着木屐，一步一扭地登上楼梯……

如今不行了，她的希望完全破灭了。她的眼圈老是发乌，显示出长期睡眠不足的迹象。人也憔悴许多，额上的皱纹与眼角的鱼尾纹明显加深。我想起，她曾咬牙切齿地说过，一旦老泰山与梅真结婚，她就要亲手杀死他们……不知她心中现在做何感想？

更令我吃惊的是，杨画眉竟是孙自之的人！我不清楚孙瘸子在背后扮演什么角色，但可以肯定，他极力撮合杨画眉与老泰山的婚姻。假如这步棋走得成功，公司领导核心的格局就会起大变化。那么，时至今日，恒泰集团危在旦夕，那鬼瘸子又在打什么主意呢？

孙总怎么样？他喜不喜欢喝橙汁？我突然问道。

杨画眉始终没有发现我坐在她身后的椅子上。她已经榨完橙汁，正在洗刷机器。听见我的声音吃惊地回过头来。她睁大眼睛道：啊，童总，你什么时候过来了？怎么起得这样早？

我说：心里有事，睡不着啊。杨老师，你还没回答我的问题呢。不过，我猜也猜得出来，孙总也爱喝橙汁，因为有人给他榨。只要有条件，人的嗜好很容易养成。

杨画眉的脸微微一红，神情有些紧张。她想辩解，一时又找不到合适的话说。最后，她恼羞成怒，把洗好的榨汁器往桌子上一蹾，说：你老扯孙总干吗？他爱不爱喝橙汁我怎么知道？我和他没一丁点儿关系，你老在我面前提他，究竟是什么意思？

没啥意思，只是问问。你过去不认识他？在进入这个家庭之前，你与孙自之一点儿关系也没有？我以强调的语气问道。

没有！杨画眉斩钉截铁地说，我从来不认识他。童瞳，你要怀疑我什么，就直说。我早想离开这个是非之地了，是你代表岳总挽留我，我才待到今天。这样的日子很难过，我，我心里……

杨画眉眼里涌出泪水，哽咽着说不下去了。我突然产生内疚感，非常同情这个女人。是啊，老泰山与梅真结婚，她的处境多么尴尬，内心的痛苦又无处诉说，真是度日如年啊！

杨画眉擦着眼睛走出厨房。我站起来说：对不起，我只是随便说说。我没想伤害你……

别说了，什么也别说！杨画眉快步走向自己的卧室，走廊里回荡着响亮的木屐声。

我转回身，望着放在桌上的橙汁，透过啤酒杯厚厚的玻璃，新鲜橙汁散发出诱人的光泽……

沈大厨出现在我身后。他用口音浓重的广东普通话说：童总在这里呀，是不是饿了？我给你搞一些早点吃吃，马上就好……

我说：不用了，我不饿。

我打开厨房后门，出去透透气。杨树林弥漫着树叶的芬芳，沁人肺腑。过了一会儿，我听见沈大厨与杨画眉说话，知道那女人要上楼送橙汁去了……

接下来的事情，我得换一个角度叙述——

杨画眉捧着大玻璃杯，心事重重地登上楼梯。老泰山已经起床，正坐在沙发上看报纸。杨画眉把橙汁放在茶几上，站立在一旁，等着。

过去，这段时间正是她亲近岳总的好机会。她总会一边找出许多话来絮叨，一边为他整理床铺……可现在，他们已经无话可说，杨画眉只是默默地等岳泰将橙汁喝完。屋里的气氛沉闷而僵持。

与以往一样，老泰山双手捧杯，大口大口地喝下橙汁。这有点像饮牛，可老泰山就这风格，喝得很爽！橙汁渐渐喝尽，玻璃杯快要露底了。突然，两只眼睛出现在杯底——

这双眼睛像人眼，又不是人眼。很大，简直巨大！应该是羊眼。两只死羊眼埋伏在杯底，猛地显露出来。就这么瞪着老泰山！

老泰山深受刺激，双手一抖，玻璃杯被他摔出老远。两只死羊眼在地板上滴溜溜滚动，一直滚到杨画眉脚前……

杨画眉歇斯底里地、持续地尖叫：啊——

我和沈大厨正坐在厨房里聊天。沈大厨抱着老猫菲菲，一脸憨厚地朝我笑。我却想这家伙也不是好东西，旁敲侧击地刺探他与庄子繁的关系。这时候，我听见杨画眉的尖叫，马上明白老泰山出事了！我一下跳起，迅速奔向三楼。

老K！这鬼魅一般的敌人又发起了进攻……

四十四　我与哑巴死掐

真是奇了怪了，新榨的橙汁就放在我面前，谁把一对死羊眼放进去的呢？

迄今为止，这是离我最近、让我看得最清楚的事件。老 K 简直踩到我的脚后跟了！这倒也好，我可以缩小怀疑范围，把焦点集中在杨画眉和沈大厨身上。显然，只有他俩具备作案条件。因为这个早晨一共有三人进入过厨房——如果连我也算上的话。

杨画眉嫌疑最大，她对老泰山的婚姻满怀怨恨，采取报复行动也是可以理解的。我进厨房时，橙汁已经榨好，她正在洗榨汁器。此前，她完全可能将死羊眼放入大玻璃杯中，因为厨房内只有她独自一人。回想起来，我在她背后说话，她十分慌张。我提起孙瘸子，她的反应也过于激烈。种种迹象表明，杨画眉有点儿做贼心虚，很不正常。

沈大厨也有作案机会。我从后门出去，到杨树林呼吸新鲜空气，杨画眉也回了自己房间。这是一个空档，时间虽短，但他完全可能下手。预先准备好一对死羊眼，对于一个厨子来说也并非难事。说实话，我本来对这位睡觉实在、憨态可掬的厨子很有好感，他对猫都那么善良，更何况对人呢！可是，看见他与庄子繁暗中勾搭的照片，我十分震惊！人不可貌相，越是表面忠厚老实的人，越是可能干出大奸大恶之事！

谁是老 K？男的还是女的？他必是其中之一！

我把自己的分析讲给老泰山听，他倚靠着床头，闭目颔首，沉默不语。刚刚受过刺激，他显得很虚弱，那颗有病的心脏一定承受着巨大的压力。我想，老 K 的一系列行动，都是针对老泰山的心脏而来，他企图以各种刺激加速这颗心脏的崩溃、破裂……

老 K，这个说法有意思。老泰山轻轻说道。他又摇了摇头，自言自语道：杨老师，沈大厨，他们都不可能是老 K……

哑巴也在屋内。他坐在一把小椅子上，匍匐于老泰山的脚前，像森林里的一匹瘦狼，眼睛里射出冷森森的光。他盯着我，盯得我浑身不自在。这位孝子，他肯定要在老泰山遭遇危机之际表现自己。但是，他干吗这样盯着我呢？

突然，哑巴一跃而起，朝我扑来！他要打架？我急忙躲闪。

哑巴哇哇啦啦比比画画，朝我大吼大叫。仇恨使他瘦长的脸庞扭曲，狂热的眼睛仿佛迸出火星来。两只手剧烈颤抖，似乎马上要把我撕成碎片……

我往老丈人身边躲避，惊恐地问：他怎么了？他，他在讲什么？

老泰山却面带微笑，丝毫没有紧张的意思。他甚至能听懂哑巴的话，一句一句在我耳旁翻译：冷丁说，这事是你干的。龙宫里发生的所有的怪事，都是你在捣鬼……你经常半夜起来，到处游逛，他一直在后面跟着你……他再也无法忍受了，恨不得掐死你！

这回轮到我跳了。我指着自己鼻子，满屋子转圈：什么？我？难道我是老 K？这个死哑巴，他怎么硬要把屎抹在我身上？

我冲哑巴吼，我吼他也吼。我们像两条咬架的狗，吠声震天，互相撕咬，杂毛乱飞！我们互相掐住对方的脖子，往死里掐。要不是老泰山喝住我们，今天非掐个你死我活，见出分晓……

老泰山拍打床头柜，厉声喝道：滚出去！你们两个都滚出去，我，谁也不想见，一个都不见……

老K真把我们搅昏了头！人们互相猜疑，彼此怨恨，谁也不相信谁。哑巴对我的指责令我伤心，我到处追查老K，想不到自己也成了老K的嫌疑人！这混乱的日子，究竟到哪天才是个头呢？

然而老K并没住手，他不让我们喘息，一波接一波地发动进攻！仅仅相隔一天，又发生了一桩骇人听闻的事件。

晚餐时，大家默默地坐在餐桌旁，等待沈大厨上菜。气氛很压抑，每个人都提心吊胆，既怕龙宫出事，又怕自己卷入是非漩涡。杨画眉病了，这个不幸的女人，自从看到死羊眼那一刻起，就陷入谵妄状态，整日整夜地躺在床上胡言乱语。下一个会轮到谁呢？恐惧像看不见的烟雾，在别墅的每一个角落弥漫……

灯忽然灭了，客厅一片黑暗。该死的临时用电，也使我们饱受折磨。好在龙宫自备柴油发电机，小王、小李跑到厨房后面的机器间，捣鼓一会儿，随着马达的轰鸣，灯又亮了。

就在这时，沈大厨发出古怪的喊声。他仿佛要打一个喷嚏，又打不出来，嘴巴张得老大，就那么"啊——啊——"地喊着。我预感到又出事了，迅速离开餐桌。众人跟在我后面，一齐涌入厨房。

沈大厨刚从烤箱里拿出一只盘子，盘子里的菜肴令所有的人大吃一惊——一只鸟儿，身体被裹在泥球里，只露出小头小嘴。它已经被烤熟了，泥巴团也已经烤焦，散发出一股香气。这东西看上去像一只不倒翁，站立在白色的盘子里。

我端起盘子，走出厨房，把这道烹饪杰作放在桌子中央。众人默默地回到自己位子，坐下。

我指着盘子里的"不倒翁"，说：你们知道这是一只什么鸟吗？我告诉你们，这是八哥，会说人话，还会说英语。这是岳泰总裁最心爱的小鸟，一直由杨老师亲自侍候它……瞧，它现在变成这副模样，多么残忍啊！

孙瘸子孙总站起来，阴沉沉地开腔说话：谁干的？自己坦白。要是被我查出来了，后果自负！

众人默不作声，却把目光齐刷刷地投向沈大厨。沈大厨额上沁出汗珠，急忙辩解：不是我，肯定不是我……这只鸟儿，早就放进烤箱里了，我不知道，真的不知道……

施医生将烟蒂狠狠拧灭，冷笑道：谁信？你们信不信？反正我不信。事情都出在厨房里，你这个厨子竟然什么都不知道？骗鬼去吧！

我拍拍桌子：够了！你们都在演戏，我实在看够了。我掌握着底牌，掌握你们每一个人的底牌！要不要我当众把底牌亮出来？！

我用目光挨个儿逼视坐在餐桌旁的人。无人敢与我对视，他们一个个地低下头来。

我继续说道：有一个人，一直在暗中捣鬼。我给他起了代号，叫"老K"。我心里很清楚，老K就在这里坐着，就坐在这张餐桌旁。你敢不敢站出来？老K，我要和你单打独斗，你有种站出来！

我控制不住自己的情绪，激动而愤怒，手掌不断拍打餐桌，拍得生疼。众人耷拉着脑袋，没有人接受我的挑战。

背后传来妻子的声音：童瞳，够了，再这样闹下去，你都要变成神经病了。上来吧，跟我上楼。

我慢慢地转回身，看见打扮得花枝招展的岳静水。她要外出约会，正好看见我向老K挑战的一幕。显然，我的表现在她看来傻气十足。

我顿时泄气了，无精打采地走上楼梯。

岳静水挽着我的胳膊，在我耳旁说：你需要休息，好好地睡一觉吧……

我感到众人的目光集中在我的后脑勺上。其中有老K，那嘲讽的目光像一根金针刺入我的脑仁。他笑了，得意而诡秘地一笑。

四十五　血光

深夜，有一只猫头鹰在杨树林叫。这东西在城市中十分罕见，我头一回这么近、这么真切地听见它的叫声。准确地说，猫头鹰在笑，它以一种阴森而古怪的笑声，宣告自己的存在。老辈人说，猫头鹰一笑就要死人，可见它笑声之恐怖！

我相信这是凶兆。在发生了一系列不可思议的怪事之后，龙宫内的恐怖气氛渐渐蔓延开来。每个人都有预感：事情还在发展、还在升级，死亡的阴影似乎正在逼近。于是，猫头鹰来了，它的来访绝非偶然。我站在底层客厅里，侧耳聆听猫头鹰以它特有的笑声发出的警告……

我在黑暗中巡游。与以往不同，今天的夜游我并不是漫无目标地四处走动，而是在实行一个酝酿已久的行动。我的衣袋里塞满照片——那可是我从甘侦探手中高价买来的宝贝。我决定把这些照片送给它们的主人。因为我在餐桌上说过，我已经掌握了每一个人的底牌！我要证明这话是真的。

我打算悄悄地将照片从门缝底下塞入，第二天早晨，房间的主人就会发现它们。这很有意思，当他或她看完了这些照片，一定会惊得目瞪口呆——他们的真实嘴脸已经暴露在光天化日之下！

这一招我已经在妻子岳静水身上试过，很灵。我们之间的关系一下子明朗了，她再也不来纠缠我，逼我找出老照片上那个与琴泉极为相似的女人了。她面临抉择，很严肃，必须给我一个真实的答案。我只要真实，别的都无所谓。我发现龙宫居民都有一副假面具，这真叫人受不了，我得逼他们亮出自己的真实嘴脸。我相信，他们看到照片后会像岳静水一样，都来找我，或辩解，或坦白，总之他们要给我一个说法！

我站在小王、小李的房门前。两个小保姆原来不是省油的灯，邓一炮通过魏经理把她们安插在龙宫，既可以刺探消息，又可以做一些老K所做的手脚。是的，她们有机会作案，两个姑娘机敏灵巧，互相掩护，把个小八哥塞入烤箱内是完全有可能的。我从右边的兜里掏出一个信封，里面装着小王与邓总在公园幽会的照片。我提前把照片装入信封，放在不同的口袋，不会搞错。我弯下腰，将照片塞入门缝。一刹那，我想起邓一炮。他可真有两下子，人死了，还留下大大小小那么多定时炸弹。

我站在沈大厨的房门前。这家伙果然睡得实在，鼾声如雷，走廊里任何一个角落都能听得清楚。我从右边口袋掏出一个信封，悄悄从门缝底下塞进去。他曾亲口告诉我，老泰山对他一家恩重如山，救了他母亲的命，还给他几个兄弟盖起楼房……你要是还有一点儿良心，为什么与庄子繁、孙瘸子勾勾搭搭？你究竟图什么？

挨着沈大厨的房间，是施医生的卧室。这条毒蛇，我对他从来没有好印象。我倾向于这样的判断：施松鹤就是老K！这个医生，这个知识分子，老板许诺给他股份，他就置斯文、体面于不顾，伏在地上为老板洗脚。如果有人出更高的价钱，谁能保证他不把主子给卖了呢？瞧，施医生一脸献媚模样，捧着老泰山的病历，递到庄子繁面前。他们肯定在打老泰山那颗破损心脏的主意。正因为施医生最明白老泰山的心脏受不得刺激，他才搞出一连串鬼怪事件，企图断送楼王性命。庄子繁可是大手笔，他肯定出了大价钱收买施松鹤的灵魂……

我把照片塞入施医生的房间。老K，看你还不现原形！

我来到杨画眉卧室门前。我有些犹豫不决——这女人的精神已濒临崩溃，我还有必要把照片送给她吗？说到底，她只是孙瘸子的一颗棋子，是男人之间钩心斗角的牺牲品。算了，别让她太难堪了，不如把照片送给孙自之，看这个鬼瘸子做何解释。

我上二楼。距我和静水居住的大套间十几步远，是哑巴冷丁的卧室。我把照片塞入门内。我站在门前思考良久，猜不透这哑巴闷葫芦里究竟藏着什么药。他怎么会把板子打到我的身上，认定我是老K？他为什么半夜不睡觉，偷偷跟踪我？他对我的怨恨为何如此深如此大，恨不得一口吃了我？嗯，这是我的天敌。作为养子，他肯定要和我这个女婿一争高低。那就来吧，你先给我解释一下，你与孙自之究竟是什么关系！

走廊尽头，就是孙自之的卧室。我本能地感到，这是一个黑司令，是龙宫另一个主角。他虽然不是岳家家族成员，却在恒泰集团扎下又深又长的根。我至今无法认清他的真面目，总有一团迷雾包裹着他。老泰山不让妻弟邓一炮住入龙宫，倒让外人孙瘸子住进来，显然是费了一番苦心的。他是格外信任他，还是要看住他？在公司危机重重之际，孙瘸子究竟打着什么算盘？

无论如何，你得解释与杨画眉的关系。你是不是在演绎《三国演义》中王允戏貂蝉的故事？我蹲下身，将最后一只信封从门底下塞进去。忽然，门无声无息地开了。我吃了一惊，猛一抬头，发现孙自之站在我的面前！与上次一样，他正在门内等着我呢。这鬼瘸子真会神机妙算？

我狼狈地站起来，孙总拉我进屋，顺手悄悄关上房门。他开亮台灯，搬过椅子请我坐下。我准备好接受他的嘲讽，他却一脸严肃，显然有要事与我商量。

童瞳，事态发展越来越严重，我们不能再等了。我想，我们应该向公安局报案。孙自之开门见山地说道。

我感到意外：报案？报什么案？因为那只八哥？

孙自之点点头：对。岳泰总裁的八哥被烤熟了，此事非同一般。

我说：上次煤气着火，我要报案，你不让。你说，公安局不会为这种事情立案。难道为了一只鸟儿，他们就肯立案了？

情况大不相同。首先，这只八哥关在笼子里，笼子挂在三楼阳台上。谁爬到三楼阳台，从笼子里捉出这只鸟来？爬阳台这行为本身就构成犯罪。再说，与以往的事件不同，这次伤了生灵。八哥也是一条命，害了它的性命就有血光。龙宫开始见血光了，这血光会越来越重！我看得很清楚……

孙自之说话的声音颤抖，"血光"二字拖长了声调，使我听得毛骨悚然。他说完了，我们脸对脸沉默着，感受未来血光之灾的恐怖。

过了一会儿，孙总又问：你找我有什么事？好像要送一样东西给我？

我把信封抖一抖，几张照片抖落在台灯下。杨画眉与孙自之的亲密接触，在灯光照耀下格外醒目。哑巴翻着一大叠账本，向孙总

236

做汇报，这情景显示孙总并非对财务情况毫不知情……

孙瘸子一张一张仔细翻看照片，脸上满是窘迫神情。我瞅着他，等他做出解释。

他把照片收起来，塞入信封。然后抬起头，直视我的眼睛：你对我有怀疑，怀疑我是那个什么，老 K。我可以坦白地告诉你，我既不是老 K，也不是老 Q，更不是老 J！我孙自之对岳家一片忠心，这一点，只有老板最知道。关于这些照片，我不想解释，一个字也不解释。

我站起来，严肃地道：你可以不解释，但是，照片毕竟记录下事实。哪天你改变了主意，就来找我说说。我走了，你休息吧。

孙总送我到门口。趁他还未关门，我回过头来问：为什么我每次到你门前，你总在门后站着，好像专门在等候我？

那鬼瘸子意味深长地说道：在龙宫，并不只你一个人夜里睡不着觉。你盯着别人，别人也在盯着你。

四十六　老疤追债

盛夏，烈日如火，楼市如冰。

我坐在水晶球办公室里发怔。这一个月，总共才卖了三套房子，售房款还不够发公司员工的工资。售房小姐们纷纷跳槽，钱笑娟第一个走了，倪云云也走了，贺雯雯也走了，正如我说的，她们都是候鸟，寒流一来，扑棱扑棱都飞走了。还剩一个牟小曼，不知能坚守阵地多长时间……

更要命的是，越来越多的业主提出退房要求。周边楼盘降价，显得他们早先买入的房子吃亏，宁愿接受罚款，也要坚决退房。我被他们纠缠得晕头涨脑，不敢在楼下售楼处露面。我躲起来，独自享受一会儿清静。

咯咯鸡找上门来，打断了我短暂的享受。他还领着一个小男孩，五六岁的样子，胖乎乎的小脸让我看着眼熟。咯咯鸡的头一冲一冲探到我面前，一脸酸溜溜的表情。

王胖向我透露一个秘密，你让他把房退了，是吗？一样的朋友，你怎么能两样待法？我的房也被套了，你能让我也退了吗？

我连忙说：没的事。胖子胡说！我现在六亲不认，就算我老爹来退房，我也不可能答应！

咯咯鸡说：得了，别装蒜，我信王胖不信你！告诉你，我的房子都租出去了，收益不错，租金正好还贷款，我不会真来找你退房。我只是气愤，你对王胖怎么总是比对我好呢？

我环顾左右而言他：这是谁的小孩？我怎么看着有点儿眼熟……

我的儿子。像吧？咯咯鸡有些得意扬扬。

一点儿也不像。我摇摇头说道，咦，你和那位女朋友还没结婚吧，怎么会有儿子了呢？是人家拖油瓶带过来的吧？

咯咯鸡仰靠在沙发上，往眼里点眼药水。他闭着眼睛反问：你说的是哪位女朋友？莎莎？艳艳？还是梅梅？女朋友我换了好几拨，一个也没结成婚。

我笑：想不到你这把年纪了，还风流成性。为什么不结婚呢？你有那么多房子，干吗不成个家？

咯咯鸡摇头叹息：她们都不会生孩子，都是不下蛋的母鸡。我找这些女人不是图风流快活，就想生一个儿子。儿子，对我来说特别重要！你想，我有那么多房子，没有儿子留给谁？最后我两腿一伸，化作一股青烟从火葬场烟囱冒了出去，这些房子不是又归国家了吗？

你想得真长远。不过，这么多女人生不出儿子，问题出在哪里呢？会不会是你有病？

咯咯鸡一个翻身从沙发蹦起，瞪着水汪汪的眼睛冲我嚷：你有病，你才有病！打人不打脸，骂人不揭短，你说话怎么净呛我肺管子？

我知道这话题是咯咯鸡的禁区，不该随便踏入。我一时找不出话来安慰他，幸亏那小男孩过来解了围。本来他一直坐在地毯上用纸叠飞机，把我办公桌上一本信笺都快用完了。看见咯咯鸡发火，他急忙跑过来，抱住两条细长的鸡腿不住摇晃。他喊：爸爸，爸爸，亲我一下吧！

咯咯鸡转嗔为喜，抱起小男孩，在他胖脸腮上响亮地亲了一下：乖儿子，爸爸就爱亲你！

我赶忙找台阶下：得，你这不是有儿子了吗？心思没了，就让乖儿子继承你的房产吧！

咯咯鸡放下小孩，让他继续去玩飞机，自己把脸凑近我耳朵，小声说道：这是王胖的儿子。

我吃了一惊：我说怎么有点儿眼熟呢，可他怎么叫你爸爸？

咯咯鸡说：我来，就想跟你说说这事。王胖这儿子叫小墩子，我挺喜欢，就认他做了干儿子。前天晚上，王胖来我家，把小墩子送给我。他说他要出差，明天就回来。可小墩子在我家一连住了两夜，也不见王胖来接他。我打他手机，关机。这就怪了，王胖出事了？还是耍什么鬼心眼？

我说：不至于吧？他把儿子送给你了，能耍什么鬼心眼？

你不知道，王胖和老婆离婚，儿子判给了他，他就老想把孩子送掉。他让小墩子认了许多干爹，送过两三家人家。把这孩子训练得，见人就叫"爸"，毫不费力。现在他把孩子扔给了我，你说，他会不会利用小墩子夺我的家产？

我哈哈大笑：你也太多虑了，你和王胖还不定谁活过谁呢。哦，这该死的胖子会不会是躲债去了？他可欠了人家不少高利贷呀！

咯咯鸡摇摇头：这叫自作自受。炒房子又不是炒股票，我劝他悠着点儿，他不听。按我的经验，房子要养，就像遇到眼下世道，看着好像不行了，你把房子租出去，养起来，总会熬出头的。房子终究要涨，必定会涨。可你欠了一屁股债，熬不下去，那就完了，你就亏大了，越着急还越卖不掉呢……

我说：你这条老房虫真成精了，谁能跟你比呀？

我们正谈着，门外传来一阵喧哗。我探出头去看看，只见走廊上三条大汉正与牟小曼嚷嚷。小曼力图阻拦他们，为首那个额上长着大疤的汉子，却硬要往里闯。他嘴里不干不净地骂道：什么鸟老板，这么难见？老子今天偏要进去，你给我闪开！

我明白，这些人是冲我来的。我硬着头皮说：小曼，让客人进来吧。

三条大汉摇摇晃晃走进办公室，带来一股凶气。除了额上有大疤的，还有两位都在身上文着猛龙。他们穿着黑色T恤衫，龙尾巴就在袖口处若隐若现地露出来。

我问：诸位有何贵干？

你就是童瞳？王胖经常吹你，吹你们是铁哥们儿。怎么样？透个信吧，王胖这小子躲哪儿去了？额上有疤的那位点燃香烟，斜着眼睛打量我。

我心里咯噔一下，知道面前这位就是王胖常说起的老疤。我急忙说：王胖是我们公司一位老客户，熟是熟，算不上铁哥们儿。我有挺长一段时间没见着他了，不知道他上哪儿去了。

老疤用香烟点划着我，说：告诉你，王胖犯事了。他欠了我五十万，跑了！这是要命的事情，你懂吗？

我点点头：懂。不过这事与我、与我们公司没关系。

我还要告诉你，王胖不仅骗了我的钱，还用信用卡透支，骗了银行的钱。现在公安局正在通缉他，谁要窝藏他，谁就是同案犯！

懂吗？

我心里直发毛：那当然，这样罪大恶极的骗子，我躲还躲不及呢！

老疤搓搓额上的疤，道：那我问你，王胖退了两套房，是你给他办的，这事确实吗？

我无法否认，只得点点头：确实。

老疤回过头对两位手下说：瞧，他们还真是铁哥们儿。这条线索不能断，你们给我盯紧点儿！

身上有龙的汉子齐声答应：是。

我急于辩解：不是那回事，请你听我解释……

老疤站起身，狠狠撚灭烟蒂：免了，我没时间听你解释。我最后告诉你一遍：王胖不出现，我就一直盯着你！

老疤歪歪脑袋，两个打手跟他出门。到了走廊，他又趔回身来，弯下腰，打量坐在地上的小男孩。

咦，这小胖墩儿是谁的孩子？

我紧张得透不过气来。咯咯鸡战战兢兢地上前，说：我的，是我的儿子……

小孩也机灵，抱住咯咯鸡的腿摇晃：爸爸，爸爸，我害怕，亲我一下吧！

咯咯鸡就抱起小墩子，在他脸上啄了一口。老疤这才真正离去。

我说：天哪，谁想到王胖能干这种事情？真是吃了豹子胆……

咯咯鸡说：他那是被逼的，那帮放高利贷的可黑着呢。王胖实在还不上，索性一不做二不休，卷着钱跑了。

我抱过小墩子，叹息道：炒房炒到这份儿上，实在太惨了。今后他怎么办呢？这孩子怎么办呢？

小墩子搂着我的脖颈呜呜地哭起来，眼泪鼻涕到处抹。他喊：爸爸，爸爸，你亲我一口吧……

我急忙把孩子还给咯咯鸡。

四十七　东窗事发

裴行长找我。而约我见面的地点很奇怪——在家乐福超市东门。堂堂一个银行行长，怎么会像间谍接头似的，选择这种地方见面呢？他在电话里声音颤抖，语气急切，恳求我立刻赶到。我马上明白：裴大光同志处境不妙啊！

我驾车来到家乐福。在川流不息的人群中，我找到了裴行长。他一脸憔悴，两眼失神，一看就是落魄的样子。他拽着我的胳膊进入超市，拿上一个塑料筐，在货架间徘徊。显然，他怕有人盯梢，选择这种方式可能安全一些。我配合他演戏，将货架上的各种商品拿到塑料筐里，老裴却把东西一件一件又放回原位。

我不买东西，我想和你谈谈。裴大光开口说话，我被调回总行，正在接受审查。我怕被双规，所以赶着见你最后一面……

我吃了一惊：那么严重？前一段时间不是挺好吗？总行那个郑副行长和我们岳总喝酒，还保证支持你的工作呢。

裴大光叹了一口气：是啊，老潘也差点儿被调回总行。我还以为从此以后太平无事了……可是谁想到，有人匿名寄来一大包合同，是你们百慕大城的。邮件偏偏落在老潘手里。他立即向总行做了汇报。我们的大老板亲自过问此事，又把工作组留下专门查这些合同。

我故意问：到底怎么回事？合同有问题吗？

总行怀疑这是一些假合同。这下把我坑惨了！我被调离市分行，姓潘的狗东西接替我的位子，当上了代理行长！你说，你们百慕大城怎么净给我惹麻烦？算我倒霉，早晚栽在岳泰那老家伙手上……对不起，我实在急糊涂了。

那么，老郑呢？总行的郑副行长，他总会给你说两句话吧？

他立刻和我划清界限。他说，因为看见海外基金向百慕大城投资，他认为这个项目很有希望，才建议我们暂时撤诉。哼，姓郑的，这批合同要是真的出事，他也得下台！

哦，情况不太妙呀……我显出将信将疑的神情。

裴大光睁圆眼睛，一字一句地说：要真是假合同，祸就闯大了！这是一桩涉及 1.5 亿元的诈骗案，是我行历史上首次遭遇的特大案件！

我倒抽一口冷气：这可怎么办？你要我做什么？

裴大光挥挥手：我的前途是完了，肯定完了。现在，我只想保住身家性命。我来告诉你，裴小亮，就是我那儿子，已经洗手不炒期货了，他的个人账户也撤销了。过去那些事，你们千万别提，只当没有发生过……

我抢着说：明白，完全明白。万一有人来调查，我们根本就不知道炒期货这回事，也不认识裴小亮。

裴大光感激地握住我的手，摇了又摇：谢谢。你和岳泰总裁，是我的好朋友，也是我的恩人，我一辈子不会忘记你们！

我暗想，不当行长了，忘不忘记也没什么关系了。我的老丈人坑了不少行长，你只不过是其中一位。真出了大事，老泰山对法院、对调查组怎样说，说什么，我可不敢保证……

离开超市，我要送裴大光回银行，他无论如何不敢上我的车。

他挥挥手道：你走吧，我自己打个出租车。

我在反光镜里最后看他一眼：裴大光佝偻着腰，正扬手召唤出租车。没有空车，一辆一辆红色的士从他面前驶过，他失落地放下手，又举起手……

我回到水晶球办公室。牟小曼迎上来，低声说道：有人找你。

哪儿的？闲杂人等我不见，就说我不在！我唯恐避之不及。

牟小曼说：华光银行的，说是行长。我不敢怠慢，请他们到楼上办公室喝茶了……

哦，肯定是潘行长！快领我去。

我走进办公室，潘行长张开双臂，仿佛要拥抱我的样子。他红光满面，印堂发亮，一脸春风，与裴行长恰成鲜明对照。

我退后一步，与他握手：欢迎你，我们是老朋友了！

老朋友，绝对的老朋友！潘行长紧紧握住我的手，捏了又捏，令我指关节生疼。

我问：潘行长，你无事不登三宝殿，有什么事需要我帮忙吗？

当然当然，我想请你领我看看房子。

看房？潘行长也想买我们百慕大城的房子？那我一定多给优惠！

潘行长干笑一声，对身边一位戴眼镜的瘦子道：到了这时候，童总还忘不了推销百慕大城的房子，真有意思！

眼镜，还有一个年轻人，一起笑出声来。我瞅他们一眼：潘行长，这二位是谁？你怎么也不给我介绍一下？

戴眼镜的瘦子立刻递上一张名片，自我介绍道：我是华光银行的法律顾问，姓张，你就叫我张律师好了。这位小杨同志，是潘行长的助手……

潘行长纠正道：准确地说，小杨同志是我行稽核部主任。我们来，是为调查一批合同，合同编号从 1025 到 1155，总共一百三十套房子。我要看房，就是指这些房子！

我知道事情麻烦了，但假装糊涂：怎么，这些房子质量有问题？哎呀，这么多房子，今天上午恐怕看不过来吧？

张律师说：看不过来也要看，我们还要约这些业主面谈。

我瞪他一眼，道：百慕大城物业管理有规定，外人不得随便打搅业主。本人工作也很忙，不可能陪你们把一百多套房子看完。更重要的是，你作为律师应该明白，一家银行无权指挥它的客户干这干那……

潘行长把话接了过去：看来你对目前的形势还不太了解，贵公司可能涉嫌一桩惊天大案！我可以把话挑明——我们华光银行怀疑这批合同是假的！

假的？你不是在开玩笑吧？

潘行长敏锐地扫我一眼：没人跟你开玩笑，童总，这些合同是真是假你心里没有数？

我急忙说：当然没数。我接管售楼处只有几个月，对很多情况都不了解……

那就请你积极配合我们的调查，用实际行动证明自己是清白的。潘行长以居高临下的姿态对我说。

我后悔自己的胆怯，马上进行反击：潘行长，我怎么听你说话的口气，像公安局长一样？百慕大城究竟有没有发生你所谓的惊天大案，应该由法院做出判断，你只是华光银行的一位副行长，似乎不具备这权力与资格吧？

潘行长竖起一根手指在我面前摇晃：我得纠正一下，本人现在已是华光银行的代理行长，副行长已经成为历史了。我还得告诉你，本行已再次起诉恒泰集团，市中级人民法院已就假合同问题展开立案调查。形势有多么严峻，你应该明白了吧？

张律师拨打手机，声调高昂地说：是英法官吗？你们已经到百慕大城了？我们正在售楼处，我马上来接你……

我透过玻璃幕墙，看见一辆白色的桑塔纳驶到水晶宫前，停下。车门打开，我所熟悉的那位女法官从车内出来，在她身后，跟着两位身材魁梧的法警。张律师一溜小跑上前，与他们握手……

潘行长说得没错，形势十分严峻。我想起关姐的嘱咐，千万别卷入这桩假合同案！于是，我决定急流勇退，明哲保身。

潘行长站在我的身后，说：怎么样？我有没有权力看看合同上的房子？为了这一百多套房子，华光银行可是放出了一亿多元的贷款啊！

我转过身，一脸诚恳地对他说：我不知道，真的不知道……我愿意积极配合调查，希望法院和潘行长你本人，通过调查能见出我的清白！

潘行长拍拍我肩膀：放心，我们不会冤枉一个好人，也不会放过一个坏人。

我和潘行长一起来到走廊，迎接女法官。

四十八　离婚

我在梦中被岳静水推醒，她在我耳旁说：我要走了，去伦敦。

我没想到，这是我们夫妻最后的告别。我打个哈欠说：走就走呗，我还没睡够呢。嗯？去伦敦？这次走得好像比较远，怎么回事？

静水说：我不等你了。我要自己走，这座小楼我一天也待不下去了。从此以后，你走你的阳关道，我走我的独木桥，咱们分道扬镳吧！

我听出这话里的意思不对，就翻身下床，坐到沙发上。茶几上放着一盒烟，就是岳静水常抽的那种细长的、带薄荷味的摩尔烟。我抽出一支，在手中把玩着，思索一会儿，道：你找到了志同道合的人，对吧？诗人，你那位前夫，是他要陪你去伦敦。这样重大的事情，你最好对我讲讲清楚。

静水从我手里拿过烟，用火机点燃，深深吸了一口，说：我把你推醒，就是为了讲讲清楚。欧阳与我破镜重圆，你已经知道了。我也不怪你采用卑劣的特务手段，知道就好，省得我多费口舌。我们要去伦敦，开始新的生活，事情就这么简单。

我摇头笑道：这也过于简单了吧？我怎么办？你总得安排一下嘛。

复员。她一挥手，果断地说。我和欧阳、伊克本来就是一个完整的家庭，楼上那个魔鬼活活把我们拆散了。现在，我要和欧阳复婚，这家庭没有你的位置，你自然就要复员。以后，你爱上哪去上哪去，爱干什么干什么。

我提醒她：咱俩还没离婚呢，你怎么能复婚？小心别犯重婚罪。

她从抽屉里拿出一份文件，递到我的面前。我一眼看见黑色大标题：离婚协议书。静水将海绵烟头竖在烟灰缸里，拿过一支签字笔，自己先在文件的末尾刷刷地签名。然后，她把笔递给了我。

我苦笑：原来你推醒我，是有这样一件大事要办。我若不肯签名，你怎么办？

别演戏，你千万别在我面前演戏！岳静水嘲讽地瞟我一眼，说，曾几何时，我把你的话都当成真的，一心一意爱上了你。我受了你这双眼睛的迷惑，以为你真是个大孩子。可我慢慢地发现，你心里根本没我，根本没有爱情。你和楼上那个魔鬼一样，胸腔里塞满野心、阴谋、欲望……你是活脱脱一个小魔鬼！

我无奈地摇头，从她手中接过签字笔：你把我看得这样坏，那就没有选择了，我只能在离婚协议书上签名。

岳静水看看手表：飞机十点半就要起飞，希望你能快一点。

我拿起笔，又放下，迟疑地说：咱俩自作主张把这件事办了，恐怕不妥吧？应该请示一下岳总。

岳静水气疯了，冲我嚷道：这是我们的私事，与公司没有一点儿关系，你请示什么？请示个屁！

别激动，别那么野蛮。岳总是你爸，是我老丈人，他有权知道我们的婚姻状况。最起码，我们也要尊重老人的意见，把情况向他说清楚，在他面前签字……

他不是我父亲，不是！岳静水歇斯底里地喊道。她又抽出一支香烟，一边点火，一边两只手神经质地颤抖着，我告诉你个秘密：我是从孤儿院里抱回来的。我妈没有生育能力，只能领养孩子。岳泰对我也不错，一直挺疼爱我。你听了会觉得岳泰这人挺善良的，是吧？如果不是我十四岁遭遇了那个可怕的夜晚，我也会这样认为，我对待他要比对待亲生父亲更好！可是，那天夜里，他把我的一生都毁灭了……

别说了。我从烟盒里抽出一支香烟，像静水一样吸了起来。

沉默。过了许久，岳静水继续说道：他是一个极复杂的人。在他堂皇的外表下面，隐藏着一种可怕的、野兽一样的欲望。有时，这种欲望突然暴发，他就会毁灭一切！我知道，最近他的病又发作了，这次他毁灭的是自己。我要抓住时机，趁他无力控制我，与欧阳一起逃脱他的魔掌！

我说：好吧，我签字。

我把签了名的离婚协议书交给静水。她如释重负，迅速地将文件藏入手袋。

我问：你如何评价我？

她说：岳泰绝对不能容忍欧阳，却能接纳你，甚至越来越喜欢你。这是一项反向指标，你离他越近，就与我相隔越远。你说，我该怎样评价你呢？

真是没想到，我太不了解你了。不过，你也不了解我，如果你知道我内心的秘密，也许会重新评价我。

来不及了，飞机就要起飞了，我没有时间重新了解你。我要走了，再见。

我看岳静水拿着一个小坤包，急急走向门口。她竟如普通约会一般，什么东西都不带。这个女人，出走的决心如此决绝，使我十分敬佩。

我从沙发站起来，伏在窗台看岳静水钻入一辆出租车。车子启动，渐渐驶远。我有几分惆怅，但更多的是如释重负的感觉。

我穿好衣服，下楼。时间尚早，客厅里的木钟刚刚敲过八点半。沈大厨为我张罗早饭，我一抬头，看见孙自之陪着派出所王所长走来。那瘸子比比画画，正在向王所长讲述什么。王所长没有进门，绕着别墅转起圈子来……

我三口两口把早饭吃完，正好起身迎接王所长。我们在客厅里坐定，小王手脚利索地端上茶来。

王所长冲我笑道：你看，我没说错吧？你们百慕大城就是事多。我刚一上班，就让孙总拖过来了。

孙自之正襟危坐，满脸严肃。他说：王所长，工作要做得细，要防微杜渐，万一我们这座别墅发生大案，说什么也都晚了。

王所长问我：你怎么看？

我说：具体情况孙总已经向你汇报过了。我认为，这一系列的事件绝非偶然，危险正步步逼近……

王所长老是笑，说话的口吻也像打哈哈：我怎么看不出有什么威胁？点个煤气啦，放个录音机啦，烤个小鸟了，这算什么案件？所有的事情，都像有人搞恶作剧。你们楼里有没有小孩？我倒宁愿相信，这些把戏都是一个顽皮小男孩搞出来的。

孙总摇头：不可大意，我已经看见血光，血光……

王所长哈哈大笑：光天化日，哪来血光？你老人家是让日光照花眼了吧……

楼上，确切说是三楼，忽然传来一声凄厉的尖叫。是哑巴的声音。他随后呜里哇啦、连呼带喊，仿佛遇见凶神恶煞一般。

孙自之脸色煞白，说了一声：又出事了！

我们一起涌向楼梯。

四十九　斩猫头

我看到一副骇人的景象：哑巴手里提着一颗猫头，站立在老泰山卧室的门口。地下，有一摊鲜血，显然是放猫头的地方。哑巴手上、衣服上也沾上血迹，脸色惨白，呜里哇啦叫个不停。他想描述发现猫头的可怕情形，可是谁也听不懂……

我仔细看，认出那是波斯猫菲菲的首级，猫眼还圆睁着，似乎怒视着挥刀斩下它脑袋的凶手！真是惨极了。幸亏岳静水早走一步，没有看见这一幕。沈大厨可就苦了，他必须经受可怕的考验。当他闻声跑上三楼，一眼看见哑巴手中的猫头，浑身像散了架似的，瘫软在地板上……

王所长再也不敢开玩笑，板着脸指挥大家离开现场。他反复地说道：要找到尸体，一定要找到猫的尸体！

地板上的血迹擦净，猫头埋在杨树林里。沈大厨坐在后门呜呜咽咽不住地哭泣。王所长找每一个人谈话，并认真地做着笔录。孙自之意味深长地注视着我，仿佛在说：我没说错吧？血光，越来越浓的血光已经笼罩我们这座别墅……

我双腿发软。这太过分、太可怕了！老K已经突破原先的游戏规则，直接发出死亡的信号。倘若事件进一步升级，老泰山的性命肯定会遭到威胁！我懂得老 K 的语言：放在卧室门口的猫头，预示着一个人的人头……

我内心一阵惊悚。老泰山怎么样了？他怎么一点儿动静也没有？我三步并作两步奔向顶楼，进入老泰山的卧室。

卧室里静悄悄。老泰山仰面躺在床上，两眼定定地看着天花板。他以冷冰冰的口吻说：别说话，你什么也别说。

我双手抱头，坐在老泰山的床前。他什么都知道，也许，他什么都预料到了。我真是失职，没有保护好他的后背。七天闭关修炼的时间，刚刚过去一半，老泰山就遭受无数骚扰——静水走了；法院正采取措施，要封百慕大城的房子；庄子繁又开始进攻，气焰嚣张地扬言要兼并恒泰集团……

这些大事，我都没对老泰山说，打算独自扛几天。可是，我能扛几天呢？老泰山不出马，眼前的世界分分钟都会崩溃！

什么都别说，你，别说话。老泰山仿佛听见我的心声，重复地说道。

不，这话我必须说。不说就来不及了！我忽地站起来，抑制不住地开口说道，你走吧，离开龙宫，找一个隐蔽的地方躲起来。你快走，越快越好！

老泰山掀开毛巾被，慢慢地坐起来。他直视我的眼睛：逃跑？躲起来？你认为这就是我的出路？

我说：危险迫在眉睫！有人杀了菲菲，把猫头放在你的房门前……

老泰山下床，赤脚站在地板上，使劲拍打自己胸脯：有本事来杀我，杀猫算什么？老 K，嗯，你说的那个老 K，简直就是个卑鄙小人！拿小动物开刀，玩的是下三烂手段。我就躺在床上等着，看他哪天敢站到我的面前！

问题不仅仅如此。银行方面又采取行动，他们发现了假合同，再一次把我们起诉到了法院。裴大光已经被双规，潘行长执掌大权，中院的英法官也来百慕大城调查。估计这两天就要采取保全措施，封了百慕大城的房子……全完了，这回真完了！你除了出走、避避风头这一条路，再也没办法了！

老泰山拿起烟斗，不慌不忙地点着烟，那沉稳的姿态，又一次使我想到电影上的斯大林。他用烟斗指指我，说道：不要惊慌失措，明天就有一支援军赶到。

我怔住了：援军？哪里来的援军？

你以为我整天躺在床上睡觉？你以为我真的关起门来养病？告诉你，这些日子我干了两件大事。其中一件就是调兵遣将。我调集了十亿资金，有一位神秘朋友决定出马帮我一把。我知道银行、法院所做的动作，但我不慌，只要有十亿元资金往他们面前一放，一切问题都会烟消云散！说到底，不都是为了钱吗？我把钱的问题解决了，那就叫纲举目张，什么话都好说了。

佩服！我看看搁在床头柜上的电话、手机，想象得出楼王躺在床上调兵遣将的情景。十亿元资金，神秘人物——凭借着现代通信工具，这一切都像变戏法一样，突然出现在老泰山的枕头旁！

他深深吸了几口烟，烟叶的香味在房间里弥漫开来。他踩着地毯缓缓踱步，喷香的烟云缠绕着他。我的视线来回移动，追随着他的脚步。说实话，我渴望进入他的内心，楼王在我的眼中永远是一个谜。他是怎样办到这些事情的？他是怎样思考的？他将如何扭转这盘已经崩溃的棋？

老泰山说话了，声音如缕缕青烟飘到我的面前：小事，调兵遣将只是一桩小事。毕竟树大根深，危急时刻我还能调动许多潜在资源。相对而言，我做的另一件事才算得上是大事。可惜，你没帮我把好关，这事还没有做完……

我低声问：什么事？

反省，深刻反省。老泰山在我对面的沙发坐下，把烟斗放在烟缸里。他望着我，眼神十分恳切，你想听我说说吗？这些日子我闭门思过，满心的话儿，就想找一个人讲。当然，这人只能是你。投机伦敦铜是一个大错误，我一生不喜欢搞投机，这次却滑到泥坑里去了。怎么会这样呢？我悔恨，把肠子都悔青了！

老泰山使劲抓头发，竟抓下一把碎发。他的头发原本挺浓密，现在已经看出稀疏来。抓了一会儿头发，他又冷静下来，默默地吸烟斗。

我试图劝慰他：事情已经过去了，你也不必老是想它……

哪能不想？我这一生，犯过两三次大错。我把它们刻在心上，一闲下来就反省，就琢磨。人，像我这样一个人，怎么会犯这样的错误？野心、欲望，这都是一般的说法。我觉得，我脑子深处有一团黑暗，黑得化不开，黑得透不进一点光亮。在一定的时期，它就像火山爆发，不，就像墨鱼喷出墨汁一样，那一团浓黑就遮住我的眼睛，闭塞我的耳朵，消灭了我所有的理智……事情过去了，黑色慢慢褪去，我终于能够看清事情真相。可是，已经晚了，一切过错已经铸成。我只能后悔，撕心裂肺地后悔！

老泰山又开始撕头发。我闭上眼睛，不忍看到这一幕。此刻，我真的十分怜悯他。

谁也搞不懂，人究竟是怎么回事。我喃喃地说。

老泰山话锋一转，说：你就很好，像一张白纸，像一湾清泉。所以我就想，是时候了，我应该让你来接班了。

我深感意外，忙说：我不行，我还嫩呢……

老泰山站起来，加重语气道：大将受命于危难之中。我决定，任命你接任恒泰集团总裁职务，掌管公司一切事务。当然，现在我还要与你共同战斗在第一线，等援兵一到，渡过危机，我就彻底退休。这事你不必再推辞，我回头就和孙总说说，让他起草一个文件，主持召开公司中层干部会议，宣布一下！

我傻了。天上掉馅饼，绣球砸中我的头，一个著名房地产公司的总裁头衔，竟会落在我的手里！可是，我和岳静水今早刚发生婚变，此事老泰山还不知道，我要不要对他讲清楚呢？

我鼓起勇气说：岳总，我恐怕不适合坐在这个位子上了。我和静水已经协议离婚，我不再是这个家族的成员。我们怕你受刺激，对心脏病不利，就瞒着没有告诉你。

老泰山怔住了，这显然是一个意外的打击！他像一尊木雕似的，手擎烟斗站着，一动也不动。烟斗里的火种熄灭，喷香的烟雾散尽，屋子变得冷冰冰。

谁？谁先提出离婚的？老泰山弯下腰逼近我，问道。

我站起来，吞吞吐吐道：我是不会有二心的，可我不会写诗……她也许对我不太满意。

够了！老泰山脸色阴沉之极。他挥挥手说：让她去吧！从今以后，她不再是我的女儿。而你，是我的儿子，亲儿子！恒泰集团就交给你了，你是新总裁，新舵手！

我十分感动，说：我领命。我不会辜负你的期望！

老泰山按住我的肩膀，满怀期望地看着我，道：叫我一声"爸爸"。

我嘴巴张了又张，像条鱼似的，可就是叫不出声来。我脸红了，不好意思地说：暂时还不习惯，再给我一点时间吧。

老泰山把手收回去，板着脸说：要尽快习惯。这一点对我来说，十分重要！

我低下头：是。

五十　怒潮

　　谁能想到，瞬息万变的事态会给我们一个怎样的结果呢？就在我与老泰山谈话的当天夜晚，他永远地离开了我们。这一天发生了太多的事情，我还是按着顺序慢慢地讲吧。

　　我走进水晶宫办公室，关好房门，迅速地给女法官打了个电话。我向她汇报最新情况：一支援兵从天而降，老泰山搞到一笔十亿元之巨的资金，据他说明天就能到账。这一点对案情发展很重要，老泰山说得没错，有了钱结局就大不一样。

　　英法官对我的表现很满意，约我和潘行长中午碰个头，商量下一步的对策。

　　瞧，我也并非那么简单。大是大非面前不能有丝毫含糊，犯罪的陷阱咱可不往里跳。该怎么办事，我还得怎么办。

　　当然，我依然为自己坐上恒泰集团总裁的宝座而沾沾自喜。尽管这宝座摇摇欲坠，尽管公司的大厦随时都会崩塌。没关系，我不嫌弃。和平时期，哪个士兵会像火箭那样飞速地升为元帅呢？我，童瞳，现在是恒泰集团的总裁，百慕大城的主人，这个事实使我志满踌躇！

　　可是，我的好心情没有持续多久，危机就爆发了！不知哪位业主有亲戚在法院工作，将百慕大城的假合同案捅了出来。这样的消息比流感传得还快，已经入住的业主们迅速聚集起来，将水晶宫团团包围。

我还不知道呢，独自在办公室里来回走动，昂首挺胸，像一只骄傲的小公鸡。导火索从咯咯鸡身上点燃。他走进办公室，怀里还抱着小墩子，使劲儿眨巴着眼睛来到我面前。我以为他是像往常一样，与我闲聊，就请他在沙发坐下。

咯咯鸡不坐，睁圆布满血丝的眼睛，责问道：你这个人长没长良心？如果你长一点儿良心，就告诉我一句实话：我买的那三套房子，是不是已经抵押给银行了？

我忙问：你报一下房号，我给你查查？

3号楼1201，1202，1203。我只要你一句实话，别再蒙我！

糟糕，咯咯鸡这三套房子恰好在假合同的范围内。我尴尬地点点头：这几套房子已经在银行做过按揭。

咯咯鸡浑身颤抖，像一片树叶似的，话也说不完全：你，你，你把我一生的积蓄都骗去了！这三套房子总共四百八十万，我全部付的现金。真金白银啊，买到的却是假货！假货……

我无力地为自己辩解：这事不是我干的，先前我也不知道。

我能信你吗？我能信谁？一套房子卖两遍，天哪，百慕大城响当当的牌子，竟也干这种事情？这世界塌了，真的要塌了！

我急忙劝慰他：问题会解决的，我们和法院、银行正在协调，业主的利益肯定要保护……

靠你来保护吗？得了，我信不过你！我们的情谊一刀两断。今后，我和业主们站在一起，自己保护自己！

咯咯鸡说完，掏出手机拨了一串号码。他挺起胸，伸长脖颈，坚定地发出战斗号令：情况属实，行动吧！

顿时，走廊、楼梯响起一阵雷鸣般的脚步声，无数业主拥入办公室，将我团团围住。这情景，只有在电影上才能看到——工人们闹工潮，怒吼着将资本家包围在中央。

我吓坏了，朝他们鞠躬作揖：别乱来，请大家保持冷静……

周律师，就是那个瘦长深沉的中年人，总是充当业主们的代表。他拍拍我的肩膀，说：冷静是不可能的，但你别害怕，我们会保证你的人身安全。坐下，你到办公桌前坐下，把这个文件签了。

他把几张预先准备好的打印纸拍在我的面前。我一看，是一份退房合同，大意是百慕大城开发商同意业主退房，并补偿利息云云。我抬起头，发现众人的目光像一柄柄利剑，直指我的脑门。这文件不签，恐怕今天我就出不了门了。抱狗的胖太太把一支签字笔送上前，手枪一样指着我的胸口……

我接过签字笔，在文件上写下一个"童"字，又抬起头问周律师：签这个合同有意义吗？公司没有钱，退房还不是一句空话？

周律师显露出律师特有的精明：没钱，你可以先欠着。我们之间的关系就发生了转变：由开发商和业主，转为了债权人与债务人。这一点，从法律上讲很有意义。你快签吧！

我无奈，又写下一个"瞳"字。我把文件交给周律师，苦笑道：我不是法人代表，恐怕无权签署这样重要的文件。

我的消息很灵通，知道你刚刚荣升公司总裁，恭喜你了！周律师嘲讽地说。

咯咯鸡一挥手，沙哑着嗓子喊：走哇，采取下一步行动！

他俨然成了闹事的领袖，众人跟随着他，呼呼隆隆下楼离去。

我预感到要出事，急忙打了个电话给王所长，请他带着民警过来调解一下，平息业主们的愤怒。

没过多久，新任保安队长大马打来电话，说业主们奔向龙宫，把那栋小别墅团团包围起来。我急忙下达命令，让大马率领全体保安队员，立即开赴前线，誓死保卫龙宫！

真是我的好日子，新总裁上任头一天，就遇上暴风骤雨。我自嘲地笑了两声，锁好办公室门，急忙赶往龙宫。

与业主们的对阵一直僵持到天黑。周律师要老泰山在退房合同上签字，并且当面向大家保证，优先维护业主的利益。老泰山的心脏病又发作了，这几乎是不可避免的。施医生跑上跑下，紧张地进行抢救。业主们的要求显然无法得到满足，他们就在杨树林坐着等。

王所长带着两个民警来了，劝说半天无效，就悄悄对我说：我看也没什么大问题，这些业主挺理智，我还有事，先走一步，留下小张帮你忙，行不行？

我点点头。英法官来电话，催我去见面。我只得把最新情况告诉她，约好改天再碰头。

到了吃晚饭的时候，业主们井然有序地轮番回家，吃饱喝足了再回来。他们是铁了心，岳泰总裁不满足他们的要求，绝不会撤兵！

事情发展到难以收场的地步。最严重的情况终于在晚上九点发生——施松鹤神情紧张地跑来找我，低声说道：岳总不行了，得马上送医院！

我焦急地说：你叫救护车呀，还等什么？

叫了，东方医院的救护车马上就到。可是老板不让我去，捏着哑巴的手不放。那就只有让哑巴坐救护车了，我打个出租车跟去。

打什么出租车？我开车，咱俩一起去东方医院。

说话的工夫，救护车到了。小楼里的人好一阵忙活，把老泰山抬上救护车。他戴着氧气面罩，一直握着哑巴的手掌。一位身穿白衣的医务人员关上后门，救护车一路鸣笛，迅速驶出百慕大城。

我对周律师说：事情再大，也大不过人命。你都看见了，今天不可能办成事情，还是劝大家回去吧。

周律师点点头：行，等你老丈人醒了告诉他，这个字一定要签！

咯咯鸡背着王胖的儿子，沙哑着嗓子朝大家喊：收工了，开路！

业主们纷纷离开杨树林。我松了一口气，从车库开出老泰山的奔驰，叫施医生上车。

施医生阴沉着脸，自言自语道：老板，恐怕再也回不来了⋯⋯

我也有预感，龙宫的日子该结束了。楼王纵有天大的本事，也难逃这场生死劫！

五十一　绑架楼王

老 K 出手了。在混乱中，在人们意想不到的时刻，老 K 于黑暗中发出致命一击！

我和施医生赶到东方医院。这是本市最大的医院，三幢大楼呈品字形排列，急诊室就在中央大楼的底层。施医生熟悉东方医院，早年他在这家医院工作过。他组织的专家小组，主要成员也都是这里的医生。

找到值班医生一问，我们都惊得目瞪口呆——老泰山没到急诊室！

这就太奇怪了，莫非搞错了医院？我忙问施医生：叫救护车的电话是你打的吗？

他脸色蜡黄，点点头：是啊，他们说马上派车来接病人……

我说：坏了，岳总遭人暗算了，赶快报案！

我脑子里有一道闪电划过，顿时变得雪亮。老 K 在做了一系列的铺垫之后，终于向老泰山下了毒手。这仿佛猫捉老鼠，逗啊玩啊，最后免不了迅猛一扑！

孙自之的感觉十分准确，他从动物之死见到了血光，现在血光终于出现在人身上。幸亏提前报过警，王所长对龙宫的情况有所了解。当我拨通他的手机，报告老泰山的失踪之谜，他立即行动起来。分局、市局、刑警大队几乎同时接到王所长的报告。他本人领着民警，提前赶到龙宫……

下车时，施医生战战兢兢地说：有一个情况我得向你说明，叫救护车的电话虽说是我打的，可是只能算打了一半。当时，我下楼拿葡萄糖注射液，等我回去岳总已经昏迷不醒，只有哑巴拿着手机呜里哇啦乱叫。我接过手机，问清对方是东方医院，就叫他们立刻派救护车来……

我问：哑巴怎么知道东方医院的电话号码？

对呀，我也奇怪，可能是岳总昏迷之前拨通了电话。

我瞥他一眼：这些话，你恐怕得向警察去说了，我们每个人都脱不了嫌疑。

施松鹤重重地抖了一下，仿佛受了电击。他耷拉着脑袋，与我走进别墅。

三楼，老泰山的书房成了警察办案的临时工作室。王所长与我握手，用遗憾的口吻在我耳旁说：我们还是被敌人钻了空子。

我详细述说事情经过，民警小张做了笔录。其实，业主闹事时王所长就把他留在了龙宫，他对全部过程都很清楚。按照程序，王所长让龙宫每一个住客都来做笔录，连病了好几天的杨画眉也不例外。气氛紧张到极点，谁也不能置身事外，老K的阴影笼罩在我们头顶……

下半夜一点多，我的手机突然响起来。一个带外国口音的男子低沉地通知我：二十四小时之内把五百万英镑送到伦敦金融城地铁站，如果你还想见到你老丈人的话……

我急忙叫起来：什么什么，我怎么来得及呢？这里是中国，二十四小时不可能把钱送到！

对方用生硬的中国话说：岳泰遭到绑架。他的心脏很不好，他要死了我们也没办法。赶快送钱来吧！

电话挂断了。事情也清楚了：老泰山被人绑架了，对方勒索五百万英镑！可是，他现在在哪里？总不见得飞到伦敦去了吧？绑架者是从国外派来的？案情越来越蹊跷，也越来越复杂。

王所长再一次向分局、市局领导做了汇报。刑警大队一位姓曾的副队长也带着助手赶到。别墅里灯火通明，这注定是一个不眠之夜。

我等待绑匪再一次来电话，虽然可能性极小。曾队长告诉我，对方无论提出多么荒唐的要求，都先答应下来。并且，一定要让岳总本人与我说几句话。他的助手安置好神秘的仪器，也屏息等待着。

下半夜三点多钟，我的手机再一次响起来。朦胧睡意顿时驱散，我一跃而起，按下通话键。

喂，我是童瞳，我想与岳泰总裁通话！我迫不及待地说。

对方沉默片刻，传来的却是一个熟悉的女声：你怎么向我要岳总？我是梅真啊！我找你，就想问你岳泰到哪里去了？为什么总是不肯接我的电话？

我不想泄露这边的情况，就问：你找他有事吗？你在哪里？

我在伦敦。情况非常糟糕，你我必须联手，才能对付眼下的危机，才能把那笔钱追回来……梅真显然十分焦虑，说话语无伦次。

我说：什么钱？你慢点儿说，从头说一遍……

前几天，我把铜的空单全部平仓，岳泰账户里还剩一千八百万英镑。这笔钱，只有岳泰亲自签名才能提出来。我多次打电话，请他把钱划入我投资公司的账户，转回国内。可他老说等等，再等等。今天，我忽然发现他的账户空了，有人把这笔钱全部提走了！

是谁？

你老婆岳静水！他拿着岳泰的全部证件，亲笔签名的委托书，把一千八百万英镑提得干干净净。我给岳泰打电话，他的手机老关机。这老东西不知道在搞什么鬼名堂……

我十分震惊：岳静水把钱提走了？难道说，她也卷到这个事件里来了？

当然。你马上找到岳泰，我要亲自与他通话！

不行了，他已经被人绑架了……我看见曾队长制止的手势，又改口说：这里很乱，回头我再把详细情况告诉你。

收起手机，我脑袋里仿佛塞入一团乱麻。岳静水怎么突然把老泰山账户里的钱提走了？她与这个绑架案有什么关系？梅真也在这个时刻出现于警方的视野中，我知道，她一直惦记着老泰山的最后一笔资产。谁能保证她与绑匪没有瓜葛呢？这个电话也许是她故意放的烟幕弹……

曾队长和王所长坐在我面前，等待我说明整个事件的背景。我只得从老泰山炒伦敦铜期货开始，讲述百慕大城走向崩溃的经过。梅真——岳泰的新婚妻子所扮演的角色；岳静水——岳泰的女儿所遭遇的不可思议的悲剧，以及深藏在她心中的仇恨；还有居住在这座别墅里的各种人物的真面貌……如此复杂的关系，说得我口干舌燥，自己都晕了。

有人轻轻敲门。我开门，发现孙自之与杨画眉站在门口。他们神色紧张，目光越过我的脑袋，直接投向警察。

孙瘸子说：我有重要情况报告……施松鹤逃跑了！

杨画眉抢着说：是我看见的！他从我窗前跑过，直接奔入了杨树林……

曾队长和王所长立即站起来，下楼去看个究竟。我跟在他们后面，径直来到施医生的卧室。我用备用钥匙打开房门，发现窗户大开，已经人去室空……

有一个细节引起大家的注意：天花板有一截暖气管道暴露在外，上面挂着一根尼龙绳子，成环状；下面有一只方凳子，人站在上面，恰好可以把自己的脖颈伸入绳套……显然，施松鹤在逃跑之前，曾试图上吊自杀。但最后，他还是选择了逃亡，以保全自己的性命。

曾队长望着在风中轻微晃荡的尼龙绳套，思忖道：是什么事情逼得这位医生想上吊呢？

五十二　孙瘸子

我刚打了一个盹儿，就梦见老泰山。他浑身是血，哀求我快快救他。

我突然醒来，发现自己和衣躺在卧室的大床上。天已大亮，一缕阳光透过窗帘缝隙，恰巧照在床头柜的相框上。岳静水朝我微笑，那带着迷茫的微笑曾使我十分感动……

我蓦地想起：现在唯一能救老泰山的，就是他这位领养来的女儿！

我翻身下床，拨打电话。距绑匪规定交赎金的时间，还有十二个小时。这么短的时间，我们既破不了案，又搞不到钱。只有岳静水，她人在伦敦，手中恰好握有她父亲的一千八百万英镑。拿出一点儿来送到金融城地铁站，怎么着也能挽救老泰山的性命。我想，于情于理，岳静水总不至于袖手旁观吧？

电话拨通了，是伊克接的电话。他听出我的声音，百般刁难，就是不肯去叫他妈。这可不是好兆头。我求他半天，他尖着嗓子嚷：你不是我爸爸，不是！

我只得装孙子：你是我爸爸，好吧？快点把你妈叫来，我叫你什么都行……

终于，话筒里传来岳静水的声音。她冷冷地说：这么晚了，你打电话来干吗？

我把老泰山心脏病发作、在送往医院途中遭人绑架的事情，急急地说了一遍。岳静水似乎有点儿吃惊，轻轻地"哦"了一声。我又把绑匪要的赎金，交钱的地点，一字不漏地告诉她。最后，我强调说：关键是你父亲正在发病，我怕他在绑匪手中坚持不了多久……

岳静水沉默一会儿，仍然以冷冰冰的口吻说：你对我讲这些事情，有用吗？我可帮不上忙。

我急了：现在，只有你能救你爸！梅真告诉我，你把你父亲账户里的一千八百万英镑现金全都提走了。你只要拿出五百万英镑，交给绑匪，岳总的性命就可以保全……

不可能！岳静水咬牙切齿地道，梅真，这婊子又来算计我！她一直在和我争夺这笔钱，没准就是她勾结绑匪，设下圈套让我往里钻呢！

可你父亲真的被绑架了，总得先想法把他救出来吧？

你不是报案了吗？相信警方吧，中国的公安局最厉害。童瞳我告诉你，这笔钱是我和儿子的活命钱，谁也别想夺走一个英镑！

我说：你真冷酷，一点儿也不把你爹的死活放在心上。钱，难道比人命还重要吗？更何况，你拿的本来就是属于岳总的钱，属于恒泰公司的钱！

岳静水语言犀利地说道：童瞳，我不知道你在打什么主意，也不想知道。但是我告诉你，你不要混充好人，不要装糊涂卖乖。我和岳泰的关系，你很清楚。他对我犯下的罪，从没得到清算，我一直想找机会报复他。现在机会来了，我能放过吗？笑话，你竟然想让我拿出五百万英镑去救他，真是痴人说梦！让他去死吧，我高兴还来不及呢！

岳静水发出一阵狂笑，刺得我耳膜奇痒。然后，她挂断了电话。

我感到有人站在我身后。一回头，发现孙自之已经进入卧室。

我坐在床沿叹息：真是墙倒众人推呀，岳总落了难，连自己的女儿也见死不救……

只有你这个女婿最卖力气。像一条猎狗追踪可疑迹象，从头至尾，你都是岳总最忠心的猎狗！孙瘸子一本正经地说道。

我在他脸上巡视好几遍，找不到一丝嘲讽的意思。我苦笑道：我和岳静水已经离婚，算不上女婿了。孙总这话是什么意思？

没什么意思，我来找你，只是想把一些误会解开。他停了一会儿，有点儿惊讶地问：你和静水离婚了？什么时候？

这你就别问了。你觉得咱俩之间有误会吗？

孙自之讪笑道：这么说，你和我一样，也成了外人了。这倒有利于我们之间的沟通。其实，所谓误会，也是你对我存有戒心，有很多不合实际的猜想。现在，龙宫的事情闹大了，警察也进来了，我觉得有必要澄清误会，让你了解真实的我……

我笑道：有意思。我早就想了解孙总了，可你就是真人不露相啊！

他也笑笑，从衣兜里拿出几张照片，一张一张在茶几上摆好。

他说：这是你塞入我门缝的照片，就从这些照片说起吧。你肯定想知道，杨画眉和我究竟是什么关系。今天我对你说实话，她是我的亲外甥女。当初伊克需要一名家庭教师，我就向岳总推荐了她。为了避嫌，我没让大家知道这层关系。但是，岳总知道底细。

我恍然大悟：哦，难怪岳总老让我挽留杨画眉，原来是看你的面子……

画眉对岳总有了一份痴情，我经常提醒她注意。在岳总面前，我也反对这桩婚事，我知道不会有什么好结果。而且，我也不愿意纠缠到这个家族里面来。

为什么？我还以为你一心一意往岳家钻呢！

就像你一样？孙瘸子嘲讽地说道，我再说说哑巴。冷丁其实是我的徒弟，我手把手地教他学习财会知识。是的，过去我没有对你说实话，其实我是一名房地产业的老资格会计师。这就说到我个人的历史了，我这一辈子一直在房地产企业工作，从会计一直干到一家国有企业的总经理……

我惊讶地睁大眼睛：你干过国企老总？真没想到呀。

孙自之微微一笑，继续往下说：是岳总三顾茅庐，把我挖了出来。当时我和党委书记闹矛盾，干得很不顺心。岳总答应为我提供一个广阔舞台，充分施展自己的才能。我动心了，毅然下海，跟着他打天下。不是我自夸，恒泰集团所有的项目，都是我策划的，包括这座百慕大城。可是，我对恒泰集团渐渐地失望了……

我问：因为他没有让你当总裁？你应该坐上这把交椅。

孙自之摇摇头：不。岳泰从我一来，就请我当总裁，他自己退居二线挂个董事长的头衔。可我没有答应，我看清公司的格局，不进行彻底的改革，我这总裁根本没法当！你也知道，这家私人企业净是老板的亲朋好友，外姓人没有立足之地。岳总待我不薄，我虽然是副总，他一直按总裁的职务付给我报酬。更重要的是，他答应我在合适的时机，对恒泰集团进行彻底的改革。他要把沾亲带故的人清除出管理层，把恒泰集团改造成股份公司，发行股票，争取上市。我们经常彻夜长谈，研究公司的未来。他还让我做了许多改革方案，你可以去我宿舍看看，方案有这么厚一叠……

我感叹道：原来岳总还有这份雄心，他心里很清楚啊！

那当然。谈起改革，他比我还激动！我正是冲着这一点，才死心塌地跟着他。不幸的是，期货使他头脑发昏，不，使他疯狂！这场改革彻底流产了，他再也没有机会了……

你知道伦敦铜事件？

从头就知道。我一次次劝他，他不听，梅真使他鬼迷心窍。钱哗哗地从我面前流走，我心疼啊！家族企业的弊端暴露无遗，老板头脑一发昏，整个公司无人能限制他，连邓一炮都给蒙在鼓里！这场灾难，说到底是恒泰集团的体制造成的……

岳总明白这道理吗？

到了最后，难以收场了，他才醒悟过来。岳总让我退隐幕后，一切事情都别插手。他说：我要保护你，你是改革的火种。万一我能逃过一劫，恒泰集团东山再起，你就可以干干净净地走到前台，进行一次彻底的改革！就这样，连账也不用我管了。你就在这个时候被岳总提拔重用，来了个三级跳，从助理一直升到总裁……

我如梦初醒，不由苦笑：原来如此，老丈人把我当作挡箭牌呢！

孙自之在瘦长的脸上搓了几把，惋惜地说：现在讲这些都没有意义了。早改革一步，也不至于落到今天这局面。岳总也不知现在身处何方，他如果回想起我们制定的改革方案，心里肯定充满遗憾……

那么，关于老K，你有什么看法？

孙自之两眼直视我，目光变得冷峻：我比较倾向哑巴的判断，你就是老K。

我天真无邪地一笑：为什么？我没理由当老K呀。我已经坐上总裁宝座了，干吗要害我的老丈人？

谁知道呢？我琢磨半天，也找不到你的犯罪动机……孙自之无奈地摇摇头。

我拍拍他的肩膀：别胡思乱想了，警察来了，这案子很快就会水落石出。

孙自之点点头，收起茶几上的照片。他把信封还给我，说：这些杰作你留着，可能对破案有帮助。我走了，最后再说一句心里话，假如还有机会让我主持恒泰集团的改革，我要做的第一件事情，就是——

我和他异口同声地说道：炒童瞳的鱿鱼！

五十三　楼王死讯

　　我再没有接到绑架者的电话。二十四小时眼看就要到了，老泰山凶多吉少。曾队长不时向局里汇报情况，尽可能加大侦破力度。他认为施松鹤是一个关键人物，公安局已调集人马在全市范围搜查他的踪迹……

　　关键时刻，小王、小李提供了一条重要线索。她们低着头来到我的房间，问：童总，现在坦白还来得及吗？

　　我说：什么时候坦白都来得及，都能得到从宽处理。小王，我可一直等着你开口说话呢。

　　王芙蓉涨红了脸，低下头道：我是间谍，是邓总安插到龙宫来的间谍……

　　小李接着说：我是她的助手，也算一个小间谍吧。

　　我笑了：别净给自己戴大帽子，没那么严重。说点儿实在的吧，你们都干过什么事？点煤气？往岳总的橙汁里扔死羊眼？烤八哥？

　　她俩急忙摆手：不不，这些事不是我们干的！那不是我们的任务。邓总要我们做的，就是把岳总、孙总，还有你，说过些什么话，做过些什么事，都记录下来，一个星期向他汇报一次。邓总死了，魏经理走了，我们没地方汇报，这些工作也就停止了。

我摇头叹道：邓总用的心思太多，那颗心脏怎能承受得了呢？人哪，别活得太累。

小王说：童总说得对，我们也活得太累了。都是为了钱啊，干这些事情，我的工资每月加二百，小李加一百……

我表示理解，道：你们也不容易啊，农村出来的孩子，挣的都是辛苦钱。

王芙蓉挺直上身，神情严肃地说：现在，岳总出事了，我们有责任把知道的情况都说出来，为破案提供一点线索。我们这样做，是希望能够将功补过。

小李抢着说：有人早就计划绑架岳总，我跟芙蓉姐都听他们亲口说过……

我一惊：谁？他们是谁？

小王有板有眼地说道：魏经理和老铁。我们都是河南老乡，经常来往。魏经理被你炒了鱿鱼，找不到合适工作，愁得整天喝闷酒。有一次我和小李去他家，老铁也在那里陪他喝酒。两个人喝高了，说话也不避讳我们。老铁直着嗓门嚷：绑架，把姓童的小白脸绑走，让岳老板花大价钱赎他的女婿！魏经理眼睛贼亮，摇摇头说：姓童的小子不值钱，要绑就绑大老板，让岳家倾家荡产，来赎他们的老爷子……我当时还以为他们在说醉话，等到龙宫真出事了，我才觉得这不是闹着玩的！

小李接着说：我和芙蓉姐越想越害怕，所以主动找你坦白交代……

我一拍大腿：你们怎么不早说？这么重要的线索捂到现在？赶快跟我上楼，向曾队长他们交代去！

曾队长非常重视新情况。他立即派人去调查魏经理和老铁的动向，将他们控制起来。

王所长搓着手掌道：你们这里的情况真是复杂。百慕大城，让人搞不清东南西北，果然名不虚传！

曾队长大高个儿，脑门秃秃，烟抽得厉害，烟卷终日粘在嘴角上。他一边吞云吐雾，一边分析道：现在的关键，是不能确定人质在境内，还是已经被绑架到国外。绑匪似乎想让我们相信，事件的根源在伦敦，还找了一个外国人来勒索赎金。可是，越是这样，我就越怀疑绑匪并没有出境……

我在手掌上翻弄着手机，咕咕哝哝地说：再来一个电话就好了，我仔细探探他们的口气……可是，二十四小时到了，他们怎么还不来电话呢？

这时，沈大厨来到三楼。他倚着门框，用指关节轻轻叩打房门。

曾队长笑道：门开着，你还敲门干啥？有什么事，进来说吧。

沈大厨说了一声：我坦白，我彻底坦白……就呜呜咽咽地哭起来。

大家费了好大的劲儿，才使他止住眼泪。沈大厨交代了他和庄子繁的关系。原来早在百慕大城开工之前，他就被老庄收买了。每逢过年过节，庄子繁就派手下人给他送红包，三百元五百元不等。一年下来，他也能拿到两三千元的"昧心钱"。胖厨子说着，嘴巴一咧又要哭。他痛心疾首地道：我的良心真是被狗吃了，老板待我那么好，我怎么能拿这种昧心钱呢？

我急忙用手帕捂住他的嘴巴，道：别哭，你把事情说清楚，庄子繁给你钱，究竟让你干些什么事？

没有，他什么事情也没让我干，只是给我钱。沈大厨拿手帕擦擦眼泪，回答道。

我差点儿嚷起来：你没开玩笑吧？光给你钱，不叫你干事，天下哪有这等便宜买卖？

真的，我一句假话也不敢说。不过，有一天庄子繁拍拍我的肩膀，开玩笑似的问了一句话：老沈，什么时候我派人把岳泰绑走，让你打开厨房后门，你不会不帮忙吧？当时我吓得不敢接话，光是点头……

沈大厨坦白完他所谓的问题，如释重负地走了。

曾队长脸色更加严峻。我向他介绍庄子繁与岳泰争夺地王的背景。作为老对手，庄子繁也会使用一些下三烂手段，收买沈大厨就是一个例证。我还顺便说了说，庄子繁高价收买我的故事。他确实想挤垮岳泰，吞并恒泰集团。

曾队长嘴角的烟卷烧出很长一段烟灰，竟然不掉，仍冒出缕缕青烟……

天快亮了，又是一个不眠之夜。我把手机装入口袋，准备回二楼卧室休息。刚一转身，手机就贴着我胸口响起来。

我吓了一跳，一时怔住了。曾队长喊了一声：快接电话！那截烟灰终于掉在地毯上……

还是那个外国口音浓重的男子。他说：你的老丈人死了。很遗憾，我们没办法救他，你知道他的心脏病多么严重。

我按住胸口，抑制心的狂跳，尽量以平静的声调说：我不相信。我已经把钱准备好了，可是你们没去地铁站拿钱……

闭嘴！我们知道你已经报案，警察就在你身边。但是岳泰的死与我们无关，你要相信这一点。拿不到钱，也算我们倒霉！

我生怕他挂断电话，急忙说：我相信你的话，只是，希望你能给我一个证明！

对方沉默一会儿，说：好吧，我让一个人与你说话……

手机里传出的声音使我非常震惊，是哑巴冷丁！他像疯了似的，扯直了嗓子又哭又喊，刺我耳膜：啊吧啊吧，啊吧呜哩哇，哇……

听到这声音，我确信岳泰之死，无可置疑。我清楚地知道哑巴那一份孝心，此刻他悲伤欲绝，又无法表达，但从那嘶哑的声音里，我已经听出他所报的凶信。老泰山的心肌梗塞如此严重，经受绑架者的恐吓，又辗转飞到英国（天晓得绑架者如何做到这一点的），他的心脏肯定无法承受，终于破裂了……

曾队长的助手从那台精密仪器打印下一份材料，送到他手中，低声地说着什么……

屋子里的人久久沉默，谁也不愿意开口说话。

五十四　改朝换代的琐事

岳静水给我打来电话，说她父亲的遗体已经在伦敦火化，哑巴冷丁过几天护送骨灰盒回国。

她还说，为了躲避梅真的纠缠，她将原来的花园别墅卖掉，转移到一个新地方。她到新地方开始新生活，希望我不要再打搅她，因此也不肯把新地址告诉我。

楼王岳泰离开我们这个世界，可以为他盖棺论定了。但我无暇对他的死多作思索，甚至没有时间为他流下一滴哀悼的眼泪。他留下的帝国彻底崩溃了，无穷无尽的事务如团团漩涡，将我拖向不可知的未来。

恒泰集团暴露出十二亿元的资金黑洞。百慕大城被法院查封。

各种媒体对假合同案进行曝光，一百多名买了抵押房的业主为了维权奔走呼号，成了本市最吸引人眼球的新闻。

经侦大队的警察原准备对公司法人岳泰采取拘押行动，可是晚了一步，他已遭人绑架神秘失踪。

我多次接受询问。然而进入管理层不到三个月的我，对许多重大事件毫不知情，只是一个玩偶而已。我虽然积极配合，终究提供不出多少有价值的线索。我深感遗憾！

刑警方面继续调查绑架案，曾队长告诉我，魏经理和老铁酒后胡言，并无作案嫌疑。现在，他对如何侦破这个案子，已经有了新思路……

真正的大戏在幕后紧锣密鼓地进行。庄子繁出马了，他要兼并百慕大城。查赫里急急从海外赶来，大摩投资先前做出的投入，现在成了分量很重的砝码。华光银行当然欢迎这些大腕介入，只是，不良资产要重组，银行总得付出一定的代价。吃大亏还是吃小亏？这需要讨价还价……

我这个空头总裁竟也变实在了，因为我带领的恒泰集团原班人马，相当于一个看守内阁，事事都需要我们配合工作。各路神仙我也熟悉，他们吃五喝六的，都要冲着我说话。

最令我惊讶的是：梅真出现在查赫里身旁。那天，我在马路上看见他们，挽着胳膊相依相偎，面对面地朝我走来。我们握手寒暄。

我问梅真：你们早就认识？

查赫里哈哈大笑：没有美人引路，我怎么肯进百慕大城？

梅真大大方方地说：公司重组之后，我将代表大摩投资方面参与具体工作。今后，我们可能继续合作！

谈判桌旁，我悄悄给梅真递纸条：此事蓄谋已久？你是汉奸？

梅真在纸条背面写道：岳泰骗我，幸亏我留下一条后路。

我又把纸条递回去：岳泰死在伦敦，火葬时你见过他尸体吗？

梅真做恶心状，不肯再回纸条。

庄子繁最终胜出，他的百盛集团成为百慕大城第一大股东。大摩投资先期投入的两千万美金，转为股本，成了第二大股东。庄子繁志满踌躇，得意扬扬。重组协议刚一签订，他就让我带路去花园里转转。每到一处，他都要再三感叹：这块地王终于落到我手里了！

我问他：有件事情我很好奇。你为什么光给沈大厨钱，不让他干具体事呢？你要收买他什么？

忠诚。庄子繁高深莫测地笑道，我把岳泰手下人的忠诚收买了，他还能支持多久呢？

我说：他垮了，还欠了一屁股债，你夺回这块地王有意义吗？

庄子繁拍拍我肩膀：资本运作的秘密，你永远不会懂。

我们走进龙宫。庄子繁饶有兴趣地观看岳泰生活过的每一个房间。他对那间密室，格外感兴趣，坐在电脑跟前久久不起。他发出一声长叹：楼王就在这里走了麦城！

我们来到阳台上。庄子繁眺望杨树林，称赞道：老岳真会享福，好像住在公园里一样。如果我能在这别墅住上几天，该多好啊！

我说：你是百慕大城的新主人，搬进龙宫来住就是了。岳泰的房间都归你，我们在楼下侍候着……

奢侈！庄子繁打断我的话，说，你懂得这块土地的价值吗？我要下达的第一道命令，就是拆掉别墅，砍掉树林！我们要在这儿盖三栋三十二层的大厦，完成十亿元的销售收入，明白吗？

我低下头：明白。假如百慕大城光有骨头没有肉，你也不会费尽心思兼并它。

聪明。这项目就由你负责，哦，百慕大城第三期。我预计，政府宏观调控的影响逐渐减弱，楼市将迎来一个新高潮。我们要打一个漂亮仗！

我谦虚地道：我太嫩，恐怕不能胜任你的重托……

什么话？我许下的诺言一定要兑现！再说，经过这三个月的风风雨雨，你也历练得差不多了，正好当我的大将。谁也不如你熟悉恒泰集团的情况，你是整合新老公司的最佳人选！

我的命运就这样被决定了。鬼使神差地，我竟成了这场风波的受益者。

不过，我却怎么也高兴不起来，心上总像有一块大石头压着。傍晚，我独自在花园里散步，反复咀嚼这段日子遭遇的人和事……

我来到那棵从深山里搬来的百年老槐树下，恰遇咯咯鸡牵着王胖的儿子玩耍。小男孩"爸爸""爸爸"地叫个不停，亲热无比。咯咯鸡挤巴着眼睛面对我，显得淡漠而冷静。我感到一阵内疚，不知道该如何开口。

你的房子……怎么样了？半天，我才硬着头皮问道。

已经起诉了，等着法院判决。咯咯鸡似乎也无话可说，等着，只有等着了。

我力图宽慰他：上市公司百盛集团已经兼并百慕大城，新东家有实力，必定全面接盘，债权债务都能找到主儿。你们遇到的麻烦事，早点晚点都能解决……

等呗，我只好这样等着。

停了一会儿，我吭吭哧哧地说：对不住你了，我向你道歉。咱们朋友一场，想起这件事情我心里就难受……

咯咯鸡叹一口气，说：其实，我也知道，这事情怪不得你。要怪，只能怪自己。炒房炒房，头脑炒热了，早晚要跌跤。大半辈子过去了，我总结出一条经验，无论是我们国家，还是作为个人，只要一过激，一狂热，没有一次不付出沉重代价的。我又接受一次教训……

小墩子围着老槐树一圈一圈地跑，红扑扑的脸蛋上挂满汗珠。

我问：小墩子，你跑什么？

小男孩响亮回答：减肥！

我和咯咯鸡一同笑起来。笑毕，咯咯鸡又长叹一声：这孩子好可怜……

王胖还没回来吗？胖墩就这么一直让你领着？我有点儿纳闷。

咯咯鸡小眼睛直直地望着我，那神情使我心里发毛。许久，他才缓缓说道：王胖死了。他在东北黑河市一个长途汽车站里，脑溢血死了。他那高血压你是知道的，整天东躲西藏哪里受得了。估计他想偷渡去俄罗斯，才老在黑河那一带转圈。他是坐在候车室椅子上死的，死时怀里还抱着一箱子钱……

我张开嘴巴，半天说不出一个字来。

咯咯鸡接着说道：我没有儿子，小墩子我就留下了。前几天，我刚到民政局办完领养手续。王胖早就看透这步棋了，我那些房子早晚传到他儿子的手里……

小男孩跑够了，扑上来抱住我的腿，尖着小嗓嚷嚷：爸爸，爸爸，抱抱我吧！

咯咯鸡在他屁股上拍了一下，又把他抱在怀里。教训道：以后不准叫别人爸爸了。你只有一个爸爸，就是我！

小墩子撒娇：爸爸，你亲我一口吧！

咯咯鸡在他胖脸蛋上响亮地亲着，一下接一下。看着这情景，我不由得笑了。

我抬起头，看见天空上飘着好几对彩色气球，这是庄子繁下令布置的。气球之间挂着一条横幅，上书醒目大字：百慕大城——伟大的城！

夕照下，这些大字显得轰轰烈烈！

五十五　谜底

我终于有空看望琴泉。我来到那间小屋，琴泉正坐在电脑前打字。她抬头朝我笑笑，对我的出现并不感到意外。

我心跳得急，久久凝视她那张秀美、纯净的脸庞，渴慕之心难以表达。

许久，我突兀地说：我离婚了，我自由了！

她并不看我，继续打字，淡淡地说道：要我恭喜你吗？可是，我看不出这事情与我有什么关系。

我说：今天，我是来向你求婚的。你是我唯一的偶像，早就存在我的心中。

琴泉转过身，正色道：你心中存在的是一个形象，而不是一个人。我知道你的感受，但我告诉你，我不愿意做任何人的替代品。

我争辩说：不，不是替代品。你就是你，形象也不是抽象的，它蕴含着我的理想……

对不起，我不想和你讨论爱情的话题。

看来话不投机，我只得站起来，准备离去。

我说：你拒绝我，我早有心理准备。我只想告诉你，我的新生活开始了，为了争取爱情，我将不屈不挠地追求下去。我不会放过命运赐予的机会。从今以后，我们之间的爱情马拉松就正式开始了！

我走到门口，听到琴泉恍惚不安地说：别，别这样……为什么会这样呢？

她的声音使我受到极大鼓舞。女孩一慌乱，就暴露内心的矛盾，就有戏。我昂首阔步在小胡同行走。我没有开车，是步行来的，以后我会每天步行走进这条小胡同。爱情的春潮已在我心中澎湃！

忽然，我看见欧阳诗人迎面走来。我几乎不敢相信自己的眼睛：怎么会是他呢？可我绝没看错。他低头疾行，满脑子诗句，眼里根本没有外部世界。

他急急地朝我撞来，几乎撞个满怀。我拍拍他肩膀，叫他一声，他才如梦初醒地抬起脑袋。

你是谁？有什么事？他摸摸大胡子，率直地问道。

我做了自我介绍。我们的关系听起来像是绕口令：我叫童瞳，岳静水是我的前妻。你不认识我，我却知道你，因为你是岳静水的前夫。我和静水分手了，你们又破镜重圆，所以从你现在的立场看，我又成了岳静水的前夫……

慢点儿，我都晕了！他用指关节顶着太阳穴，说道，静水又离婚了？我还不知道呢。另外，谁告诉你说，我们破镜重圆了？我依然是静水的前夫，这身份没有发生丝毫改变。

我说：你是一位诗人，我尊重你。否则，我就要骂你装蒜！如果不是你插了一杠子，我和静水也不会离婚。我有充分的证据证明，你和静水在太平洋大酒店幽会……

诗人面带愧色，坦率地承认：是的，我们谈起伊克，旧情难免。我容易冲动，就做了一些越轨行为。如果伤害了你，我在此向你道歉。不过，请你相信我，我和岳静水没有更深瓜葛，我们再也没见面。因为，像我这样的人，不可能和岳家生活在一起。

这一回轮到我吃惊了：难道你们真的没有复婚？难道你没有去伦敦？

诗人翘翘大胡子：开玩笑，我怎么会跟她去伦敦呢？我就住在这条胡同尽头的大杂院里，每天代课、写诗……

天！我用力拍拍额头，我还想问你一些问题——岳静水说，她不是岳泰的亲生女儿。并且，她在幼年时，还遭到过岳泰的性侵犯。她说的是事实吗？你听说过这些事情吗？

天方夜谭！诗人激动地嚷道，静水与我结婚时，是一名处女。我可以证明她的贞洁，她从未受过玷污！如果别人说这话，我就要告他诽谤！

我喃喃道：明白了，岳静水就是岳泰的亲生女儿……

与诗人分手后，我在大街上边走边思索。静水为什么要编造这样的谎言呢？她干吗要往自己身上泼污水呢？这太奇怪了！

只有一种解释：她在我面前施放烟幕，要掩护一个人的重要行动。而这行动的主角，恰恰是我从未想到的——我所崇敬的楼王，老泰山！

我心中被什么东西撞击了一下，忽然开窍，一束亮光照射进来……

手机铃响，是王所长打来的电话。他让我立即去派出所一趟，有一个重要消息要告诉我。

我打了一辆出租车，尽快赶到派出所。曾队长也在那里，嘴角衔着烟卷，烟灰烧得老长，不苟言笑地与我握手。

我问：什么事这样急？好消息还是坏消息？

王所长说：应该算是好消息。我带你见一个人——

他说着，打开办公室房门。我看见一个中年男子坐在椅子上，耷拉着脑袋正在打盹。我们进屋，他猛然惊醒，神经质地跳起来，瞪大眼睛，茫然四顾。这会儿我看清了他的脸庞：竟是施医生！

他也认出了我，激动地上前与我握手：童总，我回来了，总算又看见你了！我是投案自首的，我要把一切事情讲清楚……

王所长为他冲上茶，道：你坐下，慢慢说。

我一句话就能说明白，岳泰根本没有心脏病，病历都是假的，是我编的！施松鹤仍然站着，急吼吼地说。

我惊愕地问：假的？那他为什么要装病？

我不知道。他给我钱，给我股份，让我怎么做，我就得怎么做。他还叫我把假病历出卖给庄子繁，你那张照片拍的，就是这件事。医疗小组也是假的，我找了几个老同学冒充一下。救护车也是假的，但不是我叫的……后来出事了，公安局也来人了，我就越来越害怕。我什么也不知道，可是作了那么多假，我作为一个医生怎么也脱不了干系。我想自杀，又觉得不值，还是逃跑了。躲藏了几天，眼看没有出路，还是回来投案自首……

施松鹤说完了，王所长安排他到隔壁房间休息。我们沉默着，都在思考这个令人震惊的消息。

曾队长低声说道：岳泰没事，他躲起来了。

我把遇见欧阳诗人的事情说了一遍，事情的轮廓越发清晰。显然，岳静水帮助父亲隐匿了一千八百万英镑的资产，而岳泰以心脏病、绑架、死亡等一系列的假象，转移视线，逃避债务，企图躲开法网。

这只狡猾的老狐狸，早就安排好了脱身之计！

王所长说：有一点我还不明白。你是他的女婿，是他的接班人，为什么他带哑巴走，而不带你走呢？

曾队长语调着重地补充道：并且，他不惜让女儿与你离婚，下这个决心可不容易啊。

我迟疑一会儿，说：看来，岳泰是认清我的真面目了。

曾队长与王所长对视一下，笑着对我说：我们也想知道你的真面目。

我深深地叹一口气，说道：好吧，现在轮到我坦白了——我就是老 K！

五十六 一对老 K

我来到淡水。我猜到岳泰躲在什么地方。

中国房地产第一波热潮，是从几个南方沿海城市掀起的，淡水就是其中之一。正如老泰山所描述的，当时人人炒地皮，家家盖小楼，私人资金大量涌入，导致房地产市场的无序和混乱。这一切，至今仍在淡水市留下痕迹。

城区每一个角落，都有大批的独栋楼。当年批给农民的宅基地，占地八十平方米，楼一盖，就盖到五六层、七八层，像碉堡似的耸立着。楼与楼间距狭窄，打开窗户，两家楼主就能握手言欢。以今天的标准看，住在这样的楼里简直是活受罪。因此，许多独栋楼空关着，至今无人入住。

我熟悉淡水，更熟悉这些独栋楼。我不止一次来到这里，穿梭于人群之间，寻找我父亲的踪迹。当年，我父亲投身于那场狂热的投机大潮，不仅赔光了钱财，还搭上自己的性命。是的，他就是岳泰的好兄弟叶远秋。

父亲死后，母亲带着刚出生的弟弟改嫁。我呢，就由奶奶领养，在湘西大山里长大。奶奶老对我说：你爹死在淡水，是一个名叫岳泰的人害死的！我的耳朵都被磨出老茧来了。其实，当时根本没有证据，奶奶却顽强地重复她内心的怀疑，以至于我从小就不得不接受复仇的使命。瞧，一个人的命运往往就这么决定了！

我来到城西一座独栋楼前。这是当年我父亲与岳泰合盖的，为纪念他们的友谊，这座楼被命名为"叶泰楼"。少年时代，我在淡水游荡，曾多次撬开防盗网，踏入楼中。我期待岳泰出现，以便我从黑暗中发出致命一击！我要复仇，这念头渐渐成为我生命中重要的推动力。

当我长大成熟，就知道现代社会有成百上千种复仇方法，刺刀见红并不是高明的招数。于是，我潜心学习，进入房地产界，渐渐地向我的目标靠拢……无需赘言，以后的故事都与我的复仇计划密切相关。

我来了，经过千回百转，我终于又一次来到叶泰楼前。防盗门紧锁着，这栋楼似乎无人居住。我绕到楼的后面，熟练地弄开厕所小窗的防盗网。对我而言，进入叶泰楼真是小菜一碟。我从厕所出来，轻轻地将防盗门打开。

一楼、二楼、三楼……我搜寻着每一个房间，蹑手蹑脚，动作轻如狸猫。每一个房间空空荡荡，打开门，就像揭开一个空壳子。

莫非老泰山没来淡水？

六楼一半是房间，一半是大露台。露台上有一蘑菇状凉亭，我一眼瞅见老泰山坐在凉亭中，独自斟水喝功夫茶。

我笑盈盈走上前。他一怔，仿佛我是从天上掉下来的。我在他对面的石凳坐下，续水、倒茶。

你终于找来了……岳泰喃喃地道。

我说：你的疑兵之阵布得再巧妙，也还是留下了破绽。

他端起鸽蛋大小的茶杯，将香气四溢的铁观音茶一饮而尽。他眯缝着眼睛，迷惑不解地问：为什么紧追不舍呢？你当了总裁，得到了自己想要的东西，干吗还来苦苦相逼呢？

我笑道：我找你复盘。就像下了一盘精彩的围棋，棋局虽然结束了，总要复一复盘吧？

岳泰点头。他点燃烟斗，长方形的脸庞又呈现出领袖的风采：说吧，你要问什么？

我从上衣口袋拿出一张扑克牌，是红桃老K，放在石桌上。

我说道：点煤气、放录音机、往橙汁里扔羊眼珠，这些事情都是我干的。我就是老K。可是我做的事情，不过是小打小闹，制造点混乱，给你的心脏增加点负担——我还以为你真的得了心肌梗塞呢！

岳泰淡淡一笑：既然你就是老K，还要问什么呢？

我不过是小孩闹恶作剧。可是，烤八哥、斩猫头这些带血光的事情，却不是我干的。谁？谁能下这样的狠心？

老泰山从石桌上拿起扑克牌，手指一捏，红桃老K下面，又显露出一张黑桃老K。

他笑了，把牌甩到我面前：你猜到谜底了，干吗还来问我。这是一对老K！那张黑桃老K，就是我。我知道你的用心，将计就计，把风波搞大。你所说的带血光的事情，是我让哑巴干的。我要让所有人知道，龙宫隐藏着一个老K，他一直要谋害我。这也为救护车被劫埋下了伏笔。

哑巴去了伦敦，你怎么在这里？

他的护照、签证早办好了，是静水代他办的。我呢，目标太大，想避一避风头再说。冷丁一到伦敦，就把你们的视线吸引过去了。

我佩服地点点头：这倒是，他在电话里哭，我就相信你真的离开了人世。可是我还不明白，岳静水怎么会因为你的原因，就跟我离婚了呢？

唉，我也不想让她卷进来。是她，最早看出你用心不良，一再提醒我防着你。你什么都能装，唯独爱情不能装。静水跟你结婚不久，就把你看透了。所以，与你离婚是她自己的选择。

我又问：那么，你是从哪里看出了我的破绽？

老泰山放下烟斗，眉宇间显出一丝悲伤：你不肯叫我"爸爸"。我多么希望听你叫一声。只要你一叫"爸爸"，我们之间的冤仇就解开了。

我摇摇头：这不可能，怎么着我也不能认贼作父呀。我还是感到奇怪，你既然怀疑我了，为什么还一再提拔我？是想用我当挡箭牌？还是想把我拖入漩涡？

岳泰饮了两杯茶，深深叹了一口气：这事情说起来很复杂。自从我听到录音机发出的怪笑，心头猛地一动，就明白叶远秋找我算账来了。我想和解，既然静水都嫁给你了，我把公司再传给你，还有什么冤仇解不开呢？另外，我也想看看，你有什么高招；由着你跳，你究竟能跳多高？所以我就提拔你。说到底，我的决战是在伦敦交易所，只要赢了这一仗，我什么都不怕！老实讲，你、邓一炮，还有龙宫里鬼鬼祟祟的小东西，我统统不在乎，根本没放在心上。大仗一赢，我回头收拾江山，一巴掌就拍得你们鸡飞狗跳！可惜，我输了，伦敦铜创历史新高，火箭般地往上涨，我输得一败涂地……

真没想到，伦敦铜为我父亲报了仇！我由衷地感叹道。

是的。否则你奈何不了我。老泰山又把烟斗点着，团团烟雾在他面前缭绕，人生总有一些关键时刻。有时，一个瞬间会连着另一个瞬间。它们之间可能相隔许多年，却有着直接的因果关系。当我最终松开叶远秋，哦，你父亲的手，看着他被海浪卷走，这个瞬间就决定了我在某一天，会把手伸向伦敦铜，让期货的惊涛骇浪把我自己卷走……什么叫命？这就是命吧。

我倒上茶，饮尽，咂嘴品着茶滋味。我说：龙宫怪事不断，其实就是你我二人斗法。看到你今天的结局，我也可以满足了。不过，我还是有点遗憾，你手持短枪对准太阳穴，那一刻怎么没有扣动扳机呢？

那是演戏。你派来两个笨蛋到处照相，镜头都对准我了，我何不作个秀让你看看？

那把枪呢？是真枪还是假枪？

枪在这里，你自己看吧！

岳泰忽然亮出一把手枪，刷地对准我的脑袋。我惊出一身冷汗，呼吸都停止了！

岳泰冷笑：要说结局还早了一点，任何人都无法判断命运的走向。

我说：叶远秋的儿子找到了你，事情就不会像你想象得那么简单。杀人灭口，你是办不到的——你还不至于傻到相信我是一个人来的吧？

曾队长带着两个刑警出现在露台口。老泰山放下手枪，拿起烟斗，颇有风度地说：开个玩笑嘛，瞧把你吓的。

我擦擦汗，笑道：是的，我童瞳小孩子气太重了，经不起吓……

刑警给岳泰戴上手铐，押他下楼。

露台空空荡荡。我向看不见的观众挥挥手，说道：拜拜！